心无挂碍

鲍尔吉·原野 著

中国工人出版社

图书在版编目（CIP）数据

心无挂碍 / 鲍尔吉・原野著. —北京：中国工人出版社，2017.5
（华章书系 / 古耜主编）
ISBN 978-7-5008-6679-4

Ⅰ.①心… Ⅱ.①鲍… Ⅲ.①散文集—中国—当代 Ⅳ.①I267

中国版本图书馆CIP数据核字（2017）第112227号

心无挂碍

出 版 人	芮宗金
责任编辑	傅 娉
责任校对	董春娜
责任印制	黄 丽
出版发行	中国工人出版社
地　　址	北京市东城区鼓楼外大街45号 邮编：100120
网　　址	http://www.wp-china.com
电　　话	（010）62005043（总编室） （010）62005039（出版物流部） （010）62379038（社科文艺分社）
发行热线	（010）62005049 （010）62005042（传真）
经　　销	各地书店
印　　刷	三河市万龙印装有限公司
开　　本	710毫米×1000毫米 1/16
印　　张	18.25
字　　数	280千字
版　　次	2017年7月第1版 2017年7月第1次印刷
定　　价	39.00元

目录

辑一　骑兵流韵

辑二　伊胡塔的候车室

辑三　蒙古民歌九首

辑四 上帝生活在大自然当中

辑五 从立春到大寒

辑六 每片雪都在找一个人

辑 一

骑兵流韵

与朋友交，像花牛犊般忠厚，与敌人搏，像狮虎般凶猛。

你们在明亮的白天，要像雄狼一样深沉细心。

你们在漆黑的夜里，要像乌鸦一样坚韧不拔。

寻找鲍尔吉

鲍尔吉是我的蒙古姓氏，在《元朝秘史》的汉译本中被写作孛儿只斤。这个姓我平常不用，因为在汉人居多数的城市，使用这么复杂的姓要用大量的时间去解释，累。

发表作品时，我偶尔标上姓，使之成为“鲍尔吉·原野”，有人说这叫“蒙汉合璧”。在作品上注姓，表示不去掠其“原野”之美。其他深意是没有的。

但这也遇到过麻烦。

我的一首名叫《乡音》的诗被国内某家用英文印行的刊物选中，给了一点儿稿费。事先我不知这是稿费，那是一份中国银行的通知，告诉我凭此去一家较远的分理处取钱。

我知道中国银行是一家与外币有涉的金融机构，美元什么的。我并未兴奋，没干过和美元有关的事，怎能和它相亲呢？

到了地方，拿凭证一看是稿费六元。支这些稿费需十来道手续。如要买一个铜牌再去换什么等，每道手续都依次排队。在这些排队的人中，大多是企业和个体户提备用金的，六元钱肯定是最少的数目。

当那位小姐把铜牌清脆地掷来时，我见她掩口一笑。我猜想，咸亨酒店里的人笑孔乙己，大约就是这样的笑法。

临了，到了取款的时候。

“那个人是谁？”我急忙回头瞅，不知付款小姐在说什么。

她提高了声音：“鲍尔吉是谁？”

“鲍尔吉是我呀。”我和蔼地回答。小姐和我隔着钢管焊的为了防止抢钱的栅栏，而且大理石的台面也有一米宽。

“那原野又是谁？”她用圆珠笔杆敲着台面，案例出现了。

“我就是原野。”事情麻烦了。

“你，到底叫什么？”她镇定质问。

排队的人，目光已经转向我。我不是电影演员，很难在这么多人的逼视下保持气定神闲。

我虚弱地解释，原野是我的名字，而鲍尔吉是我的姓，但没提《元朝秘史》与孛儿只斤。

她笑了，向同事问：“你听说过有姓鲍尔吉的吗？”她那同事轻蔑地摇摇头。她又问栅栏外排队的人：“你们听说过有姓鲍尔吉的吗？”她那用化妆品抹得很好看的脸上，已经露出戳穿骗局后的喜悦。

我有些被激怒了，但念她无知，忍住。子曰“不知者不愠”。我告诉她：“我是蒙古人，就姓这个姓。”

她的同事告诫我：“就算你姓复姓，顶多姓到欧阳和诸葛这种程度，鲍尔吉？哼！”

这一位并不无知，并且戴一条蓝珠石项链。她知道复姓，但竟提到“姓到”这样的限制。以两人的倨傲，如果我是泰戈尔，那么“罗宾德拉纳特”这个姓定会使她们目眦尽裂了。

我不想当着那么多人和她们争辩或进行更可笑的学术性讨论，为了六元钱不值得。我仍耐心解释。

“在欧阳之外，不是还有罗纳德·里根吗？米哈依尔·戈尔巴乔夫？”

众人笑了，我知道他们在嘲笑我卖弄学问。有人说“他肯定念过大学”。而银行小姐向我投来明确的侮慢的眼神。

原来中国人不配姓复杂的姓氏。这与阿Q想恢复自己的赵姓而不可得一样。

“你说怎么办呢？”我尽量悠闲地问那小姐。

“你要证明鲍尔吉是你。”她拿着我的工作证和身份证，“但这已经不可能了，这上面写的都是原野。所以，你要把鲍尔吉找来，和他一同领款。”

为了六元钱去寻找鲍尔吉。我想起一句歌词：“为了一块牛排出卖巴黎。”

鲍尔吉，你在哪里？我怅然离开取款台，在心底呼唤。

对任何人来说，为了六元钱罹此磨难，就应该罢手了。但我如看电影一样，想知道此事是怎样一个结局。

我站在门口观察。

我发现一个面相善良的人，上前叙说我的处境，简言之，请他充任鲍尔吉。

“这怎么行？”他瞪着眼睛，原来善良的人瞪起眼睛也不善良。我忽悟，这种作弊的事不能选择好人。

我又找到了一个衣冠不整如无赖样的人，约二十岁。谈过之后，他狡猾地问：“这事好办，你给多少钱？”

多少钱？这事不能超过六元钱。我告诉他“三元钱”。

“三元？”他简直想咬我一口，“你那笔款多少钱？”

“六元。”我给他看提款单。

他笑着看我的脸，那目光在我眼睛鼻子之间滑行。用目光蹂躏别人就是这个样子。他提一提后裤腰，问：“你是知识分子吗？”在“知识分子”这个词里，他的语调充满了恶毒的揶揄。

“我是你爹。”我告诉他。

他要动手，这从他肩上可以看出来。《武当拳法》曰“挥拳者其肩先动”。我上前掐住他的两腮，酸痛是难免的了。我把他的嘴捏成喇叭花一般，里边洞黑黄牙森然。如果换了别人，必朝里边吐一口唾沫。但我没这样，不文明。

我一推，他踉跄而去。

他是那种在社会底层游荡的人。我后悔了，怎么能找这样的人假扮鲍尔吉呢？凡吾鲍尔吉氏，乃贵族血统，铁木真即是此氏中人，当然又是此氏的先祖。

最次也要找一个电大毕业的，这是我对新鲍尔吉的要求。

不好找，我只得打电话给在附近的一位，请他襄助。他叫刘红草，在某机关当科长。

我道出原委，他摇头："六元钱，嗨。我给你十元，走吧！"

我表示此事如何如何，他迟疑地俯就了。

中国银行分理处，人已稀少。我们来到付款台。"他就是鲍尔吉。"我骄矜地向小姐介绍，像推荐一件珍宝。

"是，就是。"刘红草点头。

"工作证。"小姐扔一句。

刘红草假装找工作证："哎呀，忘带了。"

"回去取。"小姐连头都不抬了。

"嗨，六元钱。"我恳求她，"开开面吧。"

小姐有点儿通融的意思："拿名章也行。"

"快拿名章。"我指示刘红草。他又上下假装找。

"小姐，你看没带名章。"

小姐坚拒。

我问："那一会儿拿来名章，他还用来吗？"

"随便。"

出门，我和刘红草握别，感谢大力支持。我独自找一个刻章的老头儿。

"鲍尔吉是啥玩意儿？"刻章的老头茫然发问。

"什么啥玩意儿，"我恶狠狠地说，"这是姓！"

"姓？"老头更茫然，"我刻了一辈子名章……"

又来了，我只好安抚："刻吧刻吧……"

刻好了，牛角名章，十元。

"十元？我最多出六元。"

"八元。"

"六元。"

"七元，少一分不行。"

"七元就赔了。"

“赔了？”老头从花镜上方看我，“什么赔了？”

我的事情无人可以解释。我拿着名章取出了按惯例应该在邮局取的稿费。

我看到结局了。主要的是，当我手携着“鲍尔吉”的名章时，便不惮惧来自各方的质询，可以雄视四方。

我妈的娘家亲戚

我先说几句

我妈是乌云高娃，即我爸说的“高娃同志”。当他一旦将我妈称为“同志”时，已不无愠意。当他放喉大喊“高娃奶奶”之际，已将整齐的牙齿粒粒咬紧，环眼怒张了。我妈也有把我爸称为“爷爷”的时候，彼时我妈的委屈烦恼已经无以复加。因此，他们给对方戴上高得吓人的帽子，都并非出于礼让。

说起我妈的名字，人家总要问“高娃”是什么意思，因为在演艺界与传媒中，“××高娃”频见倩影。高娃，乃蒙古文言，即（尊贵的）夫人之意。蒙古语与法英这些有贵族传统的民族语言一样，名词中含着敬称。高娃不仅是夫人，而且是尊贵的夫人。乌云高娃是谁的（尊贵的）夫人呢？是前骑兵中尉吾父那顺德力格尔先生的（尊贵的）夫人。乌云又有美丽之意。而那顺德力格尔，可以直译为这个岁数（寿数与生命）啊，（像花朵般）盛放不已。雅译为“长庚”，俚译“百岁”可也。这是关于二位老人的姓名学训诂。

我妈的娘家即老张家，属于康熙皇帝（抑或乾隆皇帝）的女儿（抑或宫女）荣宪公主下嫁巴林王时，随行的七十二行工匠之一，据传是瓦匠。自满清起，老张家世代居巴林右旗，大本营有两个，大板镇与古里古台镇。

现在又出现一个问题，即我妈的族别。我妈坚定地认为自己是蒙古族，但并不否认祖先是随荣宪公主从关里来的。当我爸和我妈在政治上出现歧见时，他便轻蔑地将我妈称为“张家口的汉人”。

“为什么是张家口呢？”我迷惘询问。

“这还用问吗？”我爸比我更惊讶。我不作声了，但心里腹诽，还有张家界呢。我爸对我妈极不满的时候，又称她为“银金满金”，或“哈日勃虎口乃别仁”。前者是对满洲族人的一种说法，后者即“黑屁股巴林人”。过去（我说的是过去），满洲皇帝每年春天到蒙古草原例行“减丁”公事，把超过车轱辘高的蒙古男性儿童杀掉。因此，我爸对满洲皇帝即所谓“大清”的“康熙帝”之类人物很有些不满意。他对孙中山先生推翻满清，包括冯玉祥将军把皇族赶出故宫，特别是韩复榘率先驱兵冲入紫禁城的革命行动无不快慰。关于“哈日勃虎口乃别仁”，我也搞不清是怎么回事，但巴林人民千万别生气，这纯属家父个人偏见。大约因为当年（也是当年），我父亲的科尔沁乡党嘎达梅林起义造反，被张作霖穿黑制服的士兵追杀，全体殉难于巴林边境时，巴林王没有援之以手。我告诉我爸：“很简单，巴林王打不过张作霖，此事不足使你切齿。”

我爸的牙齿比我之贱齿高级许多。吾齿疏淡不足观，弱不禁风的样子。我爸的牙齿坚实致密，愤怒时，咬紧牙关，并磨来磨去，咯咯有声。配上他目眦尽裂的豹眼，笔直略具鹰钩的悬胆之鼻，以及盘膝握拳的样子，庶几壮士矣。而我说：早先蒙古骑兵在大沽口阻击洋人，一片开阔地，骑兵风驰前进。洋人枪响，蒙古人纷纷仆地。第二排骑兵复冲锋，再仆地；复冲锋复仆地。洋人害怕了，蒙古人仿佛不知道中弹而死是怎样一回事，但洋人终于不敢弯曲手指扣扳机了。这些人，我顿一下，严肃地告诉我爸，仅是昭哲二盟骑兵，即我妈他们巴林人与你们科尔沁人。我爸的眸子在上眼睑缓游，嘴角下拉，仿佛看到了当年情景。

我爸颓然靠在床头的被垛上，支起一个膝盖，双手绵软无力，闭目，先吸气，叹曰：“嗨……”

我的近现代史知识很薄，但足以为我爸解惑，虽然做不到“传道”。我爸所求的“道”是什么，我也不清楚，但不是钱或官。但我妈有“道”，且坚定不移。他们俩都是新中国成立前被裹入革命洪流的共产党人，但政见针锋相对，并因此诱发生活小事而争执。简单说，我妈崇拜那些柔顺忠君的先贤，如雷锋与焦裕禄。她深知没有共产党，乌云高娃“同志”早冻饿而死，于是勤勉为党工作，荣膺模范称号之非常若干。她离休那天，仍将机关厕所的脏纸扔掉，走廊扫一遍，因为她这辈子就是这样过来的。她情愿为党当牛做马，仍不能报答党的恩情于万一。常有老乡赶着驴车，拿杏、煎饼、鸡蛋或切糕，在吾家楼群间逡巡，打听“高娃家住哪儿”，盖因高娃是佛教徒式的党员，常施善。

我爸心仪刚烈为民如彭德怀者。

我爸对我妈的“奴隶主义”以及“假积极”颇不屑，我妈对我爸的盛气凌人亦很不满。他们本是在草原上蓬头垢面的蒙古愚童，革命使他们意气风发并饱经磨难。他们本不该生活在一起，他们的“生活”都“在别处”。但革命使他们邂逅于一条船上，这条船注定不可以停泊，不可以上下，直至忘川了。前几年，我父母因为琐事吵架，我爸心中忽生创意，怒言：“高娃，我和你离婚！”

我妈当时手执吾外甥阿斯汉的奶瓶子，正生着气。闻此言，大笑。一边笑一边拭泪，拭右眼复左眼又复右眼。我妈大笑不能止，靠在墙上，脊背沿墙下滑，最后蹲在了地上。

我爸左肋左手紧持公文包，里面全是重要的急需翻译的蒙古文学稿件，怒问：“你在干什么？”

他越生气，我妈越笑。我妈越笑越令我爸迷惑而越发气愤。

我妈边笑边擦眼泪，边摆手示意我爸不要说了。她把奶瓶子放在地上，捂着肚子，喘着气，试图平静下来并站起来。

这时，我爸已在屋里走了几个来回，切齿曰：“不行，我必须离婚。”

我妈笑声顿起，越发响亮。

我爸错愕着，愤怒着，逼视我妈良久。无奈，掷公文包于床上，和楼下那帮退下来的县团级以上的（我爸比较介意这些）老头儿闲聊去了。

中午，我爸回来吃饭。两人沉默少顷，我妈又笑起来。我爸放下碗，怜悯地自语：“你这个人是不是疯了？”

我妈顿时沉下脸：“我疯了，我看咱俩是有一个人疯了！”然后我妈说出我爸提出离婚之太可笑处种种。儿女都长大成家立业了，这个爹和这个妈在他们那儿都不可分离了，连孙子那辈儿都不认可了。你离婚无非上孩子家住去，或你住这儿我来给你做饭，你能离了吗？非上街道领离婚证明吗？你领来了吗？

我爸困难地思索着，他方知他与我妈只是一棵树上相邻的两个枝杈，这棵树已深入土地，儿孙之类盘根错节，想分也分不开了。问题是：我爸这棵杈忽然不想挨着我妈这棵杈了。我妈这棵杈也并非情愿挨着我爸之杈，她知物理如此，便不作他思。我妈说："等咱俩死一个，婚，不离也离了。"我爸闻此语，竟很震惊，从此不提此事了。

我爸之离婚要求，并无第三者或财产的想法，只是对我妈的一种较新颖的谴责说法，如照会或抗议之类。在我妈看来，这过于荒谬因而也太幽默了。

我爸的笑话还有其他。譬如，他熟睡时，电话铃叫起来。我爸睁眼，慢慢坐起来，瞅着两米外的桌上的电话说："喂！"电话还在响，我爸仍说"喂"。此景为我妈进屋所见，又笑弯了腰。另有一次，我爸穿风衣，戴呢礼帽，夹公文包出去了。出书房折入卫生间。出来后，摘礼帽、脱风衣，复躺在床上。我媳妇见此大笑，问："爸，你上厕所还夹公文包干吗？"我爸大窘，顾左右而言他。我想，他每日想一些翻译的事，以致公事私事不分了。还有一次，他在家宴上大谈自己在辽沈战役的事迹，我们早已熟知，便埋头吃饭。忽然，小女鲍尔金娜惊喊："爷爷！"我们抬头看时，他老人家以半截烟头蘸大酱若干，正往嘴里送。辽沈战役伟哉，令我爸不分大葱与烟头了。

近年，我爸与同道办一家"昭乌达译书社"，承赤峰市委市政府帮助，翻译出版蒙古族民间和古典作品多种。他们并不图钱，但已豁出了老命。问世著作如《蒙古族历代诗词选》《蒙古族情歌选》《蒙古族民间故事选》等。

我妈不是翻译家，也没参加过辽沈战役。她离休后，看我姐的二儿子，做家务。近年说想做点儿买卖，即给别人的"买卖"站个柜台什么的。这工作并不好找，因为当今站柜台的多是美艳小女子。她想念我们时，便翻影集。晚上一边看电视一边埋头打瞌睡。俟电视节目结束，她完全精神了，到厨房去干活。

说到我妈的娘家亲戚，地理位置需要交代。老张家发祥于巴林右旗，家族中有出息者（参加革命的人）就离开故里去了外乡，最远的在呼和浩特，即自治区首府，或者在赤峰，即昭乌达盟首府。在卧蚕状的内蒙古地域中，我妈远在呼和浩特的娘家亲戚返乡必在赤峰我家的中间站逗留几天，因而他们的行状被我熟知。

在沈阳明朗干净的秋空之下，想到我妈的娘家亲戚，是一件有意味的事情，以下分述。

大姑姥爷

我第一次见到大姑姥爷时，他八成已六十岁了，柔软的下嘴唇松弛垂下，牙齿寥寥可数，“咝咝”地吸着气。蒙古人和藏人一样，在言语间吸着气，表达谦恭。

大姑姥爷的下唇很像阿拉法特的下唇，微笑而耷拉，但前者毫无心计，更不知戈兰高地及其他。当我看完一位美国人写的《阿拉法特传》之后，在心里对这种比较很后悔，这对大姑姥爷近乎一种冒犯。我大姑姥爷是一个对世事混沌无知的老婴儿。与之交，如《大学章句》称：“如见其肺腑然。”他对猫说话，对马、牛、驴甚至向日葵和车轱辘说话，采用不同的腔调。

譬如，当猫偷了一块肉在角落里以双爪捂着，嘴里发出威胁性的“呜呜”声时，大姑姥爷在炕头欠了欠屁股，用尖细的腔调对猫说：

“哇啦嘛！咱们的猫先生何等英勇……”

他故意用文言的蒙古语来赞美猫。而“哇啦嘛”是什么呢？奥妙的语气词，很难翻译。譬如，你看到庄则栋跃起，用正手扣杀第二十五大板时，可以惊呼“哇啦嘛！”表示不可思议、敬佩与赞美。同样，另一位球员以大幅度的优美姿势抽球，球漏了，球员却跌倒。你亦可淡淡地说“哇啦嘛！”讥讽有了，怜悯亦有之。此语大约与李白《蜀道难》首句“噫吁戏”仿佛。

当大姑姥爷和菜畦子里的草花——指甲桃或芍药——说话时，嘴唇如小孩一样噘着，仿佛非如此不可与花沟通。他咕嘟着嘴，对花朵喃喃自语。倘花在风中微动，大姑姥爷感动地仰起头，闭着眼睛说：“佳！佳佳！”意思是“行了，行了，好了好了”。像看到小孩练步或小巴狗为他表演钻圈。

显然，这都是大姑姥爷微醺之后的形状。他喝多少酒都是半醉，从一盅到一斤，陶然着。醉不透也醒不来。当家里的人都走了之后，大姑姥爷蹑足下地，从三节柜下拎酒瓶仰脖喝一口，喉结上下窜动两三下。抿嘴，上炕，盘腿坐下，环视四周，下唇耷拉渐渐笑了，说“佳”。这个“佳”，意思为“就是这样”。他用皱纹密密包裹着的小眼睛笑着，对一切无不赞美。嘴唇翕动，但不成句，然后还是“佳”，如此而已。

大姑姥爷叫什么名讳我不清楚了，但姓郑。老郑家与我妈的娘家老张家有着千丝万缕的联系。如果说，史笔不溢美亦不隐恶，那么我应该在这里说大姑姥爷这辈子没多大本事，恐怕也可以称为“窝囊”。当然他自己并无窝囊的感觉，只是别人觉得他窝囊。

晚上，当全家人攒集炕上，在煤油灯光的飘忽里探讨治家大计时，大姑姥爷柔软地蜷在炕头，兴奋好奇地听别人发言，“咝咝”地吸着气，表达敬佩。但他从不用脑子思考这些主意的利害，只认为一切无不完满。因此，可以想见他在家里没有地位，况且他酒后喜欢像外国绅士一样亲吻女性晚辈的手背，如我母亲乌云高娃、他的小女儿斯日古愣、二女儿乌云陶格斯、我姐姐塔娜的手背。他毫无邪念地将干燥而“肌无力”的嘴唇轻印在他视若珍宝的“伊”们的手背上，然后喃喃。

这就是我大姑姥爷。然而他并非弱智人士，他赶车、牧马和盖房子的精细手艺证明他不是傻子，而只是太诗人化了。

说他善良也不准确，因为他不知道怎样不善良。我见过他和老牛贴脸，即把自己褐紫色的面颊贴在老牛的脸颊上，嘴里倾吐什么。他还用双手捧着江西腊的花瓣，用嘴亲吻；手指空中的蜜蜂，用尖细的嗓音亲昵地骂它们。

在大姑姥爷的脑子里（准确地说是心里），没有是非、善恶、美丑或利害，他一恭顺，周遭俱高大起来。他不是辨不清利害，也不是不屑辨利害，而是利与害或美与丑对他是一回事。譬如，一只蚊子把大姑姥爷从醉寐中叮醒，他睁眼看到蚊子修长的高脚、精巧的翅膀及努力吸血的动作，他几乎要同时斥骂、嘲笑和钦佩这只蚊先生了，痒与血的损失是另一回事。

在蒙古男人中，大姑姥爷是比较不“蒙古”的男子。他骨骼瘦缩又无霸悍气。在家里，大姑姥是至高无上的君主，永远腰身挺拔地发号施令，现在叫决策。大姑姥名红兰，白发苍苍，面色威严。你感到她身边应肃立几位脸上涂有牛血与白垩望土手攥长矛的南太平洋猎手。在过去的牧区，养家糊口何等不易！大姑姥爷不干什么活计，一年只去坝后拉两次青盐，其余时间俱赋闲与诗意。牧马的苦活由大舅昭日格图完成，放牛放羊的劳动由乌云陶格斯承担，大姑姥和舅母挤奶、熬茶与料理家务。这一切不过勉强糊口而已，全家人都在挣扎。但大姑姥爷在挣扎中却觉不出挣扎。他不只是诗人，还是哲学家，因为他对生灵太感兴趣了。一只燕子从他眼前飞过，会让他注视并思索许久，最后放松下唇，露出东倒西歪的几颗牙齿谦卑地笑了。拿喝酒来说，他把酒瓶放在紫檀木炕桌上，拉开架势端详它，用最粗野的话骂它，然后揣进怀里，复取出“咣”地放在桌上。这还不哲学吗？

一九六九年，我家处于最困难的时期。家父被关押，生死未卜，家母亦停职反省。家母刚强，越是这时，越要把家里收拾整洁，而且请客人来住。大姑姥爷在那年冬天，从巴林草原蹒跚来到我家。他矮小畏缩，白天背剪双手观看风沙蔽日的赤峰街景；晚上坐在铺着新床单和塑料布的炕上饮酒。我知道，他酒后很想哭，因为担忧我父亲的命运。但他不敢，因为我母亲的刚强有如大姑姥的刚强，不允许他落泪。他愁苦极了，拉着我母亲的手，用另一只手抚摸她的手背，然后次第抚摸我姐和我探出被窝的头，我妈像雕像一样无动于衷，大姑姥爷小心地叹息。

在我家，他把那双绣着云子的蒙古靴子脱在离炕很远的红箱子前，摆正，然后踮脚趋步上炕。转身抬脚，左右手分拂脚底板。再拍手，盘腿坐下。这一行径，每次使我妈转身发笑。大姑姥爷以最大和最烦冗的礼仪表达对主人的尊重。因为把鞋放在炕下不礼貌（他认为），而拂脚与拍掌已臻清洁境地了。

“干净啊！”他常夸赞我们家，“连吐痰的地方都没有。”

大姑姥爷喜欢读书。这种喜欢近乎崇拜，即对书本和字母的崇拜。在大姑姥爷家里，一次我看见他从炕上飞跃下地，从柜里拿出一个红绸子包裹放在桌上。他在铜盆里洗手罢，手心手背在前襟擦好，以指尖拈绸布打开，取出一本精装书，玛拉沁夫的《茫茫的草原》蒙文本。他随便翻开了一页，借窗户亮光念起来，音节之间停顿很长。

“何……勃勒，蛮聂，其……格日，恩……乌……德日，包勒……（不然，我们的军队，今天就……）”

他至多念上五分钟，就心满意足地合上书本，眼里光芒四射，把书包好，放回柜里。他这时粗野地骂我一句“额何敖孙聂乎（约为——狗日的小子）”，然后大笑。

前年春节回家，和我妈闲聊。我读《赤峰日报》，她戴花镜缝什么东西。我妈说：“你大姑姥爷死了。”我“唔”了一声。因为这不算新闻，二十年前他就六十岁了。半晌，我妈没言语，抬头看，她泪淌了一脸，因为抑制哭声而颤抖着头颈。我愕然了，但终于说不出什么。

大姑姥爷太微末了。当阳光射入时，我们打扫房间，会在光线的斜柱里发现许多尘埃像闪亮的颗粒下坠。很快，一颗（也许算不上“颗”）尘埃落定了。这就是我大姑姥爷的一生，无所增减，对谁或什么都无所惊动。他如此散漫认真地活了一生。大姑姥爷对利害糊涂，但精明者虽深通利害，又焉知此时利乃彼时害，今日是却明日非呢？大姑姥爷对美和生命多么认真，倘若上帝突然下谕，说人在活着的时候笑声最多的人可升天堂，大姑姥爷就有福了。

在城市，在人对人都不肯微笑的都市，上哪里去找与蜜蜂谈话，与花瓣亲吻以及抱着老黄牛脑袋贴脸的大姑姥爷呢？

大姑姥爷，我真的很想念你了。

其木格姑姥与其其格姨

其木格，是我妈的二姑。但我妈并不叫她二姑，而叫“其木格姑姑”，对我们则称“呼市姑姥姥”，区别于“大板姑姥姥”，即“大姑姥姥”。

其木格姑姥姥（下称姑姥姥）与我母亲乌云高娃、其其格姨三人，年龄相仿，一起投身革命。当时新中国还没成立，因此投身的是新民主主义革命。她们辈分虽不同，但当时盖着一床被子睡觉，叽叽喳喳，亲同姐妹。如今她们都老了，依吾观察，可作如下结论：她们一生颠沛流离，关系密切，分别对党和自己的家庭做出有益和重要的贡献。

姑姥姥轩昂。她是宁丁的母亲。我曾说宁丁之相横平竖直国字脸，是因为姑姥姥即此貌，但妩媚若干。她举止如白鹅，我说的是丰子恺笔下的白鹅，端庄。有板眼，喜独行，富将军气概。

按说人老了，应该寄居某家，大儿、二儿或女儿家。姑姥姥似乎并不定居谁家，无论宁丁、德力黑或小妹家。她或许住几天，只几天。大部分时间在街上缓行，也不锻炼，只是旁若无人地缓步走，手里拎个兜子。兜子里倘有烧饼（呼市称为“贝子”）或廉价汗衫，也是她出于兴趣所购。

她说话慢条斯理，对国事不插嘴，对家事尤其涉嫌是非的家事尤不插手。她也许认为，健步悠游于呼和浩特宽阔的大街，比卷入纷争更佳。

那年我去呼市，住在德力黑舅舅在电影公司的一间闲房里。每天一早，姑姥姥已来到，为我煮牛奶，端一盆新鲜的“贝子”。我由于习惯不吃早饭，便只喝奶而未吃“贝子”。

姑姥姥掰开一个“贝子”，送到我鼻下，说：“你闻，香吗？”我说“香”。姑姥姥沉静一笑：“那你吃吧。”

那些天，我每天早上都吃两个新鲜“贝子”。

我十二岁那年去呼市时，临走由姑姥姥送到车站。我第一次被人送到车站，姑姥姥站在车窗前的雪地里，等着车开。我第一次尝到与亲人分手的悲楚，车一动，手伸出去却被玻璃阻挡。雪落在姑姥姥脸上融化了，她脸色光润新鲜，眯着眼向我摆手，口中说出的话被车轮声压住了。

今年夏天，我妈因为家族间的某种隔膜或误解在心里绕了个疙瘩，每日郁郁望着窗外。家政废弛，我们焦急，怕她弄出病来。这时，姑姥姥和其其格姨从遥远的呼市抵赤峰，开导家母。姑姥姥说话都是高屋建瓴的口气：“高娃，你该……”大意不外是应该超脱自救。我妈并非不通道理的人，但寻常道理，只有从她尊重亲密的长者嘴里说出，才能冰释矛盾。我很感激她与其其格姨的友情访问。

那几日，姑姥姥见父亲肺气肿，上街买了一件T衫和一包戒烟糖。T衫前胸后背画着滑稽的卡通漫画和“我要戒烟”的大字。

姑姥姥对我爸说：“那顺，你穿上这个，就把烟戒了。”我爸于是穿T衫出没稠密街衢，熟人纷纷注视，他一星期未吸烟。

姑姥姥刚走，我爸立即脱下此衫，颇不满。我妈说：“那你为啥穿？”

吾爹忧虑倾诉：“姑姑让我穿，我哪能不穿？”

家父已逾六十六岁，其憨直可见一斑。他脱了戒烟衫后，当然又大吸其烟了。

其其格姨是我妈伯父的独生女。此姨年轻时漂亮得没有办法，是盟文工团的。我妈起初也是文工团的，后来不知什么原因不是了，我认为是由于不及我姨漂亮。那时候（我小时候我姨年轻时候）她穿一件浅灰色的大翻领西服、高高挺着胸脯，傲慢而美丽。在赤峰这样一座小城市，我姨是明星。赤峰虽然小，也有盟长和司令一类的长官，北京或内蒙来了更大的官，盟长或司令就请我姨到宾馆跳舞。她还拍过电影，是什么电影我就不知道了。

后来，其其格姨到赤峰七小当音乐教师，这是使我心花怒放的一件事。我上一年级，其其格姨进来上课，全体学生“哗啦”起立。我分视左右，他们为我姨起立，不亦快哉。坐下。我姨教我们唱歌。我们走——在大路上——唱！我们走——在大路上——这时，我唱的声音最大，我要使劲唱！每个乐句，我都抢唱半拍，别人唱完了，我的延长音还在教室回荡不已，因为这是我姨教的。你们有姨吗？我坐在第一排，目睹其其格姨穿高跟鞋起伏踩踏风琴，双手飞掠键盘。她有时以眼神递我——倘若我声音过大或拖音太长——眼神中带着忍俊不禁的笑意和责备，这时我的歌喉更加响亮，因为我姨不仅是我姨，而且看我。那时我最爱上音乐课，铃响之后，我屏住呼吸等待其其格姨走进教室，她美丽矜持地扫视大家，目光最后必落在我身上。幸福啊！我虽然只有一年级，但那一瞬间，心里像鲜花像爆竹一样迸然开放啦！况且我姨脸上总含着若有若无的笑意。“美丽的哈瓦那，唱！”多好。下课时，我对同学们说：“我姨要是不教你们，你们根本不会唱这个歌！”彼等无不诺诺。这是我姨，知道不?

后来，我姨到了锡林郭勒盟。我在学校也只好陷于平庸。

其其格姨聪明、好胜，但命并不好。离婚后，她在锡盟与一位多子女的军队干部结婚。我这位姨夫名叫布和，厚道善良。为了拉扯他那么多的孩子，我姨大约吃了许多的苦。

她的前夫在赤峰，我们全家下放五七干校的时候，曾与他在一个连队。我一般避免和他交谈，倒没什么仇。只觉得亲戚不复亲戚，谈话便无趣。他左肩胛突兀隆起，属于单侧驼背，据说是拉小提琴造成的。一次，他慈蔼地对我笑，说：“原野，你小时候很聪明。”

我不大高兴，因为这种亲近试图恢复某种不宜恢复的距离。他已再婚，妻子是京剧花旦，也在我们连，每天吃饭都在一起，他又说：“你四岁的时候问我，杨树叶为什么是圆圆的，柳树叶为什么是长长的？”

当时我十二三岁，是半大小伙子，很难堪于别人提儿时的事情。再说，我现在快四十岁了，仍不知杨树叶之圆圆或柳树叶之长长的原因。

他还说，“你小时候特好玩儿，大脑袋、罗圈腿”。我只好硬着头皮听下去，我知道这并非诬我。我儿时的确像他说的那样。但他的怀旧令人不安。此公当时初得儿子，名大鹏，干校的人起名“座山雕”。前几年我见到了大鹏，英武相，用沈阳话叫“有样儿”。可惜大鹏的父亲，即我姨的前夫几年前患脑溢血去世了。

我姨和姨夫在锡盟离休后，迁至呼市的部队干休所。前几年，我由宁丁舅舅陪着，去看望其其格姨。到了她家楼下，我锁车往里走，宁丁说：“你姨在这儿呢。”

我转身看，一个枯瘦的蒙古老太太，笑对着我。我真不敢信，其其格姨当年神采飞扬的样子哪里去了？她的骄傲、矜持和美丽全都被岁月淹没了。我真奇怪（我的奇怪不止一次了），那些蒙古妇女无论当演员或官员，无论进北京或呼和浩特，到晚年无一不像牧区从未走出过艾里（村子）一步的蒙古老太太。

我感慨于岁月真是风刀霜剑，把一个美丽女人的汁水全都戕尽了。我其其格姨，眼窝的皱纹和脸上的皱纹密集太多，我想就是用鞭子抽用刀砍也不会使一个优雅丰腴的女人如此沧桑。而我又高出她一头多，竟不知所措了。二十年也许是二十五年未见其其格姨。在她家楼前，我不禁失声痛哭。

我一边流泪，一边走进她家的小楼。她家甚好，楼中有楼，归一家住。我坐在沙发上，只觉得需要大哭，一洗襟怀，把什么东西哭出来，我姨静默着，略有不安。宁丁舅舅尊重地看着我哭。哭过，说了几句话，要走。我姨上楼取姨夫的毛料裤子送我，收下了。出门骑车，回头看其其格姨瘦小身影，泪复下矣。

又有好多年没见她了，这个岁月。

黑姥爷、一中姥爷以及倒抽气的亲戚

在我妈穿梭往来的娘家亲戚中，有一位高额凹眼，是我妈的表弟或表叔。那年他由呼和浩特去呼伦贝尔探亲，在我家住过几天，是远极了的亲戚。

他很平凡，我姐和我经研究认为他没什么趣味。但后来，即他启程那天晚上，让我们开了眼界。他的笑很特别，向里吸气，隔一会儿引吭“咯”的一声，想必肚里的气过多了。这种笑，应该说有悖于常理。一般人都是提气，胸脑共鸣，声带振动：哈哈哈，或哈哈哈哈。而他属于“倒笑”，抬头，张嘴，颤抖着向里吸气。起初，我姐和我略觉恐怖，因为他吸气时没有声音，即笑声。这种光颤抖而无声的笑法，在十五瓦昏暗灯光的夜里，不能产生美感。而间隔性的母鸡打鸣似的长音“咯——”又使人感到意外。

还有，他这种笑不容易停下来，一般要笑很长时间。我分析，其吸气与换气之“咯”要在肺里形成供氧平衡，但平衡不了，就必须笑下去，使“咯”的间隔减短，渐渐平息。

那天晚上，他因为什么而笑，我们已经忘了，总之，他的谈话对象吾爹吾妈并没有刻意讲幽默故事，让他步入这么艰难困苦的笑境，像马车轱辘陷入烂泥里一样。

我和我姐互换眼神，极愉快，然后放声大笑。这下毁了，他刚停下来的笑又开始了。他挺胸，手捂肚子，耷拉着眼角开始笑。吾爹吾妈也随之解颐。我们放肆地尖叫起来，太好了！他“咯”的间隔变长，脸色憋得酱紫，用手势痛苦哀告，请我们停止这种为笑而笑的笑。我父母立刻噤口，并用目光凶狠地制止我们闭嘴。屋里静下来了，他缓缓地吸气，自己笑，“咯”的声音弱了，停下来。

我爸对我们俩说：“出去。”

出门时，听我妈对他说：“你这样笑有危险。”他用拳堵着嘴，默默点头。

我爸说：“睡吧！”他又点点头，并不抬头。

在被窝里，我和塔娜（我姐）议论他，蒙着头哈哈大笑，认为他可爱绝伦。

早晨一醒，我们就打听那个亲戚呢，我妈说你爸送他去车站了。我感到这令人惆怅。

“他为什么倒抽气乐？”我姐问。

我妈严肃正告：“人家就那样，以后不许你们这么没礼貌。”说完，她竟笑起来，我俩齐声迸发大笑，我妈笑出了眼泪。

此后的几天，我和塔娜一直议论他并模仿他的笑法。不幸，塔娜竟染上了这种笑中恶习，改不掉，直到现在；虽然程度上比这位亲戚轻一些。

“笑话别人的缺点，早晚吃亏。”我妈说。

“黑姥爷”是我妈的娘家表叔，名胡古巴日斯，意为“青虎”。“黑姥爷”这个名是我们起的，后来我妈我爸也这么叫。

他脸黑，嘴唇厚，慈祥而沉静。他是一个懦弱善良的好人，在海拉尔的新华印刷厂当了几十年厂长。他缄默着，一辈子没拿过赃钱，没抱怨过生活，没说过别人的坏话。外表很像长期在东南亚丛林作战的共产党领袖。

他是我母亲亲近和尊敬的亲人之一。前年他和老伴儿（我称黑姥姥）来赤峰做客。临走，天凉了。我妈把我发的一套军用棉衣裤送给他，他竟很感激。我倒不好意思了。黑姥爷不穷，也不缺衣物。受人涓滴而感激，是我妈她们老张家人的共有特点。

一中姥爷，即在赤峰一中当过教师的胡和先生，他也是我妈的表叔。他家是我家在赤峰街里唯一经常走动的亲戚。这种亲戚关系也许不十分近，但感情很深。一中姥爷个矮敏捷，小眼睛但满面笑容，是一位教育家。一中姥姥是心灵手巧的资深护士长，她对编织、烹饪及布置家庭无所不精。过去，我们在一中姥爷家常吃到好吃而且好看的饭菜。

一中姥爷、姥姥比我父母均小几岁，但每逢年节，我妈必张罗礼品去探望他们。大年初一，当我妈踩着凳子，从壁柜里取出点心匣子和罐头时，我们知道要给一中姥爷拜年了。她让我们先去送礼请安，自己单独去。蒙古人对长辈的尊敬是绝对不容搪塞了事的。我妈在给一中姥爷拜年时，仍要行屈膝礼。一中姥爷坐在沙发上，笑呵呵说："行了，坐下吧。"我妈才落座问候。

我妈这一生的不幸太多了，不幸之一是缺少长辈的抚爱。我外祖父很早去日本读书，我妈的生母没等新中国诞生就咽气了。她是在革命大家庭里长大的。如今她已老了，但渴望奉敬长辈的心情却愈加强烈了。我现在才知道，童年缺少的父爱，竟是一直到老都试图弥补的一种心情。她执意恭顺侍候自己的每一位长辈。今年十一月，她要和我年迈的父亲去拜候远在兴安盟的外祖父。

北呀京的金啊山上

北京的日子，对北京人来说只是一天，对外省人来说，则可能是一处景物。外省人在北京兴奋而疲惫的时间流程中，北海、八达岭、颐和园，分别是第一天、第二天和第三天的内涵和表征。当他们坐在旅馆简陋的床上，对费用与时间的核算产生困惑时，有人在沉默中喊一句“故宫”时，便有人赞和“对，对了”。故宫，就是——比如说——第七天的活动内容以及第七天本身。

时间，在北京穿着厚实的衣裳。

除了以地域替代时间之外，外省人进京又放弃了时序，即几月几日，一切都从第一天、第二天开始，像《圣经》上描述上帝造人那样。

当然，我这里说的是那些没见过什么世面的外省人，譬如我，还有我的家人。

六月，我路过北京。到北京的第二天，我在王府井大街做梦似的见到了父亲和姐姐。当时，我从合肥回沈阳，家父由赤峰赴呼和浩特，我姐在北京治病。

当时，我们并没有掐自己的大腿什么的验证事情的真实性。我们微笑着，互相打量，在王府井大街上压抑着兴奋。

我爸说：“我的眼睛就是好。”他挥臂向前一指，非常自负地说：“一百米之外，我就发现了我儿子。”

我有些不好意思，也就我爸这么说，我根本不是值得别人在百米之外就被发现的人物。陪我买东西的一位朋友在一旁惊讶着，看看我又看看我爸。他在王府井大街把胳膊伸出去，像打枪一样。后来，朋友对我说：“你爸挺慈祥。”

我知道，她所说的“慈祥”，是说我爸脸上像佛爷似的朴素宁静的笑容，这是蒙古人的笑容。因为他进了北京，在北京见到了儿子。

在我们一家人互相流露亲情的目光时，朋友告辞了。我和父亲找一个果皮箱，站着抽烟。抽烟是说话的开始。

我爸指着自己身上说：“衣服是陈虹在沈阳买的，裤子是你妈新买的，这个凉鞋……”他瞅我姐。

我姐塔娜赶紧接过话头：“我在四门市给爸新买的。”

陈虹是我夫人，四门市是我家乡一个百货大楼的通称。我说：“挺好的。”

我爸满意地点点头，他愉快地观望四周，口鼻烟雾飘散。在门面装修考究的王府井大街上，人流熙攘，大约多半是外省人，他们衣服穿得较厚，手拎大兜子。

“吃饭！”我爸把烟捏灭，果决下令。

我姐反对：“刚九点半，吃什么饭？”

“那就照相。”我爸说。

外省人进京哪有不照相的呢？当然要照相，而且是在天安门广场。四十年来，到过北京的外省人的照相簿中，大约都可以找到在天安门前的合影。天安门将北京凝缩一体，这个在国徽和硬币上出现的天安门，是我们到过北京的美好证据。

后来，我在火车上想，爸爸见了我为什么先夸耀他的新衣裳呢？退回几年，这会使我难为情。他并不缺衣裳，也不是第一次来北京。他是高知，当然是小城里的高知，但进北京必须置一身新衣裳。这可能很令北京人笑话，过去我也笑话过穿着新衣裳坐着胶皮轱辘马车进城的乡下人。忽然想到，穿新衣不是怕城里人瞧不起，就我爸而言，他是用新衣裳来赞美北京。高攀地说，如维也纳人穿礼服参加音乐会一样。

照过相，我爸说：“这回该吃饭了吧？”我和姐姐只好跟他老人家去吃饭，由我付钱。这时不能提这样的问题：“你饿了吗？”等等。我知道这确乎是一种纪念，纪念我们共同到了北京。饮食到底是一种文化，如果不吃饭，怎么办呢？已经照相了，难道和天安门前的石狮子久久拥抱吗？我们（至少是我爸）

必须表达这种感情，在这么高兴的时候，吃着饭喝着酒说着话，美好的东西就被固定了。这叫“下馆子”。

在西单一家饭馆里，面对一桌饭菜，我爸兴奋地回忆着往事，我因为疲劳而吃不下饭，我姐刚吃过饭，也没有动筷。

“这就绝了。”我爸眼里放射神采，奇迹又发生了，“一九四九年，我头一次来北京，也是在西单吃的饭。”开国大典时，他所在的内蒙古骑兵部队来参加阅兵式，两个人花三千块（三角）合吃一碗面条，在西单。

历史在北平拐弯和我爸见面了。照相了，吃饭了，他心满意足，回招待所了。

眼下的北京，无论有多少日新月异的变化，譬如北京人逐渐用“环”这个现代化的道路概念来替代以往的“城”的地域概念，譬如凯莱、秀水与世界公园这些景观给北京注入了国际化的色彩，这些与我爸对北京的感情没有关系。至于北京的掌故，譬如梁实秋咏叹过的内务部街的槐树、梅老板在天桥剧场的演出，我爸也不懂。他根本不会说出“北平”这个词。但他坚定地热爱北京。北京人对外省人的倨傲、行车住店的麻烦，都不影响他的爱。

他热爱北京的什么呢？不光他，我家更小的孩子也有这种感情。我外甥阿斯汉两岁时被姥姥抱着在赤峰的街头逛，看到市委刚刚粉刷的楼房和一座建得很好的门垛子，他突然伸出手，用蒙古语说：

“E e baole Bejing mi？”（这就是北京吗？）

阿斯汉更不了解北京，但他把眼中的巍峨清洁华丽之物归于北京了。他长大之后也会穿着新衣裳去看真正的北京。

北京在我爸眼里是什么呢？是长安街和东单、西单，是宽阔的广场和天安门。这是北京里的北京，是一眼就能发现的永远看不透的高贵所在。如果用一个词来表达，那必用“金山”这个词。在蒙古人眼里，金山不是财富，而是圣洁。如果用歌声来表达，是那首一叹三婉的藏人的歌曲：

“北呀京的金啊山上……”

这是可以被描述也可以被实践的梦想。

父 亲

那天晚上，我们把刚刚煮好的玉米粥端上桌的时候，爸爸突然走进屋来，肋下夹一个行李卷，肩上带着雪花。我们全惊呆了，我妈失手把锅丢在了地上。这是一九七〇年，我爸被他们单位自设的“监狱”关了两年多。

他坐在炕沿上，笑。仿佛想亲吻我们、拥抱我们，但没动。我和姐姐的一举一动，都使他目不转睛。譬如，我悄悄脱鞋上炕，捧起碗不出声地啜粥，飞瞟一眼的时候，我爸用热烈的眼光望着我笑。这种笑让人惊心动魄，浮白的脸上胡髭丛生，眼里蒙一层泪光，像被水淹了，分明笑着，而喉头和胸膛都在起伏。回到了家，哭和笑这两件事，使他不知先做哪一样好。

我溜到外屋，看见妈妈在黑暗处，衣襟蒙着整个脸，全身都在抖。好多年以后，我才明白我爸这种感受，他经历酷刑，几次自杀未遂，被关在单人牢房。那时，他没想到还能回家，没想到我们母子三人在十五瓦灯光下平静地喝粥，而我上炕下炕如此敏捷，令人大欢喜。

我妈进屋，像没事一样，说“吃饭吧”。我爸说“是”，又说“不饿”。他变得谦恭，甚至可以说客气。起先他是个强悍的人。他下地，珍惜地打开收音机，又关上；在椅子上坐下，起来，又在另一把椅子上坐一下；把书架上的一本书打开，合上，又打开另一本书。他用手摸摸洗脸盆底儿的金鱼图案，摸一摸带花纹的榆木炕沿，又伸手把墙上的灯绳拽了一下，屋里漆黑，我缩到墙角，我妈说“干啥！”我爸把灯拽亮，歉意地笑了笑。他在“监狱”里从来都是亮着灯睡觉的。接着，我爸又环顾左右，突然一惊，站到地中央，向摆在红箱子上面带夜光的毛主席胶皮塑像鞠一躬。他的脊椎被打折了三处，弯腰时颇吃力。

如此这般，我爸盘腿上炕，用亲切的目光抚摸四周，眼里退去了惊惧和恐慌，笑得很舒坦了。这时候，我心里流出对父爱的渴望，像一股滚烫的水冲到嗓子眼儿，如哭。而我爸显得十分满足。

我爸出来后，“问题”还没有解决。开春，他和其他“牛鬼蛇神”在报社种菜，心情却非常好，每晚大谈种菜的实绩。除种菜外，他对家庭建设也产生浓厚的兴趣。当时，社会上一批“被解放的干部”风行打家具，我爸对这种精巧的手艺不在行，他是个翻译家及前骑兵军官。看到家属院涌现出大量小仓房，我爸说：“咱们也盖个小棚！”我们管仓房叫小棚。他准备从盖鸡窝入手，找来不少战友，论证、施工，把鸡窝——用砖砌的、中间夹木棍的——二层建筑盖起来后，他们在一起饮酒悦谈。但晚上鸡不肯入窝，天黑前，鸡窝塌了。这些前骑兵大尉、少校沮丧地回了家。我当时很佩服这些鸡，它们多么聪明。

而我爸热情不减，经过研修，他不仅盖了一个很好的鸡窝，还盖了两间小棚。大小棚装杂物，譬如自行车，小小棚装煤。院里还栽了一棵沙果树。我爸常在晚饭后，在春日微风的吹拂下，欣赏鸡窝和小棚，有时长时间地凝视沙果树的叶子在风里飒飒，那时他披一件旧棉袄，袖上缝着白布的“大叛徒”的臂章。

而我最高兴的是趴在小棚倾斜的屋顶上读《敌后武工队》。读一会儿，仰面看白云移动，心旷神怡。我现在仍然觉得，没有什么比趴在屋顶上读书更适意的事情了，虽然现在不容易找到这样的场所。

有时，上述情景还会闯入我的梦境，包括我爸夹着行李卷进屋那一幕。我想，家，是人生最猜不透的一个谜，在艰难离乱中可以给人带来慰藉的，唯有家。

骑兵流韵

我父亲是骑兵出身，但我对打仗没有任何意义上的兴趣。一九七八年，赤峰师范学校大礼堂，在几百名学生几近骚动的狂热情绪中，校长一字一顿地念一份文件，念一个词用眼睛瞟一瞟台下：

“我军！又！攻克高平！谅山。”

掌声四起，像大马车的胶皮轱辘在雨水坑里飞溅而过。我也许是唯一没有鼓掌的人。委婉地说，是忘记了鼓掌。当一支军队在外域作战时，远居内蒙小城的师范生为我军抑或是为高平而鼓掌？他们——我的同学们——在掌鼓过之后，早已忘记了。眼下他们大多是乡村中学的校长或教导主任，养孩子兼养猪养羊，同时精通语法与课文的段落大意。

我父亲当骑兵时，参加过攻打沈阳和四平等地的战斗。我对他的战争经历缺乏浓厚的了解愿望。他似乎做不到完整叙述一场战斗到底是怎么一回事。我原来以为他被战争吓着了，后来在书中读到一位军事家的分析：“每一个参加战斗的人，都不可能说清这场战斗，包括指挥员在内。”这情形如同在一场突然开始和结束的殴斗中，当事人无法描述当时的状态一样。换句话说，在对于战争的描写之中充满了谎言。也就是当有人把战斗的细节弄成一种逻辑的顺序时，勉强之中也包含了假。从这种意义上说，我父亲对战争的回忆，是真实的。因为它由片段剪接，也可以说富有诗意。譬如，一九四九年开国大典的检阅之前，他们住在清华大学附近。居民中迅速传布着恐惧的流言：“蒙古鞑子来了”。而这些佩戴解放军胸章的蒙古士兵，在街上观察北京人坐在八仙桌前小心咀嚼精致的肉包子。“我们，”我父亲话锋一转，“走到彰武一带时（时间已回溯到一九四七年），半夜行军，用日本毯子包着脑袋，冻得受不了。白天进了村里，就把毯子垫在鞍子上，三九天穿着夹袄还得挺胸脯。要不老百姓以为我们是土匪呢（‘呢’的读音为‘妮’）。嗨嗨！”

从视觉角度说，骑兵在战斗中的表现比步兵好看（把“好看”这个词放在进攻的战事里，似轻佻，但还是比“英勇”或“雄峻”这些词更朴实一些），骑兵在冲锋中显示威力。面对敌方机枪的扇面扫射，他们高举着马刀。马刀与身体是一条直线，同马背形成四十五度夹角。蒙古马在枪声中永远向前奔驰。战士也许有临阵逃脱的，但战马从来不会临阵脱逃。它们的主人把马蹬踏直，呐喊着往前冲。这是一种决死的状态。当遇到敌人时，骑兵把马刀向左晃一下，然后右劈。那个刀下鬼可能连头带肩膀全被劈下了。马刀是不开刃的，倘开刃，会卷刃崩豁——人的骨骼毕竟也很坚硬。骑兵的冲锋与杀敌靠一股气势和膂力。从首长的观点看，骑兵能冲垮敌方的阵脚，动摇其士气；从全局看，骑兵的意义在利用机动能力围点打援，或牵制对方兵力。而骑兵不知道这些，他们只在蔽日的尘烟中冲锋或倒下。

许多年之后，当我父亲用自己的双足而不是马蹄行走于沈阳的街头时，肯定把这一切都忘记了。他背驼得厉害，走路时努力抬着头。前几天下雪，我在雪地里背考试题。他见到后，离很远就脱下大衣给我，我说“不用”。他的身影一闪两闪在楼前的丛林消失了，手里捧着给我女儿买的小食品。他也忘记了马。

在真正的战斗中，骑兵冲锋之前无比静默。你可以想象，拂晓时，开阔地尽头的胡杨林笼流一缕白霭，马队没有声息，骑兵们的表情几近麻木，眯着蒙古人细长的眼睛，颧骨黑红。人在拼死之前没有任何表情，蓄积精力，也是摈弃思维活动之后的精神状态。马，也不再低头啃凝霜的衰草，它们嚼一嚼嘴里的铁链，偶尔一抬蹄子，耳朵尖立始终等候着号音。这情景同成吉思汗时代并无不同。当成吉思汗的大军不远万里来到拒绝通商的花剌子模国时，两军对阵，草木肃杀，铁木真的头顶飘绕一阵白云，这云或许是从额尔吉纳河追随而来。

面对敌阵在阳光下闪耀的锋戟，他细而长的眼睛若有所思，似更仁慈。伟大的统帅和伟大的艺术家一样，在战场上表情松弛，目光明亮柔顺。他说过：

与朋友交，像花牛犊般忠厚，
与敌人搏，像狮虎般凶猛。
你们在明亮的白天，
要像雄狼一样深沉细心。
你们在漆黑的夜里，
要像乌鸦一样坚韧不拔。

花剌子模的守军如铁桶一样箍成圆阵，神色漠然的蒙古马队像海青鹰一样冲过去，然后沿着圆阵包抄，接着是一支又一支马队射出，最终将圆阵撕裂。这是目前还在沿用的世界三大战法之一的“成吉思汗战法”，铁木真自称“海子阵”。

而战马，正是战马把蒙元帝国的帷帐一直扯到中欧和南亚。战马没有时代感，它们也许觉得还生活在十三世纪，认为黑山阻击战与攻打俄罗斯大公国的区别不大，它们只是不懂炮火这种照耀夜空与震耳欲聋的东西。蒙古人的文学很喜欢铺排场，宫廷与民间的俱是如此。在他们的诗篇中，不时地赞美马，赞美起来没完没了。譬如，某某英雄的坐骑，蹄子如“西海里的宝莲花，东海里的金盏花”；毛色如“锦州买来的海青缎子，敏州买来的湖青缎子”，云云。蒙古民间艺人可以一气说出几十种美妙的缎子，来形容马的毛色。而卖缎子的地名，他们有时则瞎编，如敏州———一种大城市与布满珍玩的所在。在蒙古人口头传唱和印进书本的赞颂词中，艺术家尽情地歌颂着马（不仅仅是战马），不无夸张地形容马的表情、样子和每一个部位。作为文学手法，这种描写不免有些虚张声势，但也透出了他们心底里的默祷：热爱马吧！马是蒙古人说不尽的话题。此外，说不尽的话题还有草、女人和酒。我橱上有一尊蒙古国的瓷马，白色，温驯，备鞍鞯，昂首直立，并无奔腾之势。蒙古人看了之后，都赞美：

“唉！这才像个马。”汉人涉及马的雕塑，多取悲鸿笔意，把水墨意味愚蠢地雕刻出来，马鬃像刺猬针一样直立。汉人艺术源流中的马，造型好的存乎汉墓画像砖的古朴与唐瓷的遒劲之中，两者均俱龙势，与大唐、大汉相衬。蒙古人眼中的马是静态的，安然于天地之间，灵慧而和蔼。与蒙古人一样，它也有性格的另一面，暴躁与拼挣。骑兵部队的战马，受伤卧下，一听到冲锋号便站立疾驰。对流血的主人，它会痛心疾首地围转，甚至悲鸣不已。这就是战马，而不关其毛色像锦州什么缎子。

在我父亲支离破碎的战争故事中，提到马，他总是肃然，像讲述一位领导的行状。骑兵心中最为不忍的事情，大约就是掩埋战马。他们不愿讲述这细节。战争回忆对于一个倾听者来说，令人不快的在于讲述者无意流露的细节会像弹片一样嵌在脑海里，给人深刻的恐怖甚至怪诞感。我父亲说，他们的部队攻打沈阳时，行军间传令在苏家屯的公路上待命。一发炮弹（只一发，搞不清是哪一方射来的）落在他们的队伍里，当时我父亲拿着烟袋锅正想和身旁的班长（也是位远房的叔叔）对火。爆炸之后，我父亲目瞪口呆地发现他的叔叔班长消失了。硝烟散尽，队伍又开始进发，他回头看到头顶的电线上一段残手握着烟袋，上面挂着六个飘带的烟荷包。烟荷包是蒙古男人重要的装饰品和情爱信物。那时，在电线上抖来抖去的彩绸飘带就是牺牲者的全部了。讲述时，我父亲的眼神又装满十七岁时的疑惑：“我叔叔怎么就一下子没了呢？”我本来就沉湎于这种疑惑与残酷之中，听到这样的反问，更加不安起来。我怎么知道呢？答案本来很明显，他被炮弹消灭了。但我父亲痛苦的疑问是，他叔叔的笑脸、幽默、嘴角叼着烟袋和怀抱步枪的悠闲样子一瞬间如此彻底地消失了（难道能够按顺序消失吗），而烟荷包却明明白白地飘着。我父亲是否在想，让烟荷包消失让叔叔从炮弹崩起的浮土里一边咳嗽，一边站起来呢？

酒别

我爸开始出外喝酒那些日子，恰是携我游历的辰光。在故乡的小城里，他享有翻译家的美名，浓密的黑发向后背梳，豪爽侠气，俨然美丈夫。他把一些后来被称为“大毒草”的流行小册子译成蒙古文出版，如《松树的风格》。有了钱，就找人喝酒。喝酒时，他牵领我归去来兮。

我爸的酒侣都是军方战友，昭乌达军分区的那森泰、松拉扎布等人。他们均为骑兵二师的革命刀客。

对我来说，有趣的记忆是酒后相送一幕。当时，我爸用洋铁皮水桶盛了满满一桶生啤酒，远足十里之外的东大营(骑兵团驻地，番号四九四八)，找我妈的一位表弟喝酒。我爸体格好，大骨架子，拎着一桶啤酒抖擞前行，并不吃力。路途是一条从没通过火车的铁道线。两旁柔细的沙丘上覆落枝叶招展的绿杨。甫出几里，我爸又生创意，撅一根茶杯粗的树棍承担酒桶，我担他提。待我肩膀肿痛时，则换左肩右肩。夏日流火，我们爷儿俩汗浸衣衫。歇着，我爸箕踞喝一气啤酒。我说：“爸你多喝点儿，省得沉。”我爸严肃：“那哪行！”

现在知道，啤酒在不密封的容器里晃荡十里，泡沫逸尽，味也薄了。但这只是“现在知道”，正如现在没有担着一桶啤酒步行十里邀人痛饮的父子了。

到了东大营，我那位上尉表舅欢喜不安，他个矮面善，手捧我爸的白府绸褂子与草编礼帽尊重地挂在高处。转身吆喝外屋的老婆：“炒菜！”菜只有炒鸡蛋与肉罐头。我们家的洋铁皮水桶安置地中央，他们敞怀畅饮。动箸“咕咚”之前也有几句寒暄，“姐姐好吗？”舅舅问。“孩子们好吗？”我爸问。回答皆是

“好，好”。碰杯之后，他们执军绿色的搪瓷缸子探入水桶舀酒。说着笑着，酒至半桶，彼此露出敬佩之色。最后酒喝干了，鸡蛋也炒过了三次。我表舅把两个茶缸并排放桌上，踉跄举起并不重的水桶，使余汁分流两茶缸之中，甚至左一滴右一滴。这时，他发现酒里早匿一只昏迷不醒的瓢虫，便拈出大笑，仿佛发现了同志。我表舅把指上的瓢虫弹飞之后，穿上军服，金色的肩牌缀三颗银星。他扣上大宽皮带，由肩至腰另有一条窄皮带（至今我仍不知其称谓）斜挎，比小人书里的好看。

“走！”他说。当时天色已经黑了。“我送你们。水桶撂这儿，下礼拜我拎啤酒上你家喝去！”

“别，别！”我爸推掌，像分开两扇门一样，“桶我们拎回去，你哪能拎一桶酒去？忒沉！十里多地呀！”这时候，他说实话了。进屋时我爸轻蔑地称这桶酒“飘轻儿”。

“那你不拎来了吗？”表舅质问。

“问题是你到我们家喝酒，门口馆子有的是酒，你拎它干啥？”

“那你拎它干啥？”

“那我也不能空手来呀！”我爸委屈地说。

“你不带孩子来了吗？”表舅指着我。

我爸仰起脸困苦地思索着水桶的问题。他豹眼环张，大分头傲慢右梳。我们家族的人眼睛都大而圆，这并非威胁谁，就像我爸笔直削挺的鼻子也没想吓唬谁一样。他只是骂人的时候才把眼睛眯一眯，所谓“小视”。

“嗯。”我爸首肯了，他可能想起了蒙古人素无将客人带来礼物的兜子空虚带走的礼数，一般装点儿奶豆腐红糖什么的请客人携回。但我爸带来的是一只铁皮桶，不同凡响之至。“你去的时候装半桶啤酒就行。”我爸说。

“一桶！”

“半桶！”

等等。这里不叙了，因为都是醉话。当时我刚刚挣脱第二次睡意，在摆弄表舅的辽沈战役纪念奖章。表舅母金香温良微笑，听他们叱咤争论。最后，水桶在此做客一周。

步出东大营，月牙儿已如吕布那杆画戟一般下弦，左右踱步的哨兵肋下枪刺在夏夜倏忽一闪 。我们俩一高一矮横行，仍复行铁道线。两根静卧的铁轨在月光下如银链伸向丛林的交汇处，如蒙古妇人高髻上长长的银簪。黑黝黝的树丛像两队看不清面孔的送行队伍。它们的背后宛如东山魁夷笔下的珐琅的清明之夜。

我爸和表舅先在枕木上走，间距局促，让人步伐小气，身态如穿厚底靴的满族女子，显见醉汉不宜。而后改走铁轨旁的小路，不时手拨遮脸的树枝。

他们摇晃着，不觉间唱起歌来，当然是蒙古民歌。蒙古人总是如此，歌酒相随。表舅喜欢唱轻松细巧的情歌，如《万姐》——

要说这海青色的绸巾，
是海山哥哥在锦州给我买的。
要说这金丝边的坎肩，
是金山哥哥给我在盖州买的。
……

他扭颈唱着，用手拽展军装的大襟，其拖腔成为“买的——唉”，极尽珍惜。

我爸唱悲抑宽广的科尔沁民歌，唱时，他会无由地兀立荒草间不动，眼盯着天上的星星——

榆树呀柏树，要是真的烂了根呀，
剪子翅的莺歌鸟儿要到哪里去唱歌?
心上的人儿达那巴拉今天动身去当兵，
啊哈咳——留下金香一个人，
瞅着谁的颜面过日子呀?

那时我父亲轮廓清晰的脸上一定分散着泪水。想家，想抚养他长大的奶奶和早逝的闻名百里的民歌手爷爷。蒙古歌的确是没有眼泪的哭声，是表面平静但暗涌奔突的河流。对蒙古人来说，从不担心无歌可唱，别说十里，就是走上五十里，歌声也断不了线。他们从小生活在美好而无尽的歌海里。

这样，很快到了我家——盟公署家属院。稍事闲话，我爸起身送表舅回东大营，我仍追随其后，重新走上这条亮闪闪的铁道线上。他们彼此搂着肩膀，谈论女人或骂某长官，也唱歌。又到了东大营，哨兵换过，仍对表舅敬礼如仪。表舅母睡下了，掩襟起身上茶(蒙古女人从不会拂逆丈夫哪怕是乖张之举)。啜两口茶，我爸又戴上礼帽，说“走啦”，表舅扣上大檐帽说“我送”。他们在门口诚恳坚定地讨论送与不送的问题，兼有推搡较力。结果还是送。半路上，他们坐下抽烟，我爸抽“迎春”牌的，蓝地儿上一嘟噜灿烂的碎花；表舅抽“大生产”，都有锡纸包装。互相敬让，烟头明灭。到了我家，他们复进酒菜。表舅辞行，我爸抬臂——“东大营”。这时我妈已由微嗔转入忍俊不禁。劝表舅住下。他正正皮带：“那不行！明天还带兵出操呢，必须走！”我妈对我爸说：“那你别送了，咋送不也得分手吗？”

我爸怒目：“这是什么话？人家送我，我怎么能不送人家呢？”这就是他们互相送别的理由，依此理由他们将永远送下去。这里边有酒劲，但无虚伪。

后来，我在炕头睡着了。次日天亮，眼见表舅蜷睡炕上，大皮带仍系着。其后的事情是我爸将表舅送到东大营，表舅又送我爸回来，东方即白，途未穷但力尽矣，只好在梦中奔波了。至于谁来领兵出操，就搞不清了。我表舅所有的四九四八部队全团官兵多是蒙古族子弟，参加过辽沈战役。

表舅在“文革”前调往集宁市。在度尽劫波之后，他们如果想起这段酒后相送的旧事，大约能够开颜一笑吧。而我写下这件事的理由之一，也在于为了使他们忆起青春时光中的一段快乐的趣事。

而铁皮水桶，在第二个星期日被表舅盛满啤酒，满头大汗地送至我家，我们则不必羞怯地端着洗脸盆子从井台往家端水了。

沙日拉咩绕，我的马

我父亲那顺德力格尔第一次来到沈阳是在一九四八年十一月二日。他们从塔湾进入，这里是沈阳的西北角。地上铺一尺多厚的雪，马奋力抬蹄，再踏进去，跑不起来。国军的黑飞机从树梢那么低掠过，倾倒机枪子弹，泼水似的。马跑不动，骑兵们活下来全靠运气。我爸现在说国民党的黑飞机，还咬着牙不松开："它们横着飞、斜着飞，人和马都害怕。机枪子弹沿一趟线突突下来，地全开花了。人马中弹，血化开炕席那么大一片雪，地上出来一个血窟窿，马的血比人多。"

马累出汗，脖子上的毛聚成小绺，骑兵们冻得打哆嗦。十一月，他们穿单衣单裤，这是黄炸药染的土布军装，但炸药不抗冷。他们进城没遇到抵抗的国军，十几里外的城中心传来密密麻麻的枪声。我爸所属四野骑兵二师十三团，他们刚刚从长春赶过来，和四野主力一起解放沈阳。

我爸骑一匹白马，蒙古语叫"沙日拉（略带杂毛的白色的）咩绕（马）"，他的马像一个细心的战士，和他一起走过战火。黑飞机过来扫射，战马要有足够的意志力隐忍不动。马如果毛了，疯一样地蹿出去，就成了敌机第二轮扫射的目标。这些，战马都懂。马在战场上见过无数死人，见过人趴在死人身上痛哭，见过人拖着五六米的青色肠子在地上爬。从长春开始，骑兵二师和四野一个朝鲜人的步兵师穿插行军。骑兵目标大，夜里行军，朝鲜步兵师白天走。那时候，八路军（四野官兵习惯自称八路军）占领了东北的土地，但天空还属于国军，天天狂轰滥炸，天到夜里才歇着。进城是在早晨五点，连长罗保传令：

"整理军容风纪，显示八路军的威风。"骑兵们夜里行军，身裹日本人的军毯和土匪的羊皮袄，接到命令，他们全都挺起胸脯，显露四野的胸章。"要不然，"罗保说，"老百姓以为咱们是土匪呢"。城里是一片荒凉的平房，无人瞻视他们挺胸的丰姿，老百姓都跑光了。

骑兵二师全由蒙古人组成，每连一百个战士、一百匹马、一百杆三八大盖（苏军收缴日军装备转配四野）、一百把哈尔滨产马刀。我爸说哈尔滨的马刀照日本军刀差远了。好马刀不是好菜刀，它的刃有五分钱硬币那么厚，刃不能开。好刀接连马的冲力与骑兵的膂力，一刀下去可削掉半边人身，它哪是刀？是一下砍断五六根骨头的薄钢板。刀下去砍不到人，骑兵会一头栽到地下，这是多大的力量。我爸他们挺着胸脯走在街上，路边立着电线杆子，这是大城市的标志。塔湾之无垢舍利塔立在前方几十米处，雪落在一层层的飞檐上像撑着白伞。"咣——咣——"一阵爆炸响起，声音静下来。他们接着往前走，电线上、树上挂着人和马的碎肉、炸药染的军服碎片。

"尖兵班全没了，十二个人，他们全骑着白马。"我爸说，"不知道是什么炸了，炮弹，也可能是地雷。"

战争的仇恨是一点点积累的。我爸所在的十三团一连官兵是乡亲，有亲戚关系。我爸的战友中有他的叔叔、伯伯和舅舅，一起出来当兵却不能一起回家，让活人悲伤。战马是骑兵从自己家里带出来的坐骑，我爸的"沙日拉咩绕"是我爷爷彭申苏瓦参加内蒙古自治军的马。我爷爷在飞驰的马上用步枪左右开弓，打碎东西两侧二百米外的四块青砖。他的枪技离不开马的配合，马跑得稳，枪打得才准。我爷爷回家养伤，我爸骑这匹马入伍，编入骑兵二师。那年我爸十八岁，马六岁。

马跑到最快时四个蹄子像攒在一块儿又撒开，像一块风里的云彩。天下没有战虎、战狼、战猪，却有战马。马把自己的命搭在人的命里，他们是死党。骑兵们进了沈阳，一厢待命，步兵在每一条街上打巷战。"噼里啪啦，噼里啪啦！"我爸说："步兵跟他们干，我们等着。"在攻城的战斗里，骑兵像老鹰一样待在城市外围，阻击敌方援兵或从步兵防线逃出的溃敌。马要有马棚，我爸他们团进驻铁西一家面粉厂。他们找来找去发现面粉厂有大棚，里边垛一袋袋白面。“马住棚里，我们吃烙饼。白面就是白面，没油烙出来也好吃。”他们卷着饼往嘴里塞，手里抓另一张。枪声停了，零星的枪声也没了，他们举着烙饼欢呼胜利。骑兵们爬上房顶，看见缴械的国军排长队走过来，被解放军战士押解，蜿蜒十几里。国军的军装有两种，一种土豹子样，比八路军好不到哪去。另一种美式哔叽夹克。“漂亮！”我爸说，“被我们的人押着，全套美式装备。”

骑兵的烙饼只吃了一天，沈阳解放了，他们领命追击另一股土匪，匪首叫胡图林嘎。土匪边逃边散，追到开鲁之后，土匪没了。国军和土匪都怕四野骑兵，但骑兵怕老百姓。四野军纪严明，老百姓一告状，违反纪律的人就要倒霉，最轻也挨连长一顿拳脚伺候。土匪进村，上门抢粮食草料，八路军哪敢抢？抢老百姓会被军法官枪毙。骑兵们不会说汉语，兜里没有钱，他们向老百姓作揖赔笑脸，像要饭一样为马讨要谷草。八路军有一奇技——写借条，写上借谷草多少斤、粮食多少斤，全国解放之日偿还。我爸读过私塾，通蒙古文、满文、日文。他写了无数借条，一挥而就。汉族老百姓不懂蒙古文、满文、日文，连汉文也不认识，笑笑，把粮食草料送给骑兵。马有吃的就好了。马爱吃铡得细碎的谷草秸秆。“刷刷刷，像吃水果一样。”我爸替马说，“这是冬天，到夏天更好，有青草了。”

夏天，若无战事，骑兵们把鞍子、笼头从战马身上卸下来，领马到草甸子上玩儿。我爸上河边给白马洗澡，用刷子刷马。马舒服，用鼻子蹭人胳膊。我爸在草甸子上跑，白马在后面追，人躺在草地上，马低头闻他的头发。“可好啦，马呀！”我爸说，“像小猫小狗一样，它知道这是玩儿呢。”他骑在马上最爱唱一首歌，这首歌是从成吉思汗时代传下来的——“蒙古人战胜多少苦痛完成的大基业，蒙古骏马立下了大功。像蒙古人有天那么高的志气，蒙古马的力气啊真是无穷”。蒙古族有许多赞美马的歌曲。《巴音杭盖》唱道：“可汗的行宫边上，带嚼子的骏马神气地披着黑缎子。云彩似的马啊，追赶前边的云彩……用黑豆喂得滚瓜溜圆，用绿豆喂得滚瓜溜圆。我的花白头发的爸爸留给我最好的马……最有名的北京城啊，城里吉祥还繁荣，手捧一堆现大洋，也买不来一匹大走马。最有名的南京城啊，城里文明还繁荣，从怀里掏出来八十五两银子，也买不到一匹好走马。我的马呀人人都喜欢，它的额霜有一块月牙斑。”

唱到这儿，我爸每每发表不同意见。骑兵认为带月牙斑的马不吉利，没人骑这样的马上战场，心里忌讳。我爸说他的沙日拉咩绕是最好的马，因为它是白马，成吉思汗的坐骑就是白马。大汗养了七十匹骒马，产马奶供他饮食。我爸说他的白马睫毛也是白的，像翅膀一样呼扇，眨眼。这匹马静立如雕塑，脸上血管隆起，它的蹄子像四块大玉石，眼睛比黑水晶还要黑。白马救过我爸的命。一九四七年五月，骑兵行军到开鲁县保合屯一带山坡下暂休，不到十分钟，哨兵跑过来，说山后抄来五千多国军（不一定有这么多，哨兵吓坏了）。休息的骑兵，人不离枪，马不离鞍，他们上马就跑。国军见蒙古八路逃遁，放枪射击。马爬山动作大，我爸摔了下来。腿摔伤站不起来，白马围着他打转，密集的子弹打过来，石头冒火星。马恨不能扶他起来，可惜没长手。我爸拽着马蹬爬上了马，追上部队。晚上宿营，我爸摸白马的前额——马喜欢人摸它的前额。“马啊，你救了我的命。”马低下头，闻他的胳膊。“可惜它不会说话，但它能听懂我说话。”

打四平，骑兵驻扎在离城八里外的村子。国军黑夜白天轰炸，八里之外仍觉地面震动。四平攻下来，骑兵进城，他们看到国军钢骨水泥的碉堡连成一片。“碉堡前是什么？”我爸伸出手，手在抖，“八路军的尸体垛成垛啦，一丈多高。”骑兵从近百米长、比人还高的死人垛前走过去，我爸察觉白马浑身都在抖。血水流在壕沟里，上面落一层尘土。马闻到八路军战士血的味儿，不敢往前走了。骑兵下马，摘下帽子，沮丧地走过去，马垂着头。牺牲者一人压着另一个人，摞着，血穿过尸体流进壕沟。我爸不敢看血流，但还是偷眼看。血从人垛滴答下来，汇成细小的河流。

“最难受的不是这个。”我爸说，最难受的是看马寻找牺牲的主人。一九四八年八月，他们在开鲁县好宝营子遭遇六十多个土匪。骑兵叮咣一顿袭击，消灭了大半土匪，匪首带几个人钻进了苇塘里。芦苇宽广好几亩，我明匪暗，八路军进去一个被打死一个。巴图、却吉、杜楞扎那、东山，一共四个人被土匪打死，都是我爸的长辈。后来，三班长青龙不知采取什么办法爬进苇塘里面，用手榴弹炸死了土匪。他们用刺刀在山坡阳面挖一个大坑，铺上柳条，掩埋战友。遗体上撒一层柳树叶，盖土，用马踩过去。这时候，巴图叔叔的白马、却吉大爷的枣红马、杜楞扎那舅舅的白马、东山叔叔的黄马像疯了一样找它们的主人。这些马在队伍里钻来钻去，见到人就闻腿闻胳膊。骑兵们哭了，我爸手扶鞍子放声大哭。马还在找，慌慌张张地钻来钻去，鬃毛如乱发散在脖子上。

骑兵们骑着战马踏遍东北的冰天雪地，看过漫山遍野的山杏的白花、长在石头里的杜鹃的粉红花。他们唱着成吉思汗时代的战歌前进，脖子上挂着在庙里请的护身符。子弹不长眼睛，上战场谁不怕死？有了佛爷的护身符，心里踏实点。我爸头一回参加战斗，枪一响，白马的身体一阵阵激灵，他身体跟着激灵。"枪声大了就好了，"他说，"谁也不害怕了。"我爸后来主编出版从古至今蒙古族文学汉译作品典籍十二卷，为蒙古文化史上第一人。菩萨一直在保佑他。

我从小对"骑兵"这个词敏感。上小学时，军分区在体育场举办阅兵式。骑兵骑马走过主席台前，马刀竖在肩膀前闪闪发光。那时候，大喇叭放一首铜管吹奏的《骑兵进行曲》——咪哆来咪咪，咪哆来咪咪，嗦嗦哆来咪——忒雄壮。在乐曲里，你看战马高昂着头，鬃发一抖一抖，蹄子灵巧地翻盏，那真叫威武雄壮。

赤峰体育场的主席台很小，司令脸上有麻子。我爸的白马比赤峰骑兵老十四团那些马厉害，它参加过开国大典，当然是我爸带它参加。他骑着白马和战友一起接受检阅。一九四九年，骑兵二师划归内蒙古军区，组成一个白马团、一个黑马团出席天安门广场阅兵式，我爸在白马团。八月，他们进驻清华大学边上一个叫清河的村庄。那时候，北京到处流传国民党的谣言。村里风传：共产党的鞑子兵茹毛饮血、割人耳朵。骑兵们受到歧视却不知缘由。我爸说，村里人供刺猬为神灵。刺猬满地爬行，若被马踩死，老百姓很不高兴。团长下令，全心全意爱护刺猬，谁踩刺猬谁受处分。我爸差一点儿受处分，但不是因为刺猬。一九四八年五月，他们和国民党正规军在突泉县对阵，消灭国军一个连。我爸心眼儿多。他留在连队后面，看连队走远了，偷回战场捡洋捞儿。他捡到六尺白布、一条雪茄烟，然后追赶队伍。连长罗保发现此事非常生气，说：“你个兔崽子，我要处分你。”我爸把雪茄烟双手举过头（按辈分，罗保是他远房爷爷，原为日本骑兵军官）。我爸七岁已开始吸烟，不得已才把这么好的烟交出去。罗保吸雪茄烟，很入迷。我爸问：“罗保爷爷，我的处分……”罗保说：“我再吸一根。”他又吸了一根烟，说：“下回处分你，这回算了。”

“怎么处分？”我问。

“禁闭三天或七天、十五天不等，再严重送军法处。”

八月，清河村外的草甸子正开黄花、红花、白花，战马把花朵全踩了。骑兵每天训练战马横竖成排，类似现今马的盛装舞步，这是非常困难的事。上级要求骑兵团走过天安门时，战马横竖成排。骑兵要把提振缰绳和双腿夹马的功夫掌握纯熟，控制行进速度。天天练，他们练了两个月，人与马达成难以言传的默契。白马在草甸子一排排走过去，迈着小碎步，非常整齐。

一九四九年十月一日，内蒙古军区骑兵二师白马团和黑马团凌晨五时从清河村出发，七时到达北京东单。骑兵们头一天发了棉布新军装，马在水池子里洗了澡——每人领到半块肥皂，给马洗澡。马洗完澡，晚上用缰绳吊起来，不让它躺着睡觉，怕脏了皮毛。夜里，骑兵们领到铁盒的金鸡牌鞋油，马靴擦得油光锃亮。到了东单，团长下令给马蹄子刷上黑鞋油，白马挺神气。检阅开始，骑兵走到天安门城楼前，我爸心里默念：“白马啊，你千万别走错，好好走。”他的汗把军装都浸透了。大喇叭传出总参谋长的命令：“向右——看！”右侧是城楼。我爸把脸偏向右面，但眼睛斜回来盯马头。他的战友也都向右转脸，眼盯马。谢天谢地，马走得很整齐，没出错。但骑兵们遗憾没看清毛主席和朱总司令的面庞。

一九五〇年九月，骑兵二师赴通辽集结，准备赴朝参战。等了几天，中央军委说入朝作战预计伤亡很大，少数民族部队不入朝。内蒙古军区司令乌兰夫要求部队把战马捐献给志愿军。

捐出去战马，骑兵很痛苦。九月十日，我爸和另外六名战士牵着全连一百多匹马来到通辽火车站。站台上到处都是战马。我爸抱着白马的脖子，摸马的额头，马闻他胳膊。军需官下令：“一连战马上车！”几块木板搭在黑铁皮车厢上，他们把战马一匹匹牵上火车。我爸让白马待在边上，最后牵它上火车。白马上了车，回头看他。我爸心都快要碎了，咬着嘴唇才没哭出声来。回到连队，我爸走进了空荡荡的马厩，不禁痛哭。他病了，在炕上躺了两天，脑子里全是白马的模样，一合眼睛，就见白马走过来，闻他的腿。科尔沁有一首情歌《乌尤黛》，说一个男人想念女人乌尤黛。连里有人唱这首歌，让我爸更痛苦。歌里唱：“想念你呀受不了，啊嗬咿，乌尤黛啊嗬，半夜起来把白马刷了一遍。想念你呀受不了，啊嗬咿，乌尤黛啊嗬，半夜起来把青马刷了一遍。我要是蝴蝶呀，落在你的领子上，天天把你瞧。可惜我不是蝴蝶呀，眼巴巴看你转身离去……”我爸呜呜哭起来，觉得他比这个男人惨，半夜起来，白马却没了。那几天，骑兵们的袖子上沾满了眼泪，想念战马。一九五四年，我爸的思马病再度复发。他不断写文章，写对马的思念，心情好了一些。他写了一首诗，题目叫《银色的白马》，写“沙日拉咩绕”——他的战马。此诗发表在蒙古文学期刊《花的原野》上面，得了奖。奖品是一支铱金尖英雄牌自来水笔。

昨晚，我爸我妈并排坐沙发上看电视，TV 播报普京当选俄联邦总统，他在群众集会上面现泪痕，我爸以手按眼窝。我妈问：“普京当总统，你哭啥？”我爸站起来，摇摇头，左手拎下坠的紫红毛裤，说“我想起了我的马”。一九五〇至二〇一二年，六十二年。我爸今年八十三岁，他在想念他的马。他说：“闻呀、闻呀，可能一个人有一个味吧！马用鼻子闻你……”他的声音走样了，拿手绢擦鹰钩鼻子上的眼泪，说：“沙日拉咩绕，我的马……”

我 爸

一

今年春节，我爸于一和暖之日背手在街上溜达，穿戴讲究。

蒙古人在城里溜达，打老远一看就是蒙古人，虽然我爸进城六十年了。他们喜欢背手，眯眼，目接天际——这是在草原养成的习惯。

这时，他见街上躺一个老汉，身压自行车。我爸上前扶他，他不干，说："我等那个人扶我。"

"哪个？"我爸问。

"撞我的人。"

我爸前后左右看半天，没人。说："哪有人？起来吧。"

这老汉躺着问我爸："你多大岁数？"

"八十。"

他"唰啦"爬起来，自己拍身上的土，"我才六十，哪能让你扶？"骑车走了。

我爸回家感叹："现在的人，学雷锋还得报岁数。嗨！"

二

我爸赴台湾出席"原住民文学研讨会"。见排湾族作家孙大川，两人结为友好。一回，他拿出照片，说"这是我和孙大川的合影"。

我们瞧，一人（孙大川）目光炯然，环抱一老头儿，老头儿只露后背。

“哈哈，”我媳妇大笑，“爸，这算什么合影，你在哪儿呢？”

“这儿。”我爸指照片人的后背。

“哈哈，爸，合影得露脸儿，光看后脑勺谁知道是谁？”我媳妇指“后背”说，“说他是谁都行。”

我爸拿照片端详半天，默然而退。过一会儿，他指“后背”问我们：“这是谁？”

“哈哈，你不说是你吗？”

我爸眨眼回想：“孙大川那天跟好多人合过影，怎么证明这是我呢？”

我妈以证据学角度判断出“后背”的衣服是我爸之“七匹狼”牌衬衫，并翻出这件衬衫佐证，不然我爸打算把照片扔了。

三

我有一件单位发的警用棉衣，在制服里穿的，送给我爸。

他穿上防雨绸面的警用棉衣，在街上溜达。到市公安局附近，见该局某局长。某平日爱跟我爸开玩笑。

他问我爸：“你在哪儿弄的棉袄？”

我爸答：“这是国家给警察他爹发的。”

身为警察的某局长满头白发，干吧嗒嘴，半天没想出合适的词应对。

四

我爸说：“我现在有点儿自卑。”

我听了非常吃惊，他从来不自卑。特别是《蒙古写意》这本书把他的传记和嘎达梅林、民国初年在奉天开东蒙书局的克兴额这些人物写到一块儿后，他精神状态极好，比矍铄还多出一些昂扬。

“不会吧？”

我爸以手捋头发——他满头黑亮的浓发，无一根银丝——说：“老年人，特别是做文化工作，头发还是白一点儿、掉一点儿受人尊敬。”

五

我爸认为我妈（干部速成学校毕业）文化不行。

我妈上百货大楼买东西，回来很生气，说：“现在的社会风气不好，连牙膏都出两面派了。”

我爸听完不言声，用脚划拉鞋，穿风衣戴礼帽，下楼。过一会儿，他上楼说：“你妈这个文化，嗨嗨……”边说边摇头，近于痛心。他手托一管牙膏，指着：“你好好看看！”

牙膏大字：“两面针”。

我爸摘礼帽，脱风衣，上床躺下，说：“文化是基础，干什么都离不开文化呀！”

其实我妈至少认识这个“针”字，她马虎。一回，我和朋友在家喝酒，刚要开瓶，我妈说：“别喝这个，我有好酒。”

她搬凳子从壁橱上层掏出一个礼品包装，说：“西马酒。”

我爸指出：“西凤酒！”

繁体的“凤”字，里边的“鸟”有许多脚，像繁体的马。

“马字披上大氅也不能念马呀？工农干部。”我爸说我妈。

后来，我爸为我妈发明一个新的称谓——高老师，我妈叫高娃。他认为，像他这样的老专家管“工农干部”叫老师，无异讽刺乎？我妈跟听不出来一样，在“高老师”的呼唤声中为我爸端茶倒水、拿点心、找花镜。现在每早到他床头送上六粒螺旋藻片。

六

我爸担任主编的历代蒙古族文学丛书四套十二卷在人民大会堂召开首发式，媒体前趋报道。有位记者说了一句话，让我爸久久不能平静。

他是国际广播电台记者，说：“那老师，我们回去发消息，用四十多种语言向全世界广播。”

我爸自京返家，重点向我妈报告这件事：“四十多种语言……”

当晚九点，国际电台即将开播消息。在阳台上，我爸仰望浩瀚的星空（之前他把此事通知了许多人）。他揣摩“四十多种”语言正同时发出不同的声音，说这套书把从成吉思汗时代到改革开放以来的蒙古族文学作品首次译成汉文出版，多地域、多体裁、多年代，在中国少数民族当中属首例。消息在全世界传播，无以数计的人正侧耳倾听。虽然电波不为人眼所能捕捉，但确实在夜空中飞翔，让我爸久久仰望。

我爸被我妈叫回屋里之后，问我：“世界上究竟有多少种语言？”

我答：“几千种。”

“怎么会有这么多种语言？不会吧？”

“光非洲各部族就有上千种。”

我爸说：“嗨！四十种……我睡觉了。”

七

我给父母买来复合维生素药片，每人五盒。

一年后，我爸的药放在原处，连药盒都没开，我问我妈怎么回事儿。

“你爸不吃，说你要害他。”

害他？原来他读说明书，看到了药片的成分组成，说：“我没大粗脖子，吃什么碘？钒，钒是什么？旧社会红钒白钒都是毒死人的东西。磷、钾，这不是化肥吗？还有叶酸泛酸，吃了难道不烧心？你看，维生素 A，每片含四千国际单位。四千？太多了。”

我听罢极为光火，倾力讲解微量元素和矿物质对人体的好处，以及国际单位。我爸改变态度，立刻开瓶吃了一片。我又好笑又生气，问：“如果有毒，我妈吃一年多，你怎么不怕她被毒死？”

他说：“你妈迷信你说的话，就算是毒药，吃进去也没事儿。”

八

我爸对蒙古民歌的热爱无以复加。他盘腿坐床上自己小声唱、跟电视的蒙古语文艺节目一起唱。不过瘾，邀请别人唱。

一次，某女士到家拜访我。我爸从她相貌猜她是蒙古人，用蒙古语问："会唱蒙古歌吗？"

该女士本来羞涩，此刻更羞涩了，小声答："会。"

"一块儿唱吧。"我爸兴高采烈，像打扑克找到了搭档。

女士大衣裹身，手套还没摘，站着开始唱。我爸坐床上唱，上身微晃，音色因支气管粘连而略带嘶哑。他和她合唱，虽然不知来客何人。

他们唱完《达古拉》，唱《诺恩吉雅》《达那巴拉》《金珠尔玛》，唱《万丽花》和《维胡隋玲》，多了。一曲唱完，我爸马上接另一曲，唱了一小时。

一般人没有进别人家就唱歌的，但蒙古人不能拂逆长辈意愿，她只好唱。渐渐地，她的拘谨羞涩唱没了，面上红润沁汗，眼神明亮。我爸唱够了，说："你们说话吧。"

女士说："我回去了，单位要开会。"

九

我爸说自己的家乡好，脸上无限向往，说家乡胡四台村的白云呀、野鸭呀、湖水，等等。他总想回去，此说是劝我们一起去。

我们和他到了胡四台村，满眼白花花的沙漠，哪有湖泊、野鸭和野鸭蛋？白云当然有很多。

我爸说，原来有的。

他说，尽管现在没了，家乡还是很美。他常用"没比的、太美了、哎呀呀"这三个词形容家乡。

我们没发现美并追问美在哪里，使他恼怒，骂我们是"无情无义的王八羔子"。

十

我爸名讳“那顺德力格尔”，直译为“岁月（如鲜花一般）盛开”，即“长岁”或“寿兴”。别人称他“那顺”或“那老师”。

那老师从新中国成立前之“三整三查”始，至“文革”终，无时不处于政治的危悬之中，“文革”时曾被吊打十五天十五夜。岁月虽比不上花朵，但终究“盛开”到今日，殊不易。

一天，他自语“问题出在名字上，那顺？哪里顺过？以后我改名，叫‘那不顺’”。

十一

我们小时候，我爸去天津治肺病。治完病回赤峰，他自火车站乘一辆俄式马车回家。四匹健壮的三河马拉着绿棚高轮的马车“嘚嘚”穿过我们住的盟公署家属院，孩子们追着马车跑。我爸穿白府绸短袖褂子，戴巴拿马遮阳帽高坐后厢，左瞻右顾。车停在家门口，他双手拎花花绿绿的点心匣子下车。木头栅栏外围满观看的邻居，我妈因此扭捏。

我觉得对我爸来说，上天津只算微眇的铺垫，而在家属院的巡礼才是高潮。

十二

我们小时候，常见我爸在写字台前写字，翻译《松树的风格》等作品。以时间计算，他凝思多于写字。我爸眼睛大，圆睁如豹睛，鼻梁挺直略带点儿鹰钩，端视对面的墙壁不眨眼。

这时，我姐喜欢给他梳小辫子，在他大背头上扎六七根小辫儿，散开再扎。我爸浑然不觉，凝思凝视，少顷写几个字。

一次，我爸托颊午眠，我姐塔娜在他头发上梳一个朝天锥，系红头绳，如双簧“一碟子盐白菜”那种。塔娜后来不知干什么，把这事儿忘了。

我爸醒来，穿湖青色毛料西服（他好穿）上班去了，没戴礼帽。

过一会儿，他气冲冲回家，咬牙、攥拳，吼："你们到底想干什么？"再跺脚。原来，他扎朝天锥走在街上，路遇外人窃笑、大笑却不觉与己有什么关系。之后，一熟人向我爸指出朝天锥发式之所在。我爸愤然捋去头绳却没去上班。他回家训我们一顿后，沿此路重新走一遍上班。

十三

我爸当兵参加过辽沈战役，受一次枪伤。一颗国民党子弹贴着他脚底板穿过，感觉像被火钩子烫了一下。当时他在战马上，子弹轨迹与他抬脚的角度刚刚好。"多偶然。"他说。

十四

我爸的文化是在部队熏陶出来的。战争中，每到一个村子，别人喂马、做饭，指导员让我爸到老百姓家刮锅底灰，在山墙刷出黑地儿，写粉笔的标语——"在毛泽东的旗帜下前进"等。有时，刚写两个字，战斗又打响，剩下的字等以后再说。如果时间宽裕，我爸就在黑板上写满字，且抒情。不会写的字请教指导员。指导员是东北军大派来的干部，文化高，名叫巴雅尔。我爸当时十七岁，是四野骑兵二师的士兵兼文化教员。

十五

我爸自小在胡四台村已成达人，大眼睛滴溜溜转，偷瓜，七岁开始抽烟，站在墙上与人滔滔不绝对骂。他降生母殁，父亲彭申苏瓦从军在外，由祖母努恩吉雅养大。

我 妈

我妈今年七十二岁，除了皱纹、白发之外，看不到衰老。她早晨跑步，穿专业田径训练鞋。我外甥阿斯汉恶搞，把钟点回拨两小时，她三点起床跑，回到家四点半。我爸问："你昨天晚上干啥去啦？"以为她夜不归宿。

跑完步，她上香礼佛、熬奶茶、擦地、把煮过的羊肉再煮一下。我爸醒来，她给他沏红茶、冲燕麦炒面，回答我爸玄妙的提问：

"谢大脚到底是不是赵本山的小姨子？"

"海拉尔叔叔得的是什么病？"

"立春没有？"

阿斯汉醒来，提出更多的问题，关于洗澡、书包、鞋带儿，等等。我妈应对这一切，用官员的话叫"从容应对"。自兹时起，到夜深关闭电视机，她为每一个人服务，从中总结规律，逐步完美。而她本人神采奕奕，像战场上的女兵一样谛听召唤。

但人老了，动作有些慢，手指也笨，她以勤补拙。我女儿鲍尔金娜有一条海盗式带亮钉的腰带，断折扔掉。按说应扔在垃圾桶里，她扔在窗台上。第二天，被奶奶用鹿皮缝好。

"哟！"女儿打量针脚，说，"奶奶，你应该考北京服装学院。"此院是鲍尔金娜就读之地。

就这样，我妈做完计划内的杂役，再寻觅计划外的事务完成之。当我媳妇把带观世音菩萨坠的金项链如勋章般给她戴上，做本命年礼物时，我妈欢喜不安。受人一粥一饭她且不安，况金银乎？

我妈像蚂蚁一样辛苦七十多年而没养成蚁王的习性，还在忙。别人坐着看电视的时候，她站着；别人吃饭，她还站着。唤她坐是坐不下来的，人站着总能帮上别人一点儿忙。好像没人管自己的母亲叫蚂蚁的，一般都讴歌为大山呀、江河啊什么的。我妈如蚁，没时间抬头看天，只在忙。

正月初六，我们从内蒙返回沈阳，走之前自语到车站买瓶水。这时我妈不见踪影，同时我姐夫的鞋也不见了。

“姥姥把你鞋穿走了。”阿斯汉对他爸说。

“不可能。你爸一米八，姥姥能穿他鞋吗？”我媳妇对阿斯汉说。

我姐夫打开门，听：“你姥姥上来了。”

我妈穿一双大皮鞋上楼，手捧矿泉水。她怕我们买，连忙下楼了。为儿女的小事儿，我妈迅捷连鞋都来不及换。如果我妈是一只鸟，一定从窗户飞出飞入无数次，把所有好东西拿回来给自己的儿女，不管飞多远。

春节前，牧区的堂哥朝克巴特尔、堂姐阿拉它塔娜和堂妹哈萨塔娜每人肩上扛着羊，给我妈过本命年。他们请婶子上坐，献上礼物（不是羊，是缎子被面、红糖、毛衣和钞票），跪拜。阿拉它塔娜双手抚胸，唱一曲古老的民歌，其他人额头伏地。

如果大雁还在的话
小雁才感到幸福
如果父母还在的话
儿女才感到幸福……

这首歌很长，回环往复。跪地行礼的人都五十多岁了，满面风霜。我妈扭过脸，泪水难禁。他们是我大伯的儿女，每个人自小都得过婶子的抚育。我妈像一只在林中结网的蜘蛛，把四面八方的亲戚串联到一起，共同吸吮网上的露水。

我妈对我说："其实我最喜欢的事儿是看小说，就是没时间。"

时间，成了一个七十岁老太太的稀缺之物，以至于不怎么吃饭、不怎么睡觉，她把自己的心分成很多份给了别人，私享的一念是读书。我给她寄过一些杂志，她望而钦慕，夜深之后慢读，指沾唾沫掀书页。她说这声音好听。

家是碗，母亲是碗里的清水。人们只看到碗，看不见里边的清水。

甘 珠

“朝鲁吐的地方，只出了一个县团级干部。”这是我父亲的独语，指自己。朝鲁吐是他的出生地。“出了两个专家。”

“专家是谁？”我外甥阿斯汉问。

我父亲很高兴这样的提问。因为他频繁独语，我们早已掌握内容，从不问。但不问就像说相声没人捧哏一样，进行不下去。

“啊，”我父亲伸出手指比画，表示重要，“专家就是甘珠和温都苏。”

“您不是专家吗？”我女儿说。

“嗨！”我父亲不以为然，“我算什么专家？跟那帮土包子比，有一点儿文化；跟专家比，差太远了。”

我母亲插话：“这么说还差不多。”

“什么差不多？”我父亲流利地把自己的业绩说了一遍，最后质问，“这还不算专家吗？”

我母亲已进入厨房，这一通有理有据的独白，只让阿斯汉和鲍尔金娜开心。他们发现，奶奶的话像一根明快的导火索，每次都引发一串连环爆炸。

甘珠是我的哥哥，央视最早的记者。温都苏是一位草原专家，和我家也有亲戚关系。

央视当时的呼号叫北京电视台，节目好像并不播出，播出一般人也看不到。在六十年代末，普通人家没电视机，收音机也不多。

甘珠奔赴祖国各地拍新闻。一次，他从延边回来路过我家，拿出两个苹果放在桌上——该苹果之硕红使我目瞪口呆。甘珠说，这是亚洲最大的苹果园所产的苹果，送给叔叔。我父母经过谦让推辞，收下了一个。另一个带回北京，给他的孩子。甘珠这次拍的新闻，必是苹果园的红硕景象。

甘珠是一个孤儿。他血缘上的亲人只有一个姑姑，即我大娘。顺着这个线索，我父亲成了他的叔叔。那时他的工作十分辛苦，一个人背不动当时笨重的摄像设备，要用车拉。在许多地方，人们疑惑他的工作，问：你在拍电影吗？说不是。你在拍照片吗？也不是。既然不拍电影也不拍照片，你还能拍什么呢？在六十年代末，不大容易说清什么是“电视”，说这个像说假话一样。

在我印象中，甘珠年轻的时候相貌硬朗。他翻译过许多科学书籍。有一次，我到甘珠家里做客，他和妻子请假招待我，菜一道道地炒好端上桌，我不好意思，因为还是个小孩。面对这么多正规的炒菜，像是一个骗子。然而甘珠诚恳地——他永远是诚恳的——向我敬葡萄酒、说话，和我父亲请别的大人到家里吃饭一样。他有两个儿子，均顽皮，走到每个房间都伴有稀里哗啦的响声。那时是冬季，他大儿子为我表演往自己后脊梁的棉袄里塞三个雪球的游戏，令人惊讶。后来，我姐塔娜从北京回来，说甘珠的两个儿子都上班了，高大英俊，说北京话。说到这儿，塔娜大笑。为什么说北京话就可笑呢？因为这两个小鬼幼时只会说蒙古语，改北京话令人耳目一新。

甘珠老了之后，白发苍苍。我见过一张父亲和他与萧乾合影的照片。萧乾浑如弥勒佛，而他和我父亲都像从草原深处走出的牧人，甘珠的笑容诚恳安详。我父亲在北京为翻译的事情奔走时，全由甘珠联络陪侍。听我父亲说，有一次，他走着发现甘珠不见了，回头看，甘珠蹲在地上，面色苍白。我父亲问怎么了，他回答心绞痛犯了，然后吃药。病症缓解后，他们继续赶路。到了晚上，我父亲问甘珠：你犯了病为什么不告诉我呢？甘珠说：怕你着急，我知道一会儿就能好。我父亲又问：要是真有危险呢？甘珠说：那就该怎么样就怎么样了。

我听了这件事很意外，甘珠恭谨细心，没想到竟如此达观。

飞机开到家门口

我乘机去呼和浩特，飞机上的广播说这架飞机经停赤峰。我一下被打动，或者说遇到了一个强大的诱惑——赤峰是我老家，父母生活在那里。

我每年都回家，也就是回赤峰。当回赤峰成为一个目标时，所做的一切都跟赤峰有关——买票、给父母和朋友买东西。媳妇说我在回家前夕口音变成了赤峰口音，包括表情。从她的描述中，我知道表情和手势原本带着地域色彩。但这一次我没准备回赤峰，而是去呼和浩特。突然听到飞机经停赤峰，心里被搅乱了。我知道赤峰通飞机，但没坐过。我甚至觉得飞往赤峰是不可思议的事情，好像有人在骗我。

我受过许多骗，如某日某时去某豪华酒店某房间吃饭，去了结果没这回事。有人通知我去省政府大院省长办公的小白楼一楼等待省长接见，我去了，真进去了；出示证件说省长找我有事不知什么事，坐在大黑皮沙发上等了一小时。那里的工作人员匆匆忙忙，没有注意我也没人驱赶我。我饿了之后才狠心放下省长的大事回家吃饭，事后有人告诉我这是恶作剧。这类事多了，一些狭促人看我太傻，总在捉弄我。

但飞机没搞恶作剧，它庄重地飞往赤峰。其间我问了空姐两遍，是否经停赤峰，都得到肯定的答复。我如果问第三遍，就有可能被当成劫机者了。我本想进驾驶舱感谢一下飞行员飞往赤峰，顺便慰问他一下，但这更像劫机者。我只好安静地坐着，没帮上什么忙，飞机果然飞到了赤峰的玉龙机场。

飞往呼和浩特的乘客下飞机等待三十分钟。我的脚从下飞机那一刻起就想回家，这里刺眼的阳光和土黄色的山丘证明这就是赤峰。跑道上飞蹦的紫色翅膀的蚂蚱，好像只有赤峰才有。赤峰口音在耳边此起彼伏。

到赤峰了，我为什么不回家呢？不回的理由是上呼和浩特参加一个会议。什么破会议，不参加。这不是我说的，是我脑子里冒出的强劲的声音。就在那么一瞬间，我仿佛走在我父母家走廊宽敞干净的大理石楼梯上，当当当，我敲父母家深紫色的铁皮门，我妈开门，见我吓了一跳，然后满面欣喜。然后是我爸惊讶，满面欣喜。这一切多么美好，我为什么不回家呢？我看到那么多肥头大耳的赤峰旅客走出大厅，回家了。我甚至恨他们，这帮人一身脂肪，如此愚蠢也回家了。我想起法国诗人兰波穿着拖鞋上街给老婆买药，在拐角处见到朋友，之后跟朋友去外国浪迹半年多。这样的事虽然有些离奇，但也没什么不可以。而我却没回家。

我给父母打了个电话。说我在赤峰机场，一会儿去呼和浩特。这电话不如不打，但我觉着不回家再不打电话，心里过意不去。我爸没说什么，我妈平静地说一路平安。我仿佛清楚地看到我爸坐床上翻蒙汉词典，我妈在厨房洗菜。他们近在咫尺，而我却坐飞机去了呼和浩特，心里感觉像一个罪人。

辑 二

伊胡塔的候车室

这位老人与科尔沁草原的其他人一样，过着简朴的生活，心智单纯。

假如你一笑，他会立刻报之一笑，胡子尖升达颧骨。

他们的笑容，一生浮在脸上，没间断过。

像孩子一样，他们笑起来很容易，绷着脸却困难。

胡四台的道路泥土芳香

今年夏天，我外甥阿如汉买了车，要带我父母回老家游历。阿如汉对我爸说出这个计划，准备接受姥爷的盛大表扬，我爸没言语，看窗外的柳树。第二天和第三天，阿如汉向我爸热烈地重复这个计划，我爸沉默着，在屋里走走站站，想事。

我知道，我爸的返乡之旅在心里已经启程。

我老家在通辽市科左后旗朝鲁吐镇胡四台村，我爸十七岁当兵离开那里，之后的思念就从未停歇。他认为人的良知就在于爱故乡。春天到了，他在窗前注视良久，说："我老家的柳树也是这么绿的。"原来，他看柳树是回忆老家。人老之后得到许多特权，之一是说话不需要倾听对象和前后铺垫。下雪天，我爸盘腿坐床上、手拿报纸笑了，说："兔子倒霉了，傻半鸡也完蛋了。"

我妈问兔子怎么了？我爸兴高采烈地讲述他在老家雪天抓兔子和傻半鸡的故事。我妈不满："你看《参考消息》说兔子倒霉，我以为国际出事了呢！"

我在房间艾灸，我爸从外边进来问："这是什么味儿？跟我老家的艾蒿味儿一样，好像到了夏天。"我爸在屋里转来转去，我妈问："干啥呢？"我爸说："闻这个味儿呢。"说着，坐沙发上晃着身子唱起歌来。我爸在家唱歌是太平常的事情，无人惊奇。他唱《达古拉》《诺恩吉雅》《万丽花》，歌名是蒙古姑娘的名字，是爱情歌曲。科尔沁人世世代代唱这些歌，不为搞对象，在唱故乡。

科左后旗离赤峰不远，坐火车要换大客，不方便。自驾游就方便了，只有四小时车程。我对阿如汉的计划给予充分肯定，夸到他脸上乐出花。之后帮我妈准备回老家的礼物，红茶呀、酒等，并给予阿如汉必要的经费保障。

这是今年八月十日左右的事情。我本想从赤峰跟他们一起回胡四台，但有事去了南方。八月十六日，我在深圳接到电话，邀我去通辽参加一个会。我的事刚好办完了，飞通辽。飞机在通辽机场降落后，我的内心地图跟我爸一样展开在胡四台的沙漠、晒蔫的杨树叶子和白岩石一样露出草地的羊群上。我心头也冒出蒙古歌的旋律——《金珠尔玛》《云良》《维胡隋玲》，这些以蒙古女人的名字命名的歌曲把人带进一座亲情隧道，歌声委婉、摇曳、悲伤，像火堆背后的夜空挂满了祖先的脸庞，静默的蒙古面孔排列到远方。

通辽的会是蒙古文学改稿班，作者是来自内蒙古、新疆和青海等地的蒙古族作家。十八日上午，我们去大青沟景区采风，进入科左后旗境内。我爸我妈这天早上从赤峰出发，我觉得他们到了，离这儿不远。我想直奔胡四台，但会没散，不好意思请假。中午吃饭，几位当地干部作陪。坐在我身边的一位五十多岁，浓眉大眼，他落座问我“家哪儿的”。

我说“就在科左后旗”。

“哪个镇？”

“朝鲁吐。”

“哪个村？”

“胡四台东村。”

“家里还有啥人？”

我说出堂兄和嫂子的名字。

他侧身端详我，露出笑容，说：“你长得太像你哥了。我叫布仁吉日格勒，在朝鲁吐镇当过镇委书记，现在是旗民族宗教局长。你想回家看看不？”

我说：“想啊，刚才还想呢。”

他问：“啥时候去？”

我说：“吃完饭就去呗。”

他哈哈大笑，说：“一会儿坐我车走。我认识你哥，把你送到家门口。”

上了车，我感到幸运，世上真有这么巧的事。如果我座位不挨着布仁吉日格勒，就没这好事。他简直是上帝派来送我还乡的人，我几乎想问他上帝好吗？上帝最近在忙啥？车窗外，白茫茫的沙带和灰绿的治沙植物如大地衣衫的条纹，和我老家的风景一样。

要到家了。我爸这会儿应该坐在堂兄家里说话呢。我想象他正用手掌抹去长着老年斑的脸上的热泪。他流泪的时候拉直嘴角，使劲吞咽流进嗓子里的泪水，眼球血红。他回忆我曾祖母努恩吉雅、我爷爷彭申苏瓦、我大伯布和德力格尔的时候常如此。沙梁上洁白的、晒得滚烫的沙子招呼他回到童年，羊粪、酸奶和玉米糙子粥混合的气味就是天堂的味道。“我老家呀，没比的，太美了！”这句话我爸说了几十年，至少我听他说了五十多年。他说胡四台的道路都有奶香。在老家，我爸看见白马，会想起他的战马——沙日拉咩绕（蒙古语：带点杂花的白马）——和他一起参加过开国大典阅兵式，他身在内蒙古骑兵二师白马团。故乡的马从草地抬起头，缓缓转过头，鬃发遮挡的眼睛温和明亮，我爸会抱住马脖子，他最熟悉马的汗味。

公路边的房子在我看来一模一样。汽车嗖嗖地开着，也不知往哪儿开呢。我堂兄是普通牧民，司机知道他家在哪儿吗？我正想着，车拐进一个院子停下。我爸、我妈和我姐正从阿如汉的白车上下来，被晒得黝黑的人们围着，有我哥、我姐和一帮满地乱跑的孩崽子。当我出现在他们的视线里，全体人的话语和动作都冻结了，表情凝固。半转身和手里拿东西的人静止在刚才的动作里。我爸正往头上戴草编礼帽，穿红跨栏背心的堂兄朝克巴特尔大张着嘴，堂姐阿拉它塔娜举起双手摸着脸颊。我不知咋办，眼泪先于话语落在沙土地上。朝克巴特尔第一个醒悟，大喊：“原野！”他紧紧抱住我，堂嫂和堂姐从两边抓住我的胳膊。我爸我妈复活表情，顿时喜笑颜开，说：“哎呀，你从哪儿来的？咋回事啊？”我的到来如同精心炒作，我姐塔娜笑得前仰后合。她觉得太滑稽了，我突兀而来抱着朝克巴特尔哭，堂兄把眼泪抹进雪白的鬓发里。“你俩像周星驰电影里的人。”塔娜说。哥嫂越发对我刮目相看，嫂子灯笼假装捏捏我胳膊，看我是人还是神。

原来，我外甥开车迷路，晚到了，他们刚刚进院。冥冥中这一番安排让我们肃然起敬。我爸说："这不是一般的巧合啊！"说话进屋，上炕喝茶吃奶豆腐。我忽拉想起把布仁局长给忘了，同行的还有朝鲁吐镇的书记和镇长，他们给堂兄带来了礼物。我把他们请上桌，一起喝茶。牧区干部朴实，没挑礼。

我爸回家了，他今年八十六岁，离乡将近七十年。中间回来多次。他眼前是公路、釉面砖的房屋和农用车，黑绿的玉米叶子在风中翻卷，远处有一溜儿树林的梢头。我说这和你小时候不一样了，我爸说一样。我不知道什么一样。我爸沉默了，他不再激烈地讲述往昔。他老了，他手扶窗台长久地向外看——这是老年人瞭望世界的独有姿态。窗外有阳光下晃眼的沙漠和停在天边飞不动的云。七十年前，他从这里投身军旅，这辈子历经劫难，九死一生，支撑他活下来的能量来自民族和故乡。三十年前，我爸创立了一个民间非营利机构——昭乌达译书社，集合同道收集整理十二卷、几百万字的蒙古文学典籍译成汉文出版，是历史首创，他本人获得内蒙古文学艺术突出贡献奖金质奖章。对我爸而言，文化不是一个民族的花边而是它的筋骨血肉，它们是土地和呐喊，是奔流的大河与马的目光。我爸觉得蒙古族所有的诗歌、赞颂词、音乐与史诗都在描绘他那个小小的胡四台村，"没比的，太美了！"这个地方恒久如一，永远都"一样"。堂兄为我爸请来一位谈伴，是他岳父也是我爸小时候的朋友猫儒，他和我爸同岁。那几天，他俩头朝里躺在炕上唠嗑，面颊枕自己手掌，唠到吃饭坐起来，然后又躺下唠。猫儒耳聋，我奇怪他怎么能听到我爸的声音呢？

傍晚，我们看草原上的落日，看朝克巴特尔赶着羊群回家，看天上星星亮如敷一层薄冰。中午高温的胡四台，入夜凉意深重。我们回屋，听到我爸和猫儒在黑暗里谈话，声音像蝴蝶在夜里扇动翅膀寻找落脚的灌木。他们说马有多少种颜色和名称，说野浆果的滋味，说庙会。我爸说攻打长春时候士兵的尸体垛成了工事，猫儒说苏联人在通辽把鼠疫患者装进麻袋里拉走。他们不开灯，小声说话，好像怕历史重演。过一会儿，我爸唱起歌——估计他们说到了一首歌，猫儒跟着唱，但他音不准，抢拍。我不知道，此刻世界上哪个地方还有两位八十六岁的老人躺在枕头轻声唱故乡的歌曲？唱《小黄马》《嘎达梅林》，像他们小时候在河边唱过的一样。

我爸想出去走走但走不动了。他在院子里散步，用手指肚摸摸桃形的豆角叶子，摸摸开裂的马鞍的鞍桥，进屋，用胳膊支着窗台远眺。阿如汉诧异，无比健谈的姥爷咋不说话了？他不懂，他老了就懂了——人的语言在心爱的事物面前会谦卑地收拢翅膀。我爸心里有一幅胡四台的画，他画了八十多年还在画，添加他想象中的野花和飞鸟，加上一群长得奇里古怪、他的重孙子辈的孩子们的面孔，还有马……他要一直画下去。

被遗忘的墙

朝克巴特尔家的窗前有一片菜园。对“园”这个字来说，他们的菜太少。园里不规则地种着胡萝卜和葱、辣椒。西红柿不红并且不生长，直到秋天都像玉石球。菜园有一尺半高的土墙，挡猪。最有噱头的是，这是一道没门的墙。人入菜园采用跨越式，朝克巴特尔一步跨过去，格日勒拎着裙子过墙，小孩子用肚皮蹭过土墙。墙变矮了，顶上光滑。

我问朝克巴特尔，咋不安个门?

他挠挠头皮，说忘了。

我说，现在刨开，安一个门。

他回答，那就把墙破坏了。

在城里人看来，这是懒惰，因而可笑的生活态度，离雅致很远。对朝克巴特尔来说，特别是他喝了半斤白酒，坐在台阶上，青筋暴露的大手放在膝盖上的时候，值得探究的是远方。天空翻滚着海带色的浓云，雨腥的空气飘过来。朝克巴特尔考虑庄稼、马和羊群在雨后的情形，而不是菜园土墙及其门的问题。

在草原骑马飞驰，大地像飞箭一样向后闪过。道路在马的双耳之间延伸。从山上眺望村庄，一座座屋舍孤孤零零，像缩着肩膀的孩子。对牧人来说，房子只是过夜的居所，它不算财产。财产是牛羊和马群，还有天空和大地。土墙是什么？什么都不是。虽然如此，朝克巴特尔看到小小的豆角长出来后，指着它笑了，像说“多小呀”，就像人们笑蹒跚学步的孩子和毛茸茸的鸡雏。朝克巴特尔揪一把小白菜往屋里走，反复观看手里的菜，眼里却是看草的表情，有点儿惊异。当然，小白菜卷曲的叶子比草好看多了。

菜园的土墙底下，斜着长出闲草。猪用墙蹭痒，花猫由于捕捉路过的蝴蝶，从墙头掉了下来。

继 母

到胡四台的第四天，我爸说：“得看看你奶奶，咋也得去。”

他的口气虽然像商量，但很坚决。

塔娜因为感冒，头朝里躺在炕上，拿着一瓶风油精，听了这话，仿佛要笑出来。

她要笑的理由我了解。我奶奶是我爸的继母。曾祖母住在赤峰的时候，多次讲述一个故事，大意是：这位继母过门之后，把鸦片拌入黄油红糖的秫米粥里，飨以我爸。那时他三岁，最喜美味。就在这节骨眼儿上，曾祖母看出事情蹊跷，夺过碗，叱令我父亲的继母吃下去。我的曾祖母能在风平浪静中发现饭里有事，只是她一生所历奇迹中的一种。在我儿时，听曾祖母用蒙古语讲过全套的《瓦岗寨》和《三国演义》。曾祖母不识字，她年轻时听汉人说书，只一遍就能把几百万字的故事记下来，且转译蒙古语。书中人物相貌秉性、兵器屋舍乃至草木虫鱼，无不栩栩如生。当她平端一尺多长的烟锅向前一戳，烟雾从唇齿浮漾之际，吐露故事可谓天花乱坠，而曾祖母则庄严如故。无论厮杀场面怎样血肉横飞，仍临危不乱，表示贵族身份的圆发髻高高绾在头顶所谓“百会”之处。面对这碗秫米粥，我爸的继母没敢接，“扑通”跪下了。我爷爷也跟着跪下了。曾祖母把这碗粥顺窗户泼向当院，一条狗欢快飞舔，仆地，替我爸死去。

我妈常在不同的情境下引用这个故事，使其产生奇妙的寓意。譬如，我爸翻译书稿挣了钱的时候，酒醉以及拍案把筷子震得挺高的时候，也包括他在小园里种了许多向日葵，窗前蜜蜂飞舞的时候。我感到我爸一次又一次从他继母的毒害中逃脱，他对我妈提起此事并无快意，倒不是怕死，仿佛别有感触。

我爸三岁已成阔人，以眼睛特大、偷瓜、飞掠马背和善骂人驰名于朝鲁吐一带。他常站在墙头上滔滔不绝地、用无法称为文雅的骂人话把富人小姐弄得不敢出屋，出屋亦心跳耳热。乡亲们知道，当我爸的大眼睛乌溜溜转起来后，就有人（包括庙里的喇嘛）和瓜要倒霉了，与我大伯的温良恰成对照。曾祖母将我爸昨日之种种称为聪明，并让大伯放羊，我爸念书。

我爷爷彭申苏瓦早先是个当兵的。曾祖母独身抚养小哥儿俩。后来我爸也投军，远飙天涯，与其继母基本没有来往。而此时我爸这样说的时候，于我是意味着到供销社买礼品，于堂兄朝克巴特尔意味着套马车。

路上，朝克巴特尔翻来覆去地说自己种的玉米长势好，甚至停下马车指点。在南沙梁子下面，朝克巴特尔的玉米地高出别人一头，黑绿叶子肥大，像欧洲球员与亚洲同事站在一起那样。马车轱辘在沙窝里磨蹭着，不时把大胆探头的浅粉色的牵牛花轧过去。在车厢的花棉被上，陈虹和鲍尔金娜挺身坐着，腰身随车韵律一致地扭动，以手遮阳，像给玉米仪仗队敬礼。我外甥阿斯汉惊讶地盯着辕马的臀部，后者高傲掀尾，粪蛋滚滚而下。在我小时候，曾用包点心的红纸包一提溜马粪，放在辽河工程局墙外的大道上，等贪财的人来捡。等有人发现，见左右无人，弯腰捡那纸包时，我们从墙后探身爆笑，羞得那人疾走。

我奶奶住在依咪姑姑的东屋，破旧而凉爽，窗台玻璃爬满豆角的桃形的叶子。她躺在炕上睡觉。实际说不上睡，而是一个老人临终前的静寐，像在归途上等车。我们到来，依咪姑姑叫醒了她。她转过头，眼神是陌生的，宛如刚从另一个世界而来，即使对烟酒礼品也无眷恋之意。她身体非常柔软，九十多岁，已经坐不起来了。看得出，她年轻时姿色不同一般，即使现在目光仍锐利，皮肤白而细。炕梢放一叠新衣服，内衣和外衣。显见是一俟奶奶咽气，就随时穿的。

“介……”（蒙古语，是，是的）。依咪姑姑的额头掐两行暗紫的血印，如扑克牌的方块，她笑着抚摸母亲的头发，意谓就是这样。

我爸大睁眼睛看老太太，半晌没说话。

依咪姑姑大声喊：“那顺德力格尔！那顺德力格尔依日介！契尼乎必希！”

“那顺德力格尔”是家父的名字。依咪姑姑的反复喊声，企图唤起我奶奶对那个大眼睛男孩儿的回忆。后面的话是，他来了，他不是你的儿子吗？

“什么？什么？”老人用目光茫然、徒劳地寻找什么。她什么也认不出来了。

“嫫嫫！”我爸低声叫，音有些抖，“嫫嫫……”

在蒙古语中，“嫫嫫”即妈妈，作为动词，又指吃奶的动作。这是非常亲的、连着血肉的词。

“嫫嫫”，我爸的口气越发轻了，像微风吹过花朵。他仿佛回到了童年，至少那种语调如此。

没有办法了。我爸把钱放在她枕下，老太太接着静寐。临走时，他用可怜的目光看炕上这个身材已经很短小的老妇人，说：“‘文革’的时候，她替你爷爷挨了好多的打，铁丝都勒进肉里了。”

原来在我爸心里，继母经受的痛苦原本是应该由我爷爷经受的，虽然我爷爷已于一九四五年就死去了。她的苦楚，不只勇敢而且是奉献了。

“……胳膊被拧断了，把烧红的炉盖儿放在她头上。”我爸缓缓介绍他故乡的造反分子折磨他继母的情况。

我们低头在架上的丝瓜间穿行，一行新栽的小葱透出像马兰那种银灰色的深绿。

朝克巴特尔拿鞭子站在车旁，他用一种特殊的笑容看着我爸，就像早上塔娜发笑一样。

夏季的峥嵘云阵里，余晖放射而出。我爸由于刺眼而皱着眉，向马车走去。阿斯汉在他身后问：“姥爷，你妈不认识你了，要是亲妈，她就认出来了。对不对姥爷？”

阿斯汉边跑边追问着，我爸在朝克巴特尔的搀扶下费劲地爬上马车。我没看到他的表情。

满特嘎

满特嘎是我堂姐阿拉它塔娜的丈夫，第一次来赤峰是接阿拉它塔娜和儿子双山。我大伯的女儿们，在孩子生到了我妈感到气愤的程度时，就被招到赤峰做绝育手术并调养一个阶段。

阿拉它塔娜那次不知什么缘故没有做手术，于是愉快地在这里度假，她尽一切能力把我们家的东西擦的擦，洗的洗，总之，一切都是亮堂堂的。

我爸常夸阿拉它塔娜漂亮，“这孩子就是当电影演员都行”。并把他从军时内蒙军区歌舞团的女演员挨个儿跟阿拉它塔娜比——珊丹、杨吉德玛、莲花、贵丽斯花……结论是，她们都不行。阿拉它塔娜每次听到这里，都要“扑哧”笑出来，意谓叔叔的想法太离奇了。一个乡下人，怎么会比演员漂亮呢？况且是内蒙军区的演员。

阿拉它塔娜的长相的确很好看。一笑，便有喜气洋洋的样子，演员也不一定如此。只有从心底笑，才好看。像花朵在早晨遇到阳光时一样。

阿拉它塔娜在我家头几天还很快乐，到处笑。后来渐渐沉默，她抱着双山倚在门框上小声唱歌。那些歌在我听来一律是忧伤的。她一边唱，一边用手轻轻拍着双山的背。双山才几个月，脑袋大到仿佛脖子都禁不住，晃着。而我父母下班之后，阿拉它塔娜麻溜儿干活，不唱了，也不怎么笑。

我妈说：“给满特嘎写信了，来接你。”

阿拉它塔娜脸“忽”地红了，抱儿子转过身。

那时我虽然还小，但能从阿拉它塔娜的眼睛里看出她在思念另一个人。一个女人，如果目光变得遥远，并常常失神，大约就是这样吧。

一天早上，我在睡梦中被浓重的膻味熏醒，睁眼看到一个陌生的人，他就是满特嘎。这个人的脸像树皮一样粗糙，颜色深红，眼睛细长，前额的抬头纹仿佛是被沉重之物压出来的。这张脸和阿拉它塔娜白净的、如满月般的笑脸并列在一起，实在太有趣了，按城里人的眼光看，也不般配。

满特嘎向我笑一下，仿佛很吃力，旋即闭上了嘴。我为阿拉它塔娜感到惋惜，并对她的神色飞扬有些不满。

膻味是满特嘎扛来的羊肉带来的，还有炒米、奶酪。在那个年代，这相当于一家人过春节所享用的美味。

满特嘎来了之后，阿拉它塔娜一往情深地望着他笑，如果撕一角报纸放到满特嘎脸上，会立刻被阿拉它塔娜的目光点燃。隔一会儿，她就把双山递到他怀里，然后看他俯视儿子的样子再笑。而满特嘎是腼腆的，被阿拉它塔娜注视久了，就用手摸摸自己的脸，顺势连胡子带嘴捋一把。他看儿子的表情是怜悯的，看我父母的目光非常恭顺，而看阿拉它塔娜时，在细长眼睛的深处，跳荡着男人的柔情。无疑，阿拉它塔娜了解并幸福地享用着这种眼神。

父母让我带满特嘎上街转转。走到当院，他用手指轻轻捏一下我们的沙果树，说“唔”。这树无疑太细了，但满特嘎的意思仿佛原谅了它的纤弱。在大街上，满特嘎背着手，目光投向远方。蒙古人上街爱背着手，这并非摆架子，而是表达自己的谦恭与微不足道。而眼神——他们由于在草原上生活久了——总是投向很远的地方，看马群以及云彩。

到了百货公司，满特嘎见什么东西总要摸摸它的质地，用手指捻一捻。布匹、碗、大粒的青盐，除了那些隔着柜台摸不到的东西，摸完仍背着手。出来时，他买了一瓶白酒，把余下的钱用双手捻成一个卷儿，像炮仗一样，塞进内衣兜里。

晚饭前，满特嘎轻巧地咬下酒瓶的铁盖，像咬一块胶皮。斟上酒，双膝跪地，站起再躬身，把酒举过头顶，献给我爸。我爸接过酒一饮而尽的时候，满特嘎出神注视，仿佛很感动，嘴唇动了动，但没说出话来。事实上，满特嘎几乎不言语，话都挤在脸上，在粗糙的眉眼间似更生动。

我现在算起来，满特嘎和阿拉它塔娜当时只有二十七八岁吧。我今年去看他们的时候，堂姐老了，满特嘎还是那个样子，但头发已经雪白。他头发鬈曲，像戴一顶羊羔皮的帽子，五分硬币似的小卷儿闪闪泛着银光，使绛紫的脸膛笼罩安详之气。阿拉它塔娜说，大儿子结婚了，意谓他们已经为之盖房娶亲了，只剩下双山。双山已经高中毕业，文静地听我们谈话。

在科尔沁草原上，积十几年劳动所得，才勉强为一个儿子完婚，而另一个儿子的婚事就意味着阿拉它塔娜和满特嘎必须努力到生命的终点。而他们把此事视为一种光荣的职责。由于自己年轻时快乐过，虽然短暂，就应该让孩子们快乐，即使劳役多多。而孩子们对此也是平静的。眼下，满特嘎为村里人放一百多只羊。因为草场不好，每天赶羊往返百里，这样，羊才能肥。他天没亮就揣着干粮去放羊，天黑之后返回。眼下，他在灯下静静地听阿拉它塔娜对双山婚事的规划，全身一动不动，像一棵树，眼睛偶尔一眨，流露出慈爱的目光。我感到，在满特嘎心里，一切思想都没有了，不妨做一棵树。他的思想都被我堂姐移植走了。他们的思想加在一起，也不过是：活着，并且让孩子们更好地活着。

阿拉它塔娜在述说的时候，不时看满特嘎一眼，目光里仍有少女般的情意。她一定感到，她嫁给这棵树，是十分幸福的。而原来挤在满特嘎脸上的话语也消失了，他享受着没有思想的快乐。像一头老牛，卧在晚风的草地上，望着远处的牛群一动不动。

萨如拉

我无论做什么，身旁总有萨如拉目光的追随。一旦定睛与她对视，她反而不好意思了，撩起破裙子遮脸，只露出眼睛热烈地望你。她的嘴，一定在破裙子里大笑着。

萨如拉是我堂妹格日勒的孩子，只五六岁。

虽然萨如拉学着大人的腔调厉声喝狗，以砖头勇敢地打别家觅食的猪，敏捷地翻墙摘豆角，但你看她时，她还是要羞涩。

她还不知道为自己家里的一贫如洗而难堪，她腿杆上久不洗濯而形成的黑渍，那件颜色褪到无以名之程度的裙子，都没有使她感到不妥。

当我用眼光抓她时，萨如拉先“哦”地尖叫一下，惊慌而幸福，然后两脚蹬地、弯腰架臂，准备跑。

有一次，我对着架上的豆角秧假装自语说：“萨如拉老是跑，肉都是竖丝，蘸酱油肯定好吃。”

我的声音不大，但已被蹲在外屋洗小手绢的萨如拉听到了，警惕地直腰观察左右，然后偷着把酱油瓶藏起来了。

她也许真的认为我将把她按到锅里，填满水，煮了吃肉。

在胡四台村，我由于是城里人而被亲友们认为是有钱人，他们谦卑地谈吐，唯恐说错什么话，这使我难过，感到对不起他们。

孩子却不是这样，他们照样得意扬扬。你给他糖吗？给吧。孩子们在品咂糖果的甜蜜时，其专注如一位教士读《圣经》，心里只有快活，而不是别人的恩典。孩子们聪明，知道世间之乐乃与生俱来，何须谦卑？

萨如拉爱洗小手绢，这一点已引起众人的议论。她一有空就用肥皂洗那块带小鸭子图案的手绢，扯在手上飞跑一圈，已干了，然后塞到鼻子下面，嗅阳光与肥皂的气味。

她一洗手绢，就要唱歌。其嗓子之嘹亮为整个家族所首肯。在我们的八度之上，她仍能唱两个八度，从容婉转，像鸟儿在云层里翻飞：

> 弥漫着白雾的鄂托克西边，
> 牵连着我心中的愿望，
> 真想和他见上一面啊……

这是一天午睡时，萨如拉在窗下所唱。我静静地听，间或还有清水撩拨的声音，她又洗手绢了。

我坐起来往外看，见到她母亲格日勒对着我笑，大手大脚的，衣服后背让汗打透了。我们来到之后，亲友们轮流杀羊请客。我这个堂妹也随着大拨人马，找个不引人注意的地方，拣一块骨头啃着吃。她没有羊，请不起我们，惭愧着，仿佛对不起我媳妇送她的鲜艳裙子。

但是，当她发现我注意并赞赏小萨如拉的所作所为时，就非常高兴，如同送给我的独一无二的礼物。

萨如拉的确是独一无二的，如果条件允许，我很想把她送到北京的朋友赵世民身边，让他给请一位像沈湘那样的老师教她唱歌，也许会培养出一位玛丽亚·卡拉斯或迪丽拜尔。

照 相

我大伯布和德力格尔瘫痪于科尔沁草原的沙漠深处，村名胡四台。他匍匐着种点儿菜和玉米，也能喂喂猪。

我爸率领一帮子孙后代去看望大伯，临分手时要照相。让他和我爸并排坐好，他总坐不好。一听说照相，他竟然连“坐”这么简单的事也不会了。

按快门时，他大骇举臂，几乎后仰落地。闪光灯的一道白光把吾大伯吓着了。他生气了，质问：“什么？这是什么？”

答曰：“这就是光。屋子暗，照相得有光。”

他还是很生气，说：“我知道这是照相。照片呢？把照片给我。”

我爸说，你大伯没照过相，吓这样。

后来我想，不对，他照过相，五十年代，他去呼和浩特治肺结核，跟我爸有过合影。在照相馆画有北海白塔的虚假背景前，他们哥儿俩似笑非笑地照了一张相。

不过，那时候的照相机是个大盒子，师傅把脑袋塞进红面黑衬的布袋里鼓捣，然后伸出一根手指：“看这儿，头再歪点儿，别动。”攥指捏咕一个橡皮玩意儿，就照了，没闪光灯。

我知道大伯害怕闪光灯。

我爸走时，大伯全家三十多口人往村口送。大伯扶着窗框，流着泪喊：“明年你们来啊！我数着手指头等你们。”

明年再去，大伯就不惧于闪光灯了。

我梦想给所有没照过相的人照一张相，尽管他们会被闪光灯吓一跳。

分衣记

在我大伯的孩子里面，格日勒并不是最穷的。她已经盖了房子，而且有房顶（吾侄保明的屋顶则不全，让暴雨浇塌半边后，一直没修复）。格日勒的家里，除了几床被子和地上的黄狗带点儿鲜艳的色彩外，其余一律是土色，墙、炕和窗台。

我爸环视一周，说："挺好，年轻人都是这么过来的。下回带点儿蒙文报给你们糊墙。"

格日勒脸色红扑扑的，张着大嘴傻笑，同时用右手使劲扭着左手的指头，仿佛那指头犯了什么错误。她根本不在乎糊不糊墙，只对我们的到来表示欢迎。

格日勒的财富都在外面，即房前屋后已长出几片叶子的黄豆。她在北山后还有几亩玉米。

"哎哟，格日勒还能种黄豆呢？"我姐塔娜惊讶地看着这些豆苗。格日勒住在塔娜家里的时候，是最懒不过的。

格日勒笑着，扭手。她是我大伯最小的女儿，在赤峰住过几年。她个高，身架像外国模特，长得也像，大嘴尤似索菲亚·罗兰。无论你怎么说她，格日勒都不改笑，皮实。但说大劲儿了，她鼻尖也浮一层细密的汗珠，不断擦去不断浮出。对格日勒的各种毛病，我爸一般抢过话头先说几句，他的意思是不想让别人再说她。

"种树。"我媳妇说，"格日勒你种树，种树最好了。"别人家的院套大多有树，气脉旺盛的样子。格日勒的房子像古堡一样孤零零的，被几寸高的小黄豆苗簇拥着。

格日勒笑着听。她心里一定说，我也不是傻子，种树干啥？种树当年也收不上什么。

我们这次到胡四台，带来一些旧衣服，分的时候如我妈所说“平均一下，免得他们闹意见”。“他们”是我的堂姐妹们。但我媳妇还是上街选了一些新衣裙，送给格日勒，还悄悄告诉她：“你别一下子穿出来”。

要是“一下子穿出来”，我堂嫂灯笼就会生气，我们住在她家。这几天，灯笼已讲了格日勒不会过日子的种种缺失。她不懂，感情是在人的优缺点之外的一种顽固的东西。就在我们刚下车的时候，那个傻傻地站在门口的格日勒，飞也似的跑过来，搂住我媳妇，脸埋在她肩上哭出声来。虽然她并不知道陈虹偏心眼儿给她多带了东西。

我们来到之后，西屋就像公社一样热闹。兄弟姐妹们带着孩子和狗川流不息，甚至连大堂姐斯琴的猪也姗姗而来，但被灯笼撵跑了。我们的确也没给猪准备什么礼物，譬如项链或口香糖。孩子们身体黝黑，肚皮紧绷绷的，似乎准备随时飞奔。他们在静默中接着我媳妇一一送出的包裹，里面是旧衣服、鞋或其他，回家。不一会儿，他们穿上这些衣服出现在西屋，这实在有趣。譬如，格日勒的丈夫、眼窝深陷的宝莲穿着我跑步时的一件T恤，他身旁的哈萨塔娜的丈夫、笑容可掬的乌力吉穿着我的另一件T恤，他们并肩而立。那些孩子穿着我女儿鲍尔金娜各时期的衣服，表情各异。鲍尔金娜惊呆地闭上了眼睛。

而最为光彩照人的是格日勒，什么衣服穿在她身上都十分惹眼，可惜她没生在巴黎。效果在于，不一会儿她又换了另一身衣服出现在人们面前，洁白的牙齿粒粒可数。

我爸叹一口气，说：“格日勒没心。”灯笼开始在窗下骂狗，声音冷冷的。我的另一些姐妹仿佛想用目光敲折格日勒的腿，省得她一趟一趟回家换衣服。她们从鼻孔里出气，鄙夷老格——这是塔娜的叫法——的浅薄。老格家离灯笼家不远，家里门窗洞开着，她、宝莲和六岁的女儿萨如拉以及名叫巴达荣贵的黄狗，在深绿的草地上不时朝这边走来。宝莲是个孤儿，带灰色的黄眼珠极为深湛。他常常是惊慌失措的，正如他的黄头发东倒西歪一样。他仿佛自知配不上格日勒，在家族聚会时谦卑地站在后面。但这并不妨碍常常被我堂兄朝克巴特尔揪出来数落一通。在牧区，一个成年男人如果没畜群和自己的房子，似乎对任何人都要带着歉意。格日勒和宝莲的房子去年才落成，是我堂兄无偿为他们建造的。

在格日勒穿着城里的衣裙飘然而至遭遇各式目光时，她大姐斯琴的笑容是始终不变的。斯琴五十多岁了，当了奶奶。我父亲在内蒙军区的时候，接她赴呼和浩特读到高中。每天早饭前，她盘着光洁的头发，领着所有的孙男弟女，蹒跚着从她家房后的墙豁儿迈过，朝灯笼家走来。我每天都去公社买一些果蔬，分给孩子们。当斯琴的六七个孩子领到自己的一份时，她就满意地笑了。过去，她总是隔一会儿就把烟袋锅点燃，双手捧献给炕头的我爸。如今我爸戒烟了，她只好自己吸，也减少了场面上的隆重。我们无论说什么，斯琴都用“哦——”来应答，这是用吸气来完成的表示谦卑的语气，如满洲人的“喳——”。有时，我们说的话跟她不搭界，斯琴也“哦——”着，笑容是不变的，眼睛在看里外屋各家孩子的项链和手镯——这是我媳妇在小商品市场买的小工艺品——谁的更值钱。对格日勒的大红大紫，斯琴就这么笑着，宽厚而大度。

有一天，我们吃完晚饭在窗下纳凉。格日勒的女儿萨如拉用裙子的一角遮住脸，唱了一首《云良》，声可裂帛，缭绕入云。墙边的木桌上，一头开膛的肥猪仰面卧着，这是吾侄保钢订婚用的。宝莲单腿跪在猪旁，用碗碴子刮它身上的毛。猪身白得耀眼。这时格日勒把萨如拉的塑料项链给其狗巴达荣贵戴上了。巴达荣贵黄毛高脚，轻佻而胆怯，也有格日勒式的天真，一看即知涉世不深。它有些怕斯琴家的狗，又跃跃欲试。斯琴家的狗是稳重的，不屑巴达荣贵的高脚。就在后者进退飘忽时，斯琴家的狗一口咬住巴达荣贵的红项链，然后向一边拖。巴达荣贵立刻麻爪，张着嘴却叫不出来，几乎要被勒死。格日勒跑过去，对准斯琴家的狗扇了一记耳光。

“咄！”斯琴大吼，我看到她一脸怒容。只有骂牲畜才用“咄”，她显然对格日勒打她的狗不满意了。见我们在看她，斯琴脸上已堆满了笑容，恭顺地垂下头，“哦”。

格日勒从小就没妈。我爸曾经说：“等你大伯死了，更没人拿格日勒当玩意儿了。”大伯今年春天已与家人永诀。他们来信说，朝克巴特尔与斯琴两家互殴，住院并报官了。我媳妇给格日勒的华丽衣裙怕已被胡四台毒辣的日头和绊脚的荆棘晒褪色并撕为条缕了。不知她今年种黄豆了没有？宝莲畏缩着，萨如拉在一边洗小手绢一边尖声歌唱，大伯死了，格日勒站在孤零零的泥屋前面，扭着手指，她那天真的笑容该向谁展露呢？

歌唱

每天晚饭后，二堂姐阿拉它塔娜要来向我爸请安，领着孙子阿拉木斯和孙女海棠花。阿拉木斯的分头带着水渍的木梳印。她家到这里没有一袋烟的工夫。至近，阿拉它塔娜把双手放在膝盖上，屈膝，用文言的蒙古语请安。礼毕，几个女人上前跟她打闹，因为今天阿拉它塔娜穿得醒目。二堂姐快五十岁了，在科尔沁草原的沙暴毒日下，仍然白皙妩媚。我爸当兵时，接她到呼和浩特住过一年。用自行车带她吃冰棍、看电影。那时，阿拉它塔娜姐姐三岁，在我大伯的一堆孩子中，我爸最疼她。

“You yi mai？”阿拉它塔娜手扯衣襟反诘女人们的哄笑。这句蒙古语的意思是“啥呀？这算什么”，口气在委屈里带些得意。她穿一件绣胸花的绿衫，有在箱子底压出的井字折痕，那种绿浅得像小虫翅膀的颜色。

朝克巴特尔望着二姐像傻子一样笑，昨天他把她老公满特嘎灌醉了。“鼻涕流这么长”，早上，朝克巴特尔学的时候，手在腰上比画。满特嘎每天放羊要走一百来里路，这从他的帆布裤子和破黄胶鞋上能看出来，而他黑檀木雕像似的脸上散发柔和的光彩。

阿拉它塔娜很气恼，但我爸在场，就假装看不见朝克巴特尔幸灾乐祸的笑脸。

“叔叔！我给你唱首歌吧？”阿拉它塔娜说。

“好，好。”我爸欣然领受。过去，每当我爸回到故乡，阿拉它塔娜站在地下，目不转睛地看着他，仿佛追忆叔叔当军官时朝站岗小兵还礼的丰仪。一会儿，她卷一支烟点燃，用双手捧上，一会儿斟一盅酒举过头顶。她等着叔叔满意地说出那句话：“Mi ni A la ta！”这是称呼孩子的昵语，意为“我的阿拉它塔娜”。然而我爸已经戒去烟酒，他像国宾领受鲜花那样，把烟酒接过来分送左右。这时，阿拉它塔娜的眼里便有些黯然。我爸垂垂老矣，多数时候，他把忧虑的目光投向我大伯——他的瘫痪而更老的、于醉乡陶然的哥哥。阿拉它塔娜请我们全家吃过了全羊宴、新鲜的奶酪拌炒米。她还有许多的感情找不到载体。

“Ao dao，Dao le ne”，阿拉它塔娜说，意谓“这就要唱了”。

“榆树啊柏树，假如真的烂了根啊……”

这是东蒙民歌《达那巴拉》。阿拉它塔娜唱歌的时候，像突然变成了另外一个人。腰身挺直，表情如认真的儿童。她大睁着眼睛在寻找旋律上置放的许多东西。最奇怪的是，她双手并拢，在胸前端着。好像指缝里漏出的哪怕是一点点东西，都不能使她继续歌唱。我爸面露得意之色，上身微晃。我大伯颓乎墙角，嘴里嘟囔着。小孩子用手扑捉纱窗上跃跃的小虫。

当歌声唱起的时候，蒙古人会齐齐换上另一种表情，堂皇而尊贵，在心里跟着唱，脸上的表情必与歌的意境十分洽和。

“剪子翅的鹦哥鸟啊，要到哪里去唱歌……”阿拉它塔娜唱。然后是《云良》《达古拉》《金珠尔玛》。后来，众人肃穆，如同想起了那些说不清的事情。对他们来说，这些歌自小就和屋后长着芦苇的湖水、马儿从披纷鬃毛露出的眼睛、饮茶的木碗、骨节凸出的手联系在一起，因此唱歌时应该换上干净的衣裳。歌声和我高髻的曾祖母努恩吉雅、我爷爷彭申苏瓦、我大娘牡丹的面孔联系在一起。他们的坟就埋在路南玉米地前面的沙丘上。

歌止，阿拉它塔娜双手松开了，不安地看大家。她的笑容仍像三岁时那样羞涩惊慌，像躲在大人胳膊后面的笑，忘记了身后的阿拉木斯和海棠花。而我爸的鼻侧，一点点地闪着泪光。

闪 电

近晚，西村天地交合处放闪电，一下接一下，无雷声。我问朝克巴特尔："那边下雨吗？"

他说："没有。从那边看这边也是这个样。"

"这边也有闪电？"

"是的。"

延伸到西村的草地，深绿中沉淀着铅灰，而天幕的浓云堆积地表，把杨树的枝叶衬得明亮，像铁板上的一把芹菜。闪电几乎一秒放逸一次，纵向，钻入草地隐没，如金蛇入水。

朝克巴特尔看我目不转睛，觉得不值。他解释："这是草……和地，夏天……"

……是他有力的手势，像往箱里装东西。就解释这么多，再解释没有了。为了不使朝克巴特尔失望，我不再看西村的闪电，但心里还想这是闪电吗？

买 卖

哲盟人把商店叫“买卖”，而胡四台的买卖在公社。这里早叫苏木了，他们还叫公社，顽固。“公社”这个词，他们说的也是汉语，叫“公社——日”。

今天我要去公社——日的“买卖”，看看里面的样子。为免日晒，我在早晨上路。买卖离这儿十五里远。路上遇到骑马、赶毛驴车和骑摩托的人，女人头上包着防日光的厚头巾。他们盯着我，我的穿戴、表情和走路的姿势表明是一个外乡人。他们的疑惑是：这人干什么来了？

红砖房的地方就是公社，人们停下闲聊，转头看我。一个人穿着武警带红牙子的旧裤子，另一个人穿着铁路的旧制服上衣，袖口有两道绿杠，一个人的汗衫印着“北京舞蹈学院”，救灾物资。两个小孩拽一头肥猪的尾巴，猪嚎叫。

“买卖”很大啊，像一个候车室。墙边有四五个玻璃柜子，里面摆着花花绿绿的烟、酒和药品。棕色的柳编筐挂在墙上，地中央的铁锹和犁涂一层黄机油，空气中弥漫着奇怪的气味。

我给朝克巴特尔的老婆买了眉笔和口红。回家送给她，她大笑，说：“他想把我变成妖精。”

朝克巴特尔跟着笑。我嫂子瘦小，黝黑，由于劳累、精明和卵巢切除，比埃塞俄比亚的灾民还具风霜感。

那几天，我嫂子逢人就说这件事，左右手放着眉笔、口红，然后笑。朝克巴特尔怂恿她画一画。

嫂子撂下脸子，问他：“你真想看到我变成妖精吗？”

阳光碎片

胡四台的白天和夜晚像两个地方。这么说，早晨、中午、下午都不一样。八月的太阳像卸车一样把热量倾泻在科尔沁沙地，周遭白花花的，人被晒得睁不开眼睛。最热的时候，空气里如有声音："嗡——"。这是阳光照在沙漠上的音波，传自太阳。白天，胡四台的房子和沙漠颜色相似，燥白；树和庄稼发灰。一切静悄悄的。到了傍晚，村庄开始一点点蠕动。我是说，炊烟和小孩游动时，狗和毛驴在动，房子也走动起来，像从冰块里活过来的鱼。玉米恢复黑肥之绿，饮马的石槽淡青。我堂哥朝克巴特尔的房上有瓦，明黄色。鸭子不知从哪里钻出来，竟有一群，蛋囊岌岌乎坠地。人们出现在家门口，全有笑容，世俗生活又回来了。

这是说傍晚。而早晨，胡四台又如另一个地方。空气的潮湿，可称为晶莹。沙漠金黄，我堂哥的屋瓦润红，这是雇拖拉机从甘旗卡买来的。马向我们致眨眼礼，睫毛俊美。杨树的树干白里透青，挺拔如俊男，真是"宫娥不识中书令，借问谁家美少年"。屋脚丛草沾露，朱雀、绣眼、冠纹柳莺，还有山鹛在羊圈横木和马棚顶上俯仰乱唱。保钢开始洗头。

吾侄保钢对我放在窗台上的一瓶洗发水发生兴趣。在我洗头之前，他不知这个鲜艳的塑料罐里装着什么东西。我倾之浴发，泡沫如棉花，屡搓屡出。保钢赞叹："这才是最好的东西。"然后，开始仿试，用洋井的凉水一日洗十遍。作为叔叔，我赞许贤侄清洁，但受不了他的歌声。保钢洗头必唱歌，唱歌必唱流行调：明明白白我的心。吾我尔汝，情倾爱哀，一派洋泾浜汉语。

在胡四台，草木山川甚或人的相貌都为蒙古民歌而设，苍凉恒远，像天空飘来的绸子。保钢这个小兔崽子用轻薄歌辱杀了风景。有一天，保钢丢了五元钱，遭嫂子叱骂。我于心中发言：骂得好！骂得好啊！并用指骨叩桌，使吾嫂的詈骂加入板眼。

进夜，我住的东屋成为议事堂。我与朝克巴特尔坐炕之两厢，中置饭桌杯盏，地上站立女人和孩子。朝克巴特尔谈经济，如玉米之销售收入；谈教育与文学，如酒后教他孙子吟诵格萨尔王诗篇；谈未来，即保钢的婚事。谈完，“滋儿——”（酒过唇），问：“难道你不说一些什么吗？难道沈阳没有发生什么事情吗？”女人和孩子都用表情拥护朝克巴特尔的提议。

沈阳每天都在发生非常多的事情，但我说不清楚。沈阳制造的歼 8—2 飞机难道不是事情吗？春天广场时装秀，大街上有一万七千辆出租车飞快行驶，跟他说不清楚。我说，沈阳——蒙古语称为“穆格顿”——有七百多万人口，我不知道别人在做什么事情。

穆格顿有七百多万人口？他们吸气，向上翻眼，嘴里“嘶嘶”地惊叹。借此，我吃点儿菜并喝酒。

“那么，”阿拉它塔娜堂姐吃惊地望着我，“你早上一开门，就见到好多人站着？”

好多人站着？那成专家门诊了。我告诉姐姐，在沈阳，出门见到许多人，无论早上、中午或夜间。

嘶儿——他们吸气。

“没问他们在干什么？”朝克巴特尔问。

“不能问。”

“为什么？”

我回答：“修自行车的就在修自行车，不用问。”

“在马路上走的人呢？”

我说：“也不能问。问你到哪里去？那不行。工作，人们在工作。”

朝克巴特尔小声对他老婆说：“他把走路叫工作。”

我嫂子更小声说："喝醉了。"

我假装醉了，眯着眼睛，省得回答这些难题。我所喜欢的，是这么多张面孔和我血缘相通，一同沉浸在奶茶的气味和蒙古语的言说中。

有一天，朝克巴特尔告诉我："明天有人来看你，巴丹吉林村的满达老人，套车来。"

"是咱们亲戚？"

"不是亲戚。他说想看一看沈阳人。"

我闻此言，何止意外。我不是经典的沈阳人，本生边地，侥机遇之幸于其间谋食，怎么宜人套车观瞻？

满达老人一早就到了。他的毛驴车上铺着红花绿叶图案的棉被，还有旧军用水壶。进屋上炕，敬茶，朝克巴特尔卷烟双手递给老人。老汉喝一口茶，烟雾从鼻孔漾出，海狮胡子花白。

"沈阳的庄稼怎么样啊？"老汉开口问。

"沈阳郊县的庄稼很好。"

"唔。"老汉喝茶，问，"沈阳的天气怎样啊？"

"越来越热了。"

"可以种西瓜。"他说。过一会儿，又问："沈阳还有卖丝线的吗？"

半天，我想起马秋芬写的《老沈阳》提到中街吉顺丝房的事，说："已经不卖了。"

老汉拉过我的手，捏了捏，放下，说："沈阳有很多蒙古人吗？"

"有七万人。"我回答，"大学里也有蒙古孩子，聚会的时候唱蒙古歌。"

"是吗？"老汉似乎感动了。

"是的。"

老汉看我，仿佛从我的面孔中看到遥远的沈阳，而后微笑着扳腿下地，划拉鞋，说："我走了，到那什罕村的孙女家。"

上驴车时他转回身说："沈阳好啊！我十八岁去过，过去七十年了。沈阳多好。"白嘴的毛驴，耳朵立而又平，像告别。

我目送老汉的驴车远去。他的言说像诗，像讲给自己听的话，很柔软，让人生出一种难过。谁能知道，科尔沁沙漠深处，有一位八十八岁的蒙古老汉心里在想沈阳。多年前，有他少年履迹或许还有爱情的沈阳。像英国古谣《苏格兰的蓝铃花》唱的：多年以前，多年以前……

伊胡塔的候车室

科尔沁夏季的太阳照在没有边际的沙漠上的时候，那种刺眼的金黄让人不大敢四处张望。金黄的视野内有一间车站，日式拱脊建筑，顶上涂黄粉，屋檐的木板刷绿漆。当火车从远方呼啸而来时，它像穿节日服装的男孩子一样，捧着鲜花迎接，鲜花是月台上的两株丁香树，暗散使人头脑迟钝的浓香。

车站有两间房。一间是候车室，另一间应该是站长室，但窗台挡蚊的纱布里探出一只狗的脑袋，如雕像似的一动不动，等着风来吹发亮的黑鼻子头。

候车室的两张长椅，对着放，挨得很近，身后是墙壁。我坐下以后，面对的是一位老人。两个陌生人，就这么鼻尖对着鼻尖坐着，没办法。

老汉两撇灰胡子向上翘起，能看出他常常用手捻，有尖。是一种晚年的游戏。老汉眼睛望着屋顶，目光迟滞，隔一会儿，飞瞥我一眼，接着连眨几下。显然他不习惯我像傻子一样盯他胡子看，距离太近。

这种式样的胡子，即使到了戴高乐时代也落伍了，如今在一个乡村的蒙古老汉的唇边出现。我不小心笑了出来。这使老汉猝不及防，也笑了，眼光灵活而明亮。他仿佛早就想笑，没敢。他是一个谦恭的乡下人，牙齿没几颗了，一笑，他的嘴像藏在柴草里的缺碴的旧碗，而红软的舌头蠕动在牙洞间。

交谈。老汉是图力古尔人，去甘旗卡的外甥家做客，膝上的布袋里装一些杏，还有一包红茶和茶缸子。他说这是第一次去甘旗卡。甘旗卡是一个镇。他用粗黑裂口的指头，轻轻捻着浅粉色的车票。

话语结束，候车室又静下来，老汉向门外望闪闪发亮的铁轨。他用力抬眉毛，扛起前额一堆皱纹，这位老人与科尔沁草原的其他人一样，过着简朴的生活，心智单纯。假如你一笑，他会立刻报之一笑，胡子尖升达颧骨。他们的笑容，一生浮在脸上，没间断过。像孩子一样，他们笑起来很容易，绷着脸却困难。这样的脸如果不笑，看上去反而不得劲，仿佛带着忧愁。

送行的队伍

今年仲夏，我父母领着我姐姐塔娜及其子阿如汉和阿斯汉、我女儿鲍尔金娜，探亲结束离开了科尔沁左翼后旗朝鲁吐公社胡四台大队——这是我的家乡。

出门，我的堂姐、堂兄以及姐夫嫂子和不计其数的孩子全都穿上新衣服，送行。愚昧的蒙古牧人和西方的绅士一样，穿最好的衣服为客人送行，绝不敷衍。这里面暗含一种隐喻，如节日的隐喻。离开亲人原本就像节日一样值得隆重。

我两个堂姐把辫子梳得光溜溜的，结实地盘在头顶，戴在帽子里，这是结婚的蒙古女人的发式。她们身上的新衣服每粒扣子都系好，衣上挂着在箱子底叠压的褶子。我的侄子们相貌英武，鼻梁直挺，眼里含着宛如悲悯的神情。他们呼呼啦啦走在我父亲的身后。

我大伯是瘫子，手把着窗框流泪。

雨后的草地现出沉绿，仿佛压抑着某种忧伤。铅云从天边列起，深者如蓝，浅者似灰。漫布在草地上的几百个水泡子盈不过数米，闪着亮光。有孤独的马低头吃草，以尾悠闲地撵扫虻虫。

我大伯家门口的路上，就这样走过来一列送行的队伍。孩子们的衣服五颜六色，招人眼目。这的确如办一件盛事。

邻居们站在门口，远远地望着。他们每个人都知道这是在做什么，谁来了以及谁走了。在《圣经》中常常出现“荣耀”这个词，在那里，“荣耀”是归于主的。在俗世中，被一大群穿新衣服的人簇拥送行，应该说是一种荣耀。

当然，官员们倘肯深入牧区腹地，送行的人也许更多，但谁肯为你穿新衣裳呢？所有的人怎么可能同时想一个问题——你明年会不会再来并为此悲伤呢？他们悲伤着，并压抑着悲伤。当我父亲的目光转向每个人的脸上时，每张脸都带着谦卑的笑意。

在送行的队伍中，不只有孩子，还有黄狗、小羊羔和永远垂着头的老马。它们也许不知道这是在干什么，但不妨这么走着。

走啊走啊，他们走了两里多地，来到乘拖拉机去旗里的站点。拖拉机来了，我的四五十岁的已经有了孙子的堂姐们扑上去，紧紧搂着我父亲大放悲声。这一点，蒙古人与汉人的确不同。我的堂兄和侄子们远远僵立着，像木头一样，眼里含着泪水。他们拒绝哭出声来，不断擤着鼻涕，往裤子上蹭。

我父亲似乎觉得不应该流泪，他仰着脸，弹着眉毛，不断眨眼睛，让眼泪顺原路流回去。

拖拉机开了，也就告别了如此众多的送行的人、羊羔、狗及马。车开出很远，他们还在站着，仿佛等待什么人的指令。在雨后苍茫深绿的草原上，他们的穿戴鲜艳夺目。

火 车

阿拉木斯是我二堂姐阿拉它塔娜的孙子，今年五六岁，颧骨上有个半圆的牙印，狗咬的。阿拉木斯爱笑，一笑，狗印跟着圆。他每天都梳着整齐的分头来我们这儿，水淋淋的，我堂姐给梳的。他前额有一绺毛不服梳，弯弯地探下来，使这个沙漠深处的小男人有了些时髦的意思。

我们去探望大伯，住在堂兄朝克巴特尔家。每天太阳升起的时候，亲戚们陆陆续续来到这里说话。朝克巴特尔家里像过去的生产队部一样热闹，旱烟味、狗和小孩在大人腿间钻出钻入。窗外木桩上拴着马，以尾扫虻。再远处是银镶一般的湖泊。

阿拉木斯随我二堂姐而来，同来的还有他的妹妹海棠花。海棠花胖而安静。她始终坐在二堂姐的膝上，似乎连眼都不眨。她唯一的动作是趁人不注意时，用小胖手把丝袜从大腿娴熟地卷到脚踝，见有人观察，又悄悄卷回原处。这里方圆百里也没有穿丝袜的，她是唯一的淑女。阿拉木斯则不同，指天画地大气磅礴。倘若哪个房间传来碟子碗的破碎声以及人们吃惊的尖叫声，必与阿拉木斯有关。他高声申辩，并准备夺路而逃。不一会儿，阿拉木斯又笑吟吟地回到人们中间，带着脸上的狗牙印和那绺不肯后梳的颤颤的额发。

有天傍晚，大伙儿多吃了几杯酒，在东山墙的荫凉处歇息，看几十里外的天空打闪。近处，一队骆驼沿沙丘的峰缘走下来。这时，头顶出现一架双翅小飞机，防雹或做什么事情。大伙儿很激动，在偏远的牧区，能看见飞机被认为是幸运的事情。

朝克巴特尔说："阿拉木斯，好好念书吧，长大开飞机去。"

大伙儿啧啧，表示这种选择太正确了。

想不到，阿拉木斯竟沉下脸，坚定地说："不！"

朝克巴特尔问为什么。阿拉木斯不回答，低头大步在沙地上走，无论谁问都一律摇头。

阿拉木斯何以如此轻蔑飞机呢？

后来，我父亲问，他才说要开火车。

阿拉木斯说："火车大！"他忽地伸开双臂，并左右看自己双臂够不够大。"火车，这院子也装不下。还有，火车声音大，呜——"阿拉木斯的脸已涨红。他被火车的体积和震耳欲聋的声音所折服。这就是力量的象征。

显然，他认为天上的飞机太小了。二堂姐说飞机倘若落在这院子里，也很大。阿拉木斯不信，说"依嘻"！这在蒙古语里是表示鄙夷的感叹词。依嘻。

朝克巴特尔很不满了，说："火车，甘旗卡就有；飞机，通辽才有。"

通辽是一个市，甘旗卡是县城。"依嘻！"阿拉木斯摇摇头。所谓大丈夫威武不能屈。

"飞机上随便喝汽水，"朝克巴特尔又说，"火车上喝米汤。"

"依嘻！"阿拉木斯连头都不屑摇了。

这是出现飞机那天傍晚的事，我们对阿拉木斯的火车情绪很钦佩。他对飞机的偏见也令人发笑。

我们走的时候，家族的人雇了一辆中型吉普送我们到甘旗卡，阿拉木斯也去了。

在月台上，大伙儿等火车到来。我买了一些香瓜、杏和汽水，招待亲属。唯有阿拉木斯不吃，他焦急地向远方瞭望，或大步踱行。

车来了，我们忙于道别，搬东西。坐上位子之后，看到阿拉木斯远远地站着，用异样的眼光看我们，像看世界上最幸福的人。他表情出神，那绺头发无规则地在风中飘动。

我心里一酸，想带他走，坐一坐火车，但这事实上是不可能的。

开车的时候，我看见阿拉木斯的泪水在顺脸颊流淌，那必是为火车而流。火车已开出很远，我感到阿拉木斯还在向这边看，二堂姐用手拽也拽不动，脚下像有了钉子。而海棠花正悄悄地用手卷丝袜。

狗的时间观念

常听到狗的故事。如某人远走某地，把狗送人寄养。过了不久——《史记》将此写为“居无何”或“居无几何”——狗在某个早晨出现在前主人面前，像一个周游世界的乞丐眼泪汪汪，如谓：这就是你干的好事。主人原以为吾犬不可见兮，见此，唯有痛哭。居无何，狗死掉了，累的。

我在朝克巴特尔家见过格日勒那只狗，名巴达荣贵。当朝克巴特尔痛斥格日勒的丈夫不治生产时，与淮阴的漂丝妇女骂韩信口气差不多：“大丈夫不能自食（shi）。”狗在炕沿下面聆听摇尾，而后抬头看格日勒的丈夫宝莲。

格日勒家里最干净的东西是锅，不怎么做饭。我爸莅临格府，先掀锅盖，见而痛心，“看看！看看这锅！”格日勒、其夫、其狗都低下了头。我爸接着找粮食。如果有粮食而锅太干净，证明其侄女懒。然而没找到粮食，吾父叹气，背手离去。巴达荣贵欢快地追随我爸，围前围后，极尽跳跃。它发现，在那些日子里，我爸到了哪里，哪里的锅就开始忙，香味绵延飘散。

过了不久，即居无几何，吾妹格日勒被牵涉到一桩愚蠢的讼事之中。他们借了别人两千元的高利贷，房子、马、几只羊和锅，特别是地，转移到债权人手中，反欠人家三千元钱。他们到苏木（镇）上请干部主持公道，说：我们借了这个人两千元钱，还不上，抵了财产，为什么反欠他三千元呢？干部把大茶缸子往玻璃砖的桌子上一蹾，说：“懂不懂法？”

格日勒一怔，其夫躲到她身后，巴达荣贵“嗖”地跑了出去。

我听我妈介绍到此，不禁赞叹。只一句“懂不懂法”就把什么房子地、谁欠谁钱都挡回去了，既不打，又不骂，还跟政策沾边儿，显示了语言的威力。愚夫愚妇怎么敢回复懂或不懂法？退一万步，姑且说“懂”，干部再问“懂什么法”，还得败下阵来。谁能尽知世上都有什么法。在东村那个地方，司法助理、法庭庭长、派出所所长都由一人担任，即蹾茶缸子的干部。身兼数职是为着节省开支、减轻牧民负担。他还兼有其他官员的妹夫、外甥和舅爷这些社会职务。

巴达荣贵被“懂不懂法”吓跑了，宝莲在哆嗦。格日勒由于脑瓜不开窍，还嘴：“反正我不欠他三千元钱。”她意思是房子、地都没了，钱应该抹掉。

助理、庭长、所长又问：“懂不懂利息？”

格日勒败下阵来，她真不懂什么叫“利息”。朝克巴特尔解释，钱和别的东西不一样，它要下崽，崽就是利息。格日勒认为朝克巴特尔的解释很下流，无端地把钱与生殖连在一起。

她反问：“你们家的钱在箱子里下崽吗？胞衣埋在了房后吗？”

朝克巴特尔称：“钱在自己家里下不了崽，借给了别人，一定会下崽。银行就是钱下崽的好地方。”

“Bie Lie！”格日勒说。这句话不好翻译，约有“妖障”的意思，骂人话。

在法和利息的威慑下，格日勒一家决定逃走。他们走了，谁也不知道去了哪里。朝克巴特尔知道格日勒要跑，但没问具体地点，当然也没有送行，免得自己喝醉之后说出去。

过了半年，消息隐约传过来，说格日勒在锡盟。

下面说狗，即巴达荣贵所为。格日勒走后，巴达荣贵一度在村里游逛，也去朝克巴特尔、阿拉它塔娜（格日勒的二姐）和利宝（阿拉它塔娜的长子）家里串门。居无何，这狗没了。不知什么时候，有人提起这个话题：巴达荣贵呢？

“吃肉了。”朝克巴特尔认为这事太简单，有好事者将此丧家之犬宰了下酒，无他。一只无人庇佑之狗，又不治生产，问它做甚。

事实上，巴达荣贵奔赴锡林郭勒大草原，去找格日勒。但事情如此平凡，就不值得写下来。巴达荣贵到了锡盟之后，并没有去格日勒所在的东乌珠穆旗，而去了距东乌珠穆旗三百里外的西乌珠穆旗的某人家里。有狗自远方来，这家人收之，和羊群同出同入。

隔了两年，即七百三十个日夜之后，格日勒和宝莲离婚。这消息是听我妈说的，我问："后来呢？"

"后来，格日勒又找了一个人，建筑队的。"

"是蒙古人吗？"问。

"是。"我妈回答。过了一会儿，她突然说："唉，可别说了。你猜猜，格日勒在新婆家见到谁了？"

"谁？"

"嗨嗨，可别说了。狗，东村的巴达荣贵，跑他们家去了。"

"格日勒的狗跑到后结婚那个男的家去了？"

"对！"我妈拍腿，"格日勒还没离婚呢，狗先上他们家了。"

"这么巧？"

"什么巧？"我妈说，"这个狗见过那个男的，格日勒早就跟他有来往。"

我不禁惘然："狗早就知道格日勒会离婚？"

"谁知道。"我妈感叹，她对离婚的事历来感叹，"格日勒算乱套了。"

格日勒的生活，早就"乱套了"，经济、政治无不如此。然而其狗巴达荣贵仿佛已经预知这一切，暗中等待甚至及早介入。如果狗真的这么聪明的话，人更不敢养它们了。

电梯记

我堂兄朝克巴特尔生长在牧区，我四五岁的时候去过他家——哲里木盟胡四台村，这也是我父亲的故乡。之后十年，朝克巴特尔像学者回访那样到我家赤峰市参观学习。我爸交给我一项任务，领他上街。

我领他走进一座楼房，入电梯。电梯门从两面合上，吓他一跳。我伸出三根指头，然后按“3”，“3”红了，电梯微颤，门开，我带他出去。我说这是三楼，朝克巴特尔不信，他刚还在楼下仰视巍峨的楼顶。我领他从步行梯下到一楼，说明我们刚才坐电梯的经历，他还不信。我再次拉他进电梯，到三楼并从窗口往下看，马路上的人渺小地行走。朝克巴特尔大惊失色，于是对电梯极为崇拜，认为这个狭窄的金属房子是神的房子，说什么也不敢坐它下楼。我对他进行启蒙：电梯即电房子，把人垂直拉到各楼，由电控制。朝克巴特尔生气地反驳我：电在电灯里面，不可能控制一个房子。

今年春节，朝克巴特尔扛一只冻得梆硬的羊来到我们家。他头发全白了，对我说：他已经领悟到电或电池让人在收音机里唱歌、在电视机里跳舞，但不足以让房子腾升，那是另外的神秘力量。电，不过是冒火星的、小巧的、在胶皮线里乱窜的小玩意儿。

我和朝克巴特尔均为独生子。许多年前，当大伯告诉朝克巴特尔我是他弟弟时，他在我身上也发现一些乐趣。

那年，即我四五岁到胡四台，被一只羊羔吓哭了，以为是狗。朝克巴特尔和堂姐们哈哈大笑，讲解羊和狗的区别。我不信，以为他们骗我。见过狗，我以为是狼，越发大哭。朝克巴特尔越发大笑，用脚踢“狼”。

在胡四台村，朝克巴特尔飞身跃上无鞍烈马，奔驰至远，让我视为天人。朝克巴特尔一家和当时的全国农民一样穷，他的衬衫下摆和袖子都褴褛掉了，仅遮肩背。这件衣裳在我看来很神奇，在马背上飞扬如帜。他穿这件衣服在苇草里发现野鸭蛋、找到酸甜可口的蓝莓。朝克巴特尔和我走在沙丘下面，他停下倾听，快跑几步，用手接住一只从上面滚下来的刺猬。在茫茫的沙漠上，朝克巴特尔聪明健壮。他看我的笑容半是嘲笑半是爱。一个城里人在乡下的土地上不怎么会走路、不怎么会吃饭喝水，给他们带来欢乐。就像朝克巴特尔在城里给我们带来欢乐——他用颤抖的手慢慢摸电梯门，“嗖”地缩回来。

我第一次到胡四台，在堂兄家吃到野鸡肉——肉丝雪白。我一人吃掉两块胸脯，余下的肉被我姐塔娜吃光。朝克巴特尔和众多的堂姐站着看，带笑容。大伯招待我们的佳肴还有一小碟葡萄干、一小碟红糖。许多年后才知，野鸡和那么少的葡萄干、红糖是他们从供销社赊来的——秋天用五十公斤玉米偿还。事实上，大伯两年之后才还上这笔债务，因为当年的玉米扣除口粮后不足五十公斤。平日，他们果腹之物是轧半碎、炒过的玉米。如果玉米碾成面，就不够吃了。他们从未吃过野鸡肉和葡萄干，连玉米面都未曾饱餐。在山上捉到或挖到的山禽与草药，送到供销社抵债，偿还赊欠的红茶、盐和煤油。因此，回想当年他们那么沉静地观看我吃野鸡肉仍带有笑容，实在让人感叹。

那个年代，他们家没钱。他们有幸一睹钞票是每月乡邮员驰马而至喊大伯名字并将其右手食指按向鲜红印泥再拔出来按在一张纸上，而后交给他们十五元钱。这是我爸从一九五〇年挣工资以来每月寄来的钱。这些钱隆重地积攒着，后来流入医院收款处。伴随穷人一生之物，除去饥饿，另一样就是疾病。

血缘是这样一种东西，超越城乡差距和所谓知识，在独有的河流里交汇，彼此听得见血流的声音。大伯去世后，我爸悲痛不已，痛哭、独语，几个月缓不过来，我们并不劝他安静。劝人节哀实为文化的虚伪中最虚伪的一种。人生连一场痛哭都不曾享用，灵魂何以自如呼吸？我爸经历过战争，在“文革”中被打为重残。自我曾祖母去世后，他从没流过泪。他七十多岁了，从自己房间踉跄而出，看着我们，说："你大爷死了。"而后泪水蒙住他的眼睛，像胶在结膜上哆嗦，化为眼泪大滴落下。他本来想说许多话，但说出这一句就说不下去了，喉颈吞咽，因说不出话而全身颤抖，只站着，盯着我们，样子很吓人。我们报以沉默。少顷，他失望地走了，回自己房间。过一会儿，我爸还会走出来，告诉我们："你大爷死了……"充沛的泪水滚滚而下。

父亲的正直，我早有感受，而他在失兄之痛中的纯真情感让我惊讶。那几个月，他回忆了大伯的一生，并用泪水送走这些回忆。

朝克巴特尔今年和我见面，我用笨拙的蒙古语和他对话并给他买一些东西，我爸很欣慰。在他的房间里，我爸拿出去年在现代文学馆开会的照片，拿出记有他事迹的内蒙古骑兵典藏纪念册，还有登他传略的《蒙古人物志》向朝克巴特尔述说。我堂兄听得很吃力，我爸讲得很从容。我感觉，我爸其实是说给一个老牧民——大伯听……

自来水

堂兄朝克巴特尔到我家来，对我的书房、音响和跑步机都没发表什么意见，微笑着。他眯起眼睛，对着音箱的网罩向里面看，什么也没看到。里面是纸盆和木头，他摇摇头。朝克巴特尔对我家最为赞许，由此对我产生敬意的事物你猜是什么？我真舍不得说出来，是——自来水。

他在我家吃喝几天，突然问：你家的水从哪里弄到的？我说自来水。他疑惑，说井在哪儿。

我哈哈笑了，这是楼房，哪有井？领他到厨房，打开水龙头，哗——朝克巴特尔后退了一步，自语“跟公社的一样”。我说跟哪儿的都一样。他摇摇头，不，跟公社的一样。我说对，跟公社的一样。

没事时，朝克巴特尔背手观赏水龙头，掏出手绢擦镀铬闪亮的水龙头，轻轻地一点点拧开。水由细淌到奔放。朝克巴特尔沾点水，用手指捻捻，放鼻下闻闻，伸舌头舔舔。朝克巴特尔太崇拜这个水龙头了，低头从它的眼儿往里看。可惜龙头是个弯，使他看不到水的真相，更看不到自来水公司工作的情形。

朝克巴特尔笑眯眯地对我说，你真是有福气的人，有这个好东西。他指水龙头。你一打开就有水，对吧？我说对。朝克巴特尔拍我肩头，你真是有福气的人。是的，有这种福气的人在沈阳还有七百多万呢。但我没说，怕他不相信。朝克巴特尔宁愿相信自来水是我写作有成绩，国家对我独有的赏赐。

那么——又过了几天，他问我——水是从哪儿来的呢？这问题过了好几天才问，太沉着了。我简单地说，水库、自来水公司、管网、加压站。他摇摇头，说，你这个水龙头接在墙上。他拍拍墙，墙里面有水吗？白说了。我说墙里边有一根铁管，一直接到北京，水是从北京颐和园流过来的。他脸上皱纹次第打开，笑了，说你说的是对的。

对比朝克巴特尔，我真有点儿身在福中不知福了，整天想这个想那个，没想到家里有一个自来水，想要多少水就有多少水，这是多么大的恩典，跟公社的一样。我应该再写一首诗贴在水龙头边上，向它致谢。

想来想去，“自来水”这个称谓起得好。自来水，多有诗意。除了天上降雨，水何尝自来？水，这么宝贵的东西，这么容易漏洒，捧都捧不起来的东西竟藏在我家貌不惊人的水龙头里，我也开始崇拜自己并向发明“自来水”这个词的那个人遥致敬意。这个名字比铁道部（应为铁路部）、火车（应为电车）、汽车（应为油车）的名字起得都要好，跟可口可乐的译名一样好。我把自来水翻译为蒙古语的“自己跑来的水”，朝克巴特尔深为赞同。他家干旱，一般说，打十眼井也没一眼出水。出水的井打井费五千元，不出水的交两千元工钱。

辑 三

蒙古民歌九首

想念你呀受不了，啊嗬咿，乌尤黛啊嗬。

半夜起来把白马刷了一遍。

想念你呀受不了，啊嗬咿，乌尤黛啊嗬。

半夜起来把青马刷了一遍。

……

诺恩吉雅

蒙古女人的名字多如繁星，人们偏偏记住了《诺恩吉雅》。这几个字像玉兰花瓣，漂在老哈河上。这个名字芳香地漂过来，芳香地漂远。

这是一首姑娘出嫁、想念故乡的民歌。多少年来，男人唱这首歌，女人唱这首歌，跟出不出嫁没什么关系了。《诺恩吉雅》跟诺恩吉雅的父亲德木楚克道尔吉是奈曼王爷的弟弟无关，与诺恩吉雅嫁给东乌珠穆沁王爷的长子包德毕力格也无关。这首歌是敖汉民歌抑或奈曼民歌都不重要。重要的是人们在歌中听到“老哈河水长又长，岸边的骏马拖着缰。秉性温良的诺恩吉雅，出嫁到远方”。是的，这首歌的主题不是河，不是马，甚至不是诺恩吉雅，而是远方。远方对蒙古人来说是他们祖先去过的地方，是祖先让他们去的地方。远方没有路，砾石和沼泽等待着每一个冒犯它们的人，暴雨和骄阳是远方的宴席，铅灰色的浓云封闭了地平线。蒙古人和蒙古马没有家，远方才是他们的家。这首歌的旋律摇曳，像灯花一样摇曳。有如诉说家史。游牧民族的家史没刻在山崖上，山崖是被他们远远甩到后面的石头。他们的家史在歌里。歌声记录的并非哪一个人的家史与谱系，它是民族史。歌声记录山的名字、河流的名字，还有比历史事实更重要的民族的集体情感，譬如遥远，譬如悲伤，譬如对父母的爱，譬如马。许多人因此在《诺恩吉雅》这首歌里找到了回忆的出发点，这是讲述亲人与往昔的口气，是由目光描绘的有关故乡的图画。谁都知道这首歌悲伤，但情愿接受它的悲伤并把自己的悲伤加入。就像世上有一个湖，人把脚浸到湖水里会感到悲伤。许多人情愿站在湖里，体味悲伤。如今草场被侵占，羊群的毛绒里落满煤灰，草原和“草原”这两个字正在风干，它最终要去的地方只能是词典。歌声让人愈加悲伤。

诺恩吉雅坐着牛车从敖汉旗老家嫁到了东乌珠穆沁草原，就像风把一颗草籽从河的南岸吹到北岸。没人看见草籽在天空飞，也没人知道草籽在北岸生根发芽，长成一株什么样子的草。它只是草原上无数草中的一株。诺恩吉雅万万没想到人们世世代代歌颂她，唱她的名字和她的故乡。这是怎么了？这首歌一共有三十六段歌词，以河水、大雁、花朵比兴，回环往复。最后一句是一样的——“诺恩吉雅出嫁到了远方”。有人说，这是一位给诺恩吉雅家放马的马倌创作的歌，他暗恋着诺恩吉雅。恋人远嫁，忧思无尽，以这首歌疗伤。马倌的故事只是诺恩吉雅传说之一种。无论马倌的恋情也好，诺恩吉雅思乡也好，歌里面有什么东西让我们反反复复歌唱呢？其中一定有一种可以叫作现代性或民族性的东西藏在旋律里。它像一株不起眼的草药，受伤的动物在荒野里找到它，咀嚼它，让创伤愈合。我们唱这首歌，是我们心里缺这首歌。唱的时候我们用耳朵捕捉到一个东西，把它补在心里的窟窿上。它是什么呢？第一段歌词：“老哈河水长又长……”第二段歌词：“海青河水长又长……”我在歌词里找不到这个东西，也不知道旋律的哪一部分可以打心灵的补丁。但我的心知道，唱一遍，心里的凹地便平复了，注满了泉水。因为这首《诺恩吉雅》。

蒙古当年强大过。它过于强大，它的后代们倾心于歌咏弱而美的歌，如女儿出嫁。正如一些当年软弱的民族，到后来倾心于高唱强大的歌。被风吹到河流对岸的草籽，一定不是随随便便长在什么地方，它要去找属于自己的土地。正像许多蒙古男人在唱《诺恩吉雅》的时候会流下眼泪，他们被神明打动。在流泪的背后，他们身上的血液渐渐沸腾了，因为远方，因为蒙古语说出的“岸”，或者还有一些化学性的因素，那就说不清楚了。

小黄马

听完哈扎布唱的《小黄马》，思绪还在往前跑。汉人说余音绕梁，此音约为古琴或昆曲，旋律音韵团在屋子里，环环缠绕，如新沏的茶叶漂在水上。《小黄马》不绕梁，它被哈扎布送到广阔无边的草原上。听歌的人跟着小黄马回不来了。小黄马一边吃草一边走，伫立在远处，如苍茫中一座低矮的塑像。《小黄马》把听歌人的思绪带到它吃草的那个地方。马低头吃草，鬃发流泻而下，覆盖在烟叶色的宽大修长的颈子上。它的马蹄淹没在尖尖的草里，身上血管凸起的筋肉弹动。如果马尾不摇，马则如一幅剪影，那么安静地置放在草原上，仿佛变成了一棵树。吃不完的草在它脚下铺到天边，天边的云脚和草色模糊一片，草随地势起伏变成浅绿、深绿甚至锡白色，黑鹰俯冲下来捉自己的影子。

哈扎布用他的长调让我们看到了这一切。他还没说小黄马蹄子旁边有花瓣弯曲的蓝色马兰花。河流簇拥着云的倒影远游，被溯流而上的野鸭子冲散。这些画面只是哈扎布歌声中的一部分。往东看有这样的场景，往西看还有另外的场景。哈扎布的《小黄马》是一个观光隧道，我们坐在他歌声的木轮勒勒车里看见了夏季的锡林郭勒草原的风景，东乌珠穆沁和西乌珠穆沁尽收眼底。

哈扎布的歌声停止了，人的思绪还在草原上漫游。如同那匹边吃草边走的小黄马，它也不知自己走了多远。哈扎布的歌声停下来时，我常常想，此刻哈扎布在那头干吗呢？他也许在录音棚里擦汗，喝一口水。他脚踩着厚厚的羊毛地毯，面前是一支立式麦克风，对面玻璃窗里坐着戴耳机的录音师。他的歌声停止了，听他歌唱的全体人员不知所措。我在美好的歌声停止之际也会不知所措，不知接下来该怎样生活。为哈扎布录音的人呆呆地看着哈扎布，不知说什么好。语言与歌声是无法对话的。除非你唱着说，但你没有哈扎布唱得那么好。

更多时候，我觉得哈扎布坐在他的故乡——锡林郭勒盟阿巴嘎旗达布希勒图苏木的草地上唱这首《小黄马》。他还唱《四季》《老雁》等古老的民歌。牧区的早上，不光青草有香味，露水也有像白桦树一样的香味。白云在天边已经站好队。前面的云藏在地平线的杨树林里，后面的云还在山后等待。百灵鸟先于哈扎布展开歌喉，羊群从圈里走向草场。草原那么宽广，但羊还是迈着小脚，挤在一起走，咩声此起彼伏。哈扎布在自己家的毡房前唱起《小黄马》。一瞬间，草原比以往更广阔。羊群、云朵甚至大片的草场都搭上了哈扎布歌声的飞毯，向远处飞升。牧区的早晨，奶茶在锅里滚沸之后，大地把白雾散开，这时候仍然少一样东西使这里不像牧区，那一样东西正是哈扎布的歌声。哈扎布的长调从牧人的喉咙里，现在从手机里唱出来之后，牧区的一切才齐全。

《小黄马》唱了什么，竟如此神奇？它没唱金戈铁马，也没唱泰山黄河，只唱了牧马人眼里一匹小黄马是怎样的可爱。这是一首很小很小的歌，歌者把它放在无限的时间和空间里歌唱，带动了四面回声。哈扎布唱小黄马近乎赞美自己的恋人，他的眼里空无一物，只有这匹马。除了长调，我不知哪种音乐样式以膜拜并欢喜的情感赞美一只动物。哈扎布在唱马的时候，唱出了蒙古人全部的生活。他的歌声真正称得起响遏行云，真假声并举，明亮与暗哑并存。哈扎布独自创造出一种节奏型，疾徐开合全由他一人说了算。听这首《小黄马》如同云层变幻，一拨云追赶着另一拨云。云头在天空站立，继之瓦解为平川。光线从云间刺入，俄而浓云闭合。哈扎布声可裂帛，可穿云裂石，可让河水倒流。世上所有的歌声都随着旋律与节律向前走，哈扎布的歌声却有另一番景观，像花瓣在枝头摊开手掌，像小鸟绕着松树飞，似云朵在天空欲进又退。这是一团一团的歌，像云彩。他用他的嗓子给我们搭了一座浮桥，让我们看到了他所看到的东西。在《小黄马》里，不只有马，还有马吃草的草场，有更远处的山峦与河流。好的歌曲，旋律的感染力一定大于歌词。演唱的感染力要远远超过旋律。

蒙古民族为什么要诞生一个哈扎布呢？他用歌声深刻细微地为我们描绘了蒙古，然后他远去了。哈扎布走了，我们还在他的歌声里转圈儿，像蜜蜂钻进一座琥珀穹顶的宫殿里飞不出来，不知道哈扎布到底要告诉我们什么。他唱的每一个音符都像绸带在山坡上飘飞。唱着唱着，他走了。我看到牧区于苍茫中伫立的马，特别是黄马的时候，觉得它们在想念哈扎布。草原空旷，让人、马、房子甚至山都显出孤单，《小黄马》的歌声停止后，让人更加孤单。

嘎达梅林

《嘎达梅林》是蒙古老百姓怀念这位传奇英雄的歌曲。嘎达梅林死了，听这首歌，却觉得是嘎达梅林在唱。蒙古人唱起这首歌其悲愤、其沉郁、其无法排遣的怒火及无奈，如同哭声。他们唱《嘎达梅林》时都变成了嘎达梅林。

《嘎达梅林》像一匹战马临终的哀鸣，它卧在河边，看血从身上不停地流出，流到泥土里变成黑色。马什么都知道，它知道人有终时，马也有终时。战马临终之时见到自己主人惨败身殁，见到强敌骄横，心里不甘。马对着自己的血呜咽，见到白云远去却不能追随，心中大悲无法排遣。

听《嘎达梅林》，我们恍惚觉得是嘎达梅林在唱。是嘎达梅林自己歌唱自己吗？是嘎达梅林与他的后人在悲叹自己土地的厄运吗？科尔沁——它的主要区域一度叫哲里木，后改为通辽——奉献给世间的不仅是科尔沁黄牛，更不是霍林河的煤，而是这首《嘎达梅林》。煤越挖越少，这些倒霉的煤瞬间化为电卖给了东北电网，而黄牛的归宿是风干牛肉，早被各民族人民的胃囊消化。科尔沁好在还有人，我的老家科尔沁左翼后旗是蒙古族人口比例最高的旗县，他们尽管在种玉米，在骑电动车，在看电视里的国际新闻，但他们都会唱《嘎达梅林》。男女老少唱起这首歌，开头低沉的缓慢，好像河冰上一小股春水漫出来，声音渐大，力度渐强，冰块涣解撞击，冲决而下。蒙古人唱到《嘎达梅林》的高音部分如唱塌了一座大厦，似乎什么东西土崩瓦解，唱歌人的脸上挂着尘土或硝烟。这首歌唱到"……不呀不起飞——"进入歌曲的高音区域。旋律到达高音并延长几拍子后，其下一乐音通常是低音，去攀爬前面唱过的高音，或超越那个高音。《嘎达梅林》“……不起飞”接续的乐句——“要说造反的嘎达梅林”仍然从高音接。两个高音对接——“飞”与“要说”，如同骑手从一匹奔驰的烈马跳上另一匹奔驰的马，一朵火苗跳进另一朵火苗之中。旋律到了“梅林”的地方才低缓下来，以深情清晰的语气唱出“是为了蒙古人民的土地”，在此处结尾。“土地”的音高与起始句“南方”相同，结构回环往复，铺垫第二段起唱。

歌曲《嘎达梅林》原本是乌力格尔——蒙古说唱——原来有几十段唱词，讲述英雄嘎达梅林起事到献身的全过程。说唱的音乐形态不会是长调，要讲故事。四个乐句起承转合，没有现代歌曲的 B 段即副歌。《嘎达梅林》在第二个乐句就抵达乐曲的高潮也就是高音部分。那么唱的人，在唱到第二句就悲愤难当了，如同目睹了英雄的就义。第三、第四乐句则在回忆，仿佛寻找漂在西拉木伦河上的义军们的遗体。无论用蒙古语或用汉语唱这首歌，都会听到它的节奏那么缓慢，歌词的字很少，一句一顿，如念祭文。它的情绪远远穿越歌词的“南方，飞来的，小鸿雁”，在科尔沁的上空弥漫。嘎达梅林原来是一个人，后来变成一面旗，再后来变成纪念碑，立在老百姓心中。无论什么时候，牧人们唱起《嘎达梅林》都如同一场祭奠，仿佛嘎达梅林刚刚阵亡。

达那巴拉

西方的音乐和诗歌里面有一类体裁叫“悲歌”，如赖内·马利亚·里尔克的《杜诺依悲歌》，吉他曲《悲伤的西班牙》。他们所称的悲歌并不是哭哭啼啼，实为真挚恳切，不一定涉及丧乱。悲是人类最坚定的情感之一。在佛陀看来，世事无常，悲意正在四处弥漫。人生中，最悲莫过生别离，两个人活生生地、水灵灵地分开，他们心里却知道这已是永诀。

《达那巴拉》是一首悲歌，平静的旋律和歌词里隐藏着巨大的悲伤。艺术感动人的方法有许多种，其中一种是用平静揭示悲伤。科尔沁的民歌长于叙事，《达那巴拉》也是这样。歌中说名叫达那巴拉的男子（丈夫）动身当兵，与女人（妻子）金香话别。两人难舍难分，以榆树、柏树作兴，以莺歌鸟儿为喻，说出别离的痛苦，结尾虽有一个虚拟的重逢，但谁都能听得出他们从此天各一方。

旧时代的男儿当兵有几个完身还乡？马革裹尸常常是他们的归宿。

军阀杀来杀去，流的是士兵的血，而无论哪一方的士兵，在糊里糊涂地拼杀之后，常常糊里糊涂地战死沙场。打仗的士兵，是处在人生最好时期的青年。他人生的任务原本是孝养、种地、放牧、传种，一直活到老，战争扯断了他们生命的钟表，与家人从此阴阳两隔。赴死男儿生别离，最难割舍是妻子。他们分开，相当于把一件件绫罗绸缎拿出来扔进火堆里烧掉，美好之物化为灰烬，不仅痛，还有无奈。两口子在一起过日子，是平民的愿望，而战事像风一般坚定地吹来，不顾及百姓的愿望不愿望。悲从此处生，悲歌也由此唱起。

“榆树啊柏树，假如真的烂掉根啊；剪子翅的莺歌鸟儿，要坐到哪里歌唱？稀罕过、思量过的达那巴拉哥哥，今天投军要去远方。啊哈嗬，（我今后要）看着谁的面庞度时光？”

这段歌词是我的直译，是这首男女声对唱歌曲里面女主人公金香的歌词。我十分赞赏歌词直译，其中有细微的刻画与感受。金香诀别亲人有一肚子话要说，说不出来就哭，这是女人的本色。但艺术不是哭术，它要由远至近，由物及人抒发情怀。金香自比莺歌鸟儿，她说烂了根的榆树、柏树自然要倾倒，小鸟儿要坐到哪里唱歌呢？显见她心目中的达那巴拉是一棵枝叶繁茂的大树，她不过是树上歌唱的小鸟。歌词有四处惹人怜惜：金香自比莺歌鸟儿，给鸟儿赋以动态——剪子翅，玲珑可爱。君不见，飞来飞去堂上燕，不都是翦翦而飞吗？小鸟翅膀一张一合，被金香称为剪子翅，民歌多可爱。对树上的小鸟，金香说它坐着唱歌。鸟在枝上从来都是站着，它的短腿和尾巴让它坐不了。但说“坐”更显安逸，像过日子一样，宽大的榆树、柏树就是一个家。达那巴拉在金香眼里是什么样子呢？英俊伟岸这些词是现代文人形容男人的皮相之语。我们不知达那巴拉是什么样子，金香只说这是一个她“稀罕过、思量过的”人。那么，两人的亲昵就不必说了，比莺歌鸟儿与榆树、柏树的关系还要好。稀罕在东北话里有情人亲昵之意。蒙古语的“三森”是思量，是回味，也表亲昵。就是这样一个哥哥却投军了，金香说，以后她眼睛看着谁的面庞度过时光呢？此句是歌中最为沉痛之语。夫妻过日子，过的是什么？过的正是对方的脸，看这张面庞渐渐到老。白头到老，说的不止于头发，是看着对方的面庞自然而然变老。一个人如果在家中看不到伴侣的脸，她有什么？什么都没有。

金香唱的四句歌词，解释起来却要啰唆几百字，实在是民歌信息量太大。它字里行间有许多意味让人品读不尽。语言是一个民族生存的根基，一个民族的语言有多生动，它们的文化就有多鲜活。如果哪个民族的语言变得板结，词不达意，除了假话、空话说不出别的话，说明这个民族的文化已经生了病。

达那巴拉唱的第二段歌词是对金香的回应：“榆树呀柏树，假如真的烂了根啊；剪子翅的莺歌鸟儿要到山里去唱歌。你亲亲的达那巴拉哥哥，今天动身去当兵，啊哈嗬。明年开春三月里，告个假回家来看望你。”明年开春，达那巴拉能回来吗？不知道。但歌就要这样唱，谁忍心让这么好的女人心里不抱有希望？有希望的莺歌鸟儿会一直把歌儿唱下去。

牧 歌

蒙古民歌进入世界殿堂的旋律有多少，我没有详细统计，能够确定指认的一首是《牧歌》。

《牧歌》被改编为小提琴独奏曲，这是一个标志。它意味着这是一段可以用西方音乐语言叙述的记忆，这个旋律（也可以叫素材）注定是一块宝玉，被小提琴的乐曲琢磨成欧洲民族能够体味的音乐雕塑。《牧歌》里一定蕴含着巨大的内容。

我们在指认它的内容之前，先感受到它的旋律极为简单。那是贝多芬与舒伯特式的简单。贝多芬的《月光奏鸣曲》如果用数学表述，它不是微积分与代数，是两位数的加减法，有着以孩子的手搭出一个积木般的简单。

《牧歌》的旋律只有四个乐句，第一乐句是一个梯式的、单纯的上行；第二乐句差不多是对第一乐句的重复，但上行变为平缓的行进；第三乐句陡然下行，显示长调常见的结构方式；第四乐句仅仅回应了第三乐句的呼唤，然后就结束了。

它竟然这么简单，如儿歌一般纯洁，旋律的创造者像儿童一样无所顾忌。这四个乐句可以分成两句问答，一、三乐句是问，二、四乐句是答。而所谓“答”，也没有歌曲常见的对位或发展。第二和第四乐句的“答”是轻轻的。而在其他歌曲里，答句恰恰是重的，而且是延伸地行进。这里的答句仅仅是对第一、第三乐句的回声——像山谷的回声一样，渐弱渐远。

它不像一首歌曲，而像一个人的梦幻所见，像还没成形的雾。可是，谁说晨雾不美呢？夏季的晨雾如沁出绿色的白玉，像仙女下凡之前的铺垫。然而晨雾并不具备具象，音乐术语叫没有旋律性，但我们都目睹了晨雾并被它营造的氛围所迷惑。《牧歌》就是这样，它不遵从歌曲作为曲法的法则。法则是宝贵的，这是千百年来经验的结晶，极少数天才作品是在法则之外诞生的。莫扎特和贝多芬都是法则的产物，当然他们也有作品脱离法则而横空出世。如果让一位作曲家分析《牧歌》，他摸不到这首曲子的门道在哪里；可以感受它的魅力，却发现不了它的技巧支撑。它的第四乐句完全不呼应第一乐句，这几乎是不可想象的。但它就是这样，唱不唱随你，真是没办法。《牧歌》不仅简单，而且随意，仿佛当年唱这首歌的牧民对这四个乐句也许有别样的安排，这完全可能。这首歌，不过是有一天一位蒙古牧民在草原上唱歌，被记谱者安波听到了。安波在后来出版的《东蒙民歌》这本小册子上诚实地注明，这是一首民歌，自己是“收集者”。不像一些骗子，把自己说成曲作者。

简单是大作品的特征之一，用流行的话叫至简，意思一样。然而，大凡音乐都不简单，简单不了，要起承转合，要按照旋律的动机去发展，不复杂不成其为曲子。然而大作品仍然简单，这不是作曲者自信不自信的问题。我们根本找不到民歌的作曲者，我们只知道最初唱（创作）这首《牧歌》的是一个蒙古人而已，而且他不是赤峰市境内数量巨大的“改族”——汉人改的蒙古人。这个人唱歌的时候有可能在忧伤，也可能在欣快，更多的可能在无所事事。他唱出之后，将其打磨完善，再唱，唱好多次。如果——这很重要——这首歌很好听，其情感对演唱人很重要的话，就有更多的人传唱。这些人指的是几代人，边演唱边加工修改，完全没有顾虑。东乌珠穆沁的民歌传唱到克什克腾旗完全有可能变了风貌，但是，所有的传唱者（加工者）都会趋向于把它唱得简单，使之容易流传，而情感越发突出，却不会考虑作曲法。

这首歌在简单的旋律里包含的巨大的内容在哪里呢？从小提琴独奏和无伴奏合唱中可以听到的是：这首歌唱的是辽阔。前两个乐句如天上的流云，一朵追逐着另一朵飘向远方；后两个乐句描绘地上的情景，碧绿的草原与天空对应，天空铺展到哪里，草原就延伸到哪里。所以在第二、第三乐句之间会感受到一些断裂，因为第二乐句在追随第一乐句，是它的回声，在说天之辽远。而第三乐句是关于土地的起句，跟唱天空的情感不一样。

这首歌唱出了辽阔，也唱出了丰饶，这是说广度。它的深度在于唱出蒙古人崇敬天地、热爱草原的宁静的心。

四 海

这是一首酒歌。

酒，是蒙古民族乃至北亚民族生活中的大物品。他们的民歌中离不开祝酒与赞美酒的曲目，当然祝酒和赞美酒也可以融合在一首歌里。从《四海》里面听得出蒙古人手端酒杯眉开眼笑的样子，他们常常唱“金杯呀，银杯呀”，事实上没几个人见过金杯，我活这么大岁数也没见过金杯。他们情愿把最美好的东西依附于酒，因为酒以其美好、实在应该躺在同样美好的黄金的杯子里，继而，进入心情美好的喝酒人的粉红肉质的胃肠里。

虽然《成吉思汗大扎撒》里规定蒙古人不得过量饮酒。在古代，蒙古人是战斗种族，白天或黑夜随时可能遇到敌方的袭击或去袭击敌方。酒，作为麻痹人类中枢神经的化学药品会让食用者愚蠢起来。当年，成吉思汗饮用了来自西域的蒸馏酒（白酒）后曾感叹世上竟有如此让人心怡又夺人神志的液体。故下谕“我的子孙不得过量饮酒”。但是（历史历来被“但是”所改变），世上既然有酒，而北亚又是那么地冷，蒙古人仍然会喝上一点点酒。能喝七百五十毫升白酒的人，一顿喝五百毫升不算过量吧？况且他们早已不战斗，夏夜里偷袭他们的是蚊子而非塔塔尔人的骑兵。冬天的敌人是风雪。哦，说到风雪了。蒙古高原的风雪比战争更严酷。最寒冷的日子，譬如在零下四十摄氏度的气温下，风与雪一并而至，那里见不到长城以北悠然而至的雪花。有人唱“我爱你，塞北的雪”，简直是疯子。七八级的风和雪搅到一起，如上帝之鞭抽打大地。公路上的汽车如果不幸抛锚了，不出十分钟，雪就会把车埋起来，很可怕。牧民赶羊、赶牛、赶马回家，看不清一米之外的物体，但仍然要把羊群、牛群、马群赶回家。牧业生产是一项十分残酷的工作。不要把话说远了，回到酒里面。这时候，身处严寒的牧民从怀里掏出一个焐得热乎乎的锡质扁酒瓶，拧开盖，自嘴倾倒液体若干，咽下入肚。此液体大部分成分是水，但是其中含有溶解于水中的乙醇，俗称酒，蒙古人谓之“阿日黑”或“哈日阿日黑”（黑酒）。呜！这个东西（酒）喝下去之后，咴，它对人的体温调节系统和主管情感的神经系统产生了奇妙的影响。或问：是什么让一个人没当上佐领、章京、扎萨克依然喜笑颜开？是什么让亲人朋友在他眼里熠熠发光？是什么让牧人在风雪里放牧淡定自如并把这种生活持续下去？是“哈日阿日黑”。对此，酒即使起不到根本作用也起主要作用。酒有神明啊，连汉朝的汉人都说“何以解忧？唯有杜康”。杜康不是肚糠，是杜大工匠发明的未蒸馏的米酒，比“哈日阿日黑”度数低，多饮亦醉。

于是，他们赞美酒。

《四海》这首歌唱道：“像西海的水一样清澈，像葡萄叶子一样柔嫩，由于缘分坐在一起的朋友们啊，我在歌声中举起了酒杯（献上这样的美酒，请你们饮用）。”

蒙古人喜欢海（达莱），他们把大湖或美好的水域或甚深智慧都称为海，如元大都的北海、南海、中海叫海而不叫湖。歌中的“西海”是一个虚拟的水城，那里水质清澈，酿酒甘甜无比。像古代的蒙古人没机会遇见海洋一样，我以为他们也未必见过葡萄，但蒙古人像喜欢海一样喜欢葡萄，有一个蒙古部落就叫“葡萄”（乌珠穆沁）。他们来自蒙古国境内的葡萄山。

这首歌把美好的海水和葡萄化为酒的前身，这是酒之神奇的缘由。歌中的第二、三、四段的歌词还有“像东海的水一样晶莹”“像南海的水一样纯净”“像北海的水一样透明”，以及“像芭蕉叶子一样清香”“像檀香叶子一样芬芳”“像月桂叶子一样细腻”。都是他们没见过的海水和树叶子，用来形容酒。他们劝朋友们把这样的酒喝下去。喝下去就等于喝下了四海与嘉木的气质，喝呀，喝！

《四海》是一首节奏鲜明的短调民歌。内蒙古广播合唱团用四个声部（女高音、女中音、男高音、男中音）合唱的《四海》非常好。气息在星光照耀的夏夜冲荡，但不像喝酒，而如青年男女骑着走马去草原深处幽会。星星注视着他们，草叶唰唰响，河水唱歌。男高和女高、男中与女中，成双成对隐没在草海里，歌声消失，酒香传到天际。

乌尤黛

旋律真是个奇妙的东西。有的旋律适合人声演唱，有的旋律适合乐器演奏。如果一段旋律兼有两种特性——喜欢唱它并演奏它，这一定是一段让人回味不已的好旋律，如《圣母颂》，如哈萨克民歌《燕子》。《乌尤黛》就是这样的好作品。

我尝试以作曲法的原理分析这首民歌。分析它旋律的发展动机，分析它的织体与对位，结论是分析不了。它是天成之作，圆满无憾，不具备供人分析的马脚。玉能分析吗？珊瑚能分析吗？如果你能分析玉，你就能仿制玉，但那是不可能的。你能制玉，上帝做什么呢？即使一段旋律，你仍然可以把它看成一个圆润的、散发光泽的苹果。苹果身上没有供你钻进去探查的洞，苹果也不附带苹果说明书，但你照样吃出它的香甜同时没办法洞悉它为什么香甜。《乌尤黛》就是一个芳香的苹果，它有多香甜，就有多悲伤。

民歌就是这样，情歌更是这样。它把人用语言说三天三夜还没说清楚的相思之苦用四个乐句就表达清楚了。清楚什么？听者从中听到了一个被爱情折磨得奄奄一息的人的悲苦与甜蜜。相思跟坐牢不一样，黄连搅入蜂蜜里，同时尝到苦与甜，而坐牢只有苦。当然，相思与坐牢也有相似之处，他们都被关进一个屋子里走不出来。囚徒住在石屋里，门上着锁。相思者像蚕一样被自己密密麻麻的思念困住了，没有锁也出不来。

“想念你呀受不了，啊嗬咿，乌尤黛啊嗬。半夜起来把白马刷了一遍。想念你呀受不了，啊嗬咿，乌尤黛啊嗬。半夜起来把青马刷了一遍……”

这是《乌尤黛》的第一段和第二段歌词，是一个在爱情中恍惚困顿的男人心底的呼喊。然而他的呼喊不狂躁，只有深情。他在单相思，他所念者并非他在远方的妻子或未婚妻，我们只知道他在思念这个名叫乌尤黛的蒙古女人。而乌尤黛在哪里，长什么样子，多大年龄，爱不爱他，我们一概不知。从歌声中猜度，可能乌尤黛也不知道有这么个人在想念她。单相思，在艺术作品中可以结出美丽的果实。单相思者并没有尝到爱情的蜜汁，也没有丝毫赢得这场爱情的把握，却坚定地以全部心血建造乌有的天梯。其纯洁（没办法不纯洁）与痴愚可以制造美的艺术品。在他那里，爱的全部原材料不是洞房也不是顾盼与香吻，他心里有的只是她的容貌和她的身影，甚至只有一个名字——乌尤黛。这个名字的三个音节构成并推动着他的爱。因此，乌尤黛这个名字在这首歌里回环反复。他唱这首歌的全部动机只在让“乌尤黛”从口唇中间反复出现。

“想念你呀受不了”。受不了比睡不着更痛苦。一个人被架在燃烧的火堆上能受得了吗？但他是个很安静的人，半夜起来把白马刷了一遍。半夜里能做什么？只能刷刷马。马是蒙古人的伴侣和朋友。白马一定洞悉主人的痛楚，它以温良的、长睫毛的眼睛注视着主人的脸和脸上的泪。说到这里，听歌的人或许不解，他这么想她，为什么不表白？为什么不去找她？这是讲逻辑，而爱情是不讲逻辑的。我们知道这个半夜刷马的人深爱乌尤黛，却不知他长什么样子、多大年龄以及财务状况。他只有爱和马，其他我们一概不知。人世间，爱情号称美好，但比其他事务更注重功利，想爱很难。相思者刷完马稍得安稳，又一波相思袭来，他只好起身刷另一匹青马。这个男人有两匹马，时不时刷一遍，都在半夜。

我们要谈谈这首歌的旋律啦，虽然用文字描述旋律十分笨拙。此歌起首即进入高音区域，然后递减，又上升，再减，结尾乐句以低八度音符结束。低八度的尾音在等待上升音符的召唤，因此第二段歌声顺理成章地浮现，如同歌唱者起伏的心绪或者呼吸。气呼出去，自然要吸进来。那个高高在上的高音音符正是乌尤黛，她美丽直至不可企及。这四个乐句的连接玲珑宛转，如同有轴，像巴赫的曲风。

这首歌以其深情委婉得到琴家的喜欢，许多马头琴演奏家喜欢演奏《乌尤黛》，听上去更加深情。更深情的还有第二段歌词“如果我是一只蝴蝶呀，落在你的衣领子上天天看着你。可惜我不是蝴蝶呀，眼巴巴看着你走远……”

多么绝望，多么美。

达古拉

达古拉是蒙古语当中的动词，也是名词。动词意谓“领着”，名词是人名。名叫达古拉的人一定是一位女孩子，父母让她再领来一个弟弟。由此，牧区也有“胡达古拉”这样的女孩名字，与汉语人名中的“招弟”仿佛。

民歌《达古拉》是一首男人唱的忧伤的情歌，达古拉是歌唱者心中的恋人。她带给思念者的并无甜蜜，只有忧伤。

歌中唱道：“东北面的天际涌起了乌云，是不是要下雨？（我的）心里七上八下，是不是又要跟达古拉分离？”

我在巴林右旗的索布力嘎采访时，听一位牧民讲巴林人的方位凶吉。他说东北方向不好哇，说着就唱起了《达古拉》：“东北面的天际涌起了乌云……”我闻言不禁哈哈大笑。

由乌云猜到下雨，继而想到了分手，渗透着恋爱者失恋的苦。世上最苦的不是黄连，也不是黄檗，这些姓黄的草药都比不上失去恋人更苦。失恋是精神疾病之一种。得病的人从失去恋人进入被遗弃的强烈的孤独之中，做不了自己的主。医学表述约为：患者承担判断力的大脑额叶停摆，他不能对哪怕是细小的事物做二选一的决断，这是很痛苦的病况。他爱的人离他而去，却占据了他情感与注意力的中心位置（焦点），使他无力与外界有效地交换信息。换言之，他被强迫思念一个人，做无用功，但无力改变现状。抑郁症不正是这样吗？是的，抑郁症的诸多病状中有此一种。患者还会把他周围发生的一切事情与中心事件（失恋）联系起来，陷入更深的迷惑。

因此，这首歌听上去充满了忧伤。然而，这并不是失恋的人或变成抑郁症患者的专有歌曲，对科尔沁人来说，这是家乡的歌曲。歌中的情绪恰好适用远离家乡的人思念家乡。科尔沁那么多的土地被张作霖的黑衣军抢占，蒙古人被赶到沙漠腹地。开鲁、奈曼、康平、霍林河两岸当年不都是丰美的草原吗？最后都变成了耕地。科尔沁人能不悲伤吗？有人笑话科尔沁人的蒙古语方言太土，掺杂汉语太多，然而他们的土地情结更深重，他们唱的《嘎达梅林》有极大的苦难的感受。每家分到一万亩草场的呼伦贝尔牧人知道吗？当你的一万亩草场最后变成五十亩只能种玉米的耕地时，牲畜不能养了，草原没有了，你的歌里还有辽阔的意境吗？

歌的第二段唱道："西北边的天际涌起了乌云，是不是又要下雨了？我的心里翻腾不安，是不是要和达古拉分离？"这一段歌词与第一段相仿，只是乌云从东北转到了西北，风向变了。但他断定，不管哪边天际起了乌云，达古拉都会离开自己。

B 调的副歌是这样的："雏鸡若是飞走了，草丛从此空空的。好姑娘达古拉若是出嫁呀，（我的）心里从此空空的。"歌词中的真理（如果有真理的话）一般都在副歌里，"空空的"说出了失恋人的无助、委屈与无处诉说。心理学证明，失恋者体验到的实为恐惧——恐惧失去，对恐惧发生恐惧，以及恐惧自己承担不了这份恐惧。这番话说得有些生硬，但只能这么说了。就情感而言，只有纯真的人才会遭这份罪，流氓们生发不了这样的感受。世上一些独特的痛苦是专为忠于爱情的人所准备的，事情就是这样，没办法，而前仆后继失恋的人仍然可以排到了东北及西北面的天际。劝他们回头并没有道理，向他们的纯真致敬好像也不对。我们庆幸我们没失恋吧，就像平原上的人们庆幸不会遇到攀登珠穆朗玛峰的危险。

《达古拉》的旋律非常好，简单而强劲。用"强劲"形容旋律不是笔误，是说这首歌的主旋律可以生成一首交响曲的主导动机。你听德沃夏克、柴可夫斯基、斯美唐纳的交响曲都有一段支撑性的（强劲的）来自民歌的主导动机，民歌和民族情感成全了作曲家的大作品。蒙古民族不缺歌手，然而缺少优秀的作曲家。我听过的以蒙古民歌旋律为作品内核的交响曲有《嘎达梅林》(辛沪光作曲)《森吉德玛》(贺绿汀作曲)，他们是汉族老大哥和老大姐，蒙古族作曲家还在成长中或在他们父母的孕育中。

我们等待从草原深处的蒙古包降生的婴儿长大成为大作曲家，把我们的民歌变成人类共同享有的交响乐曲。

东 泉

远看，晨雾中的山林好像是从牛奶里长出的青苗，牛奶几乎淹没了这些绿色，让树木显出矮小。晨雾散了（说散也不对，雾在阳光和晨风里渐渐稀薄了），树木高大耸立，露出森林世界的规模。岩石上结着一如远古遗留的苔藓，松树的树皮浑似裹着被雨水淋湿的皮革的铠甲。更薄的雾气从枝叶缝隙斜入的光线里升腾，不知从哪个方向传来清脆的鹿铃声。

这是敖鲁古雅夏季的清晨，养鹿的鄂温克人开始了童话般的一天。把这样的生活称为"童话"有一点矫饰，山林民族的劳役摆脱不了苦和累。然而他们纯洁，在山林里生活的民族如同依靠树与泉水生活的飞鸟和马鹿，没有对大自然的信任是活不下去的。信任是爱，是把谋略限制到最小的程度，让生命依赖大自然的智慧。这样的人纯洁，信任并依赖大自然的人大都纯洁。他们的生活场景和心境与都市人群相比，近于童话，虽然"童话"里包含着大自然残酷的洗礼。

被大自然锤打并塑造过的人有自己的一套心智和语言，他们心里装的好东西都不可用金钱来衡量，如月亮与泉水。他们信任并依赖月亮、泉水、露珠、青草和山峰，他们觉得人生的意义和终极目标都可以在大自然当中显现。除此之外，他们不需要其他目标。这样的人纯洁，他们的眼睛仿佛被泉水洗过，会用爱的目光看待自然和人。当下，人用爱的目光看人不太容易，用爱的目光看待爱情都有困难。

用爱的目光看待爱，是美的源头，也是纯洁的源头。

我听了鄂温克民歌《东泉》之后，生发出这些感想。其其格玛演唱的这首歌曲把我强行带进大兴安岭，走进鄂温克人生活的森林中。其其格玛唱得多么美，然而这些美像月光在流淌的河水上躲躲闪闪，看得见却看不清。美和我们捉迷藏，它一会儿在天上，一会儿在泉边。或许还在树林的风里，在夜间活动的小动物的眼睛里。歌中唱道：

哎呀，看那天上光明的月亮，
照在了东泉边上猎人的身上吧。
我侧耳听到远处清脆的鹿铃声，
是不是心上人走在回家的路上呢。
让我的想念变成哗哗的泉水，
随着你的身影静静地流淌。

这是一位女孩子思念情人的歌。爱情就是这样，有情人由花想到风，想到把花香送到情人的鼻孔，看到月就想这片月色刚好照在情人身上。月光普照万物，但姑娘唯独想到它照在自己情人的身上，唯有他配得上这样的皎洁。她的情人是猎人，鄂温克的男人个个是猎人。猎人在哪里？姑娘将他放在最美的地方——东泉。月光下，最美的地方不是草地与山岗，是泉水边。不要问猎人半夜在泉边做什么，美的人自然要到美的地方去，这是心的需要，也是歌的需要。姑娘把猎人放到泉边，然后怎么办呢？好的歌曲从来都是动静相宜。月亮、猎人和泉像雕塑一样静谧。姑娘接着唱，她“侧耳听到远处清脆的鹿铃声”。动起来了，在如霜的月色下，鹿群和它们的主人从林中走过来，这是另一幅动感的美景。都市人连鹿都见不到，更不要说看到鹿从月色下的树林走过来。歌曲并非要唱这番美景，而是鹿铃声引发了她的心跳——是不是心上人走在回家的路上呢？这怎么办呢？谁有什么好办法吗？歌词后两句写得比我们想象的都要好：姑娘想变成泉水，随着猎人哥哥和鹿群，伴着他们的身影流淌。

被这样的歌打动，与其说歌词意境美，不如说这个民族的人心灵美。这是被大自然千淘万洗过的心灵，如人类的童年，稚嫩纯真。

《东泉》的旋律优美静谧。用“静谧”形容旋律似乎词不达意，但除了静谧，找不到其他词汇再现这首歌对月色和泉水的描绘，还是静谧。如果歌声能唱出大自然的静谧该有多好，比那些嘈杂的、雄壮的歌更合天理。静在物理学里是个相对概念，指声音对人耳的影响。静谧的美学内涵是什么呢？它包含真，静里没有虚假，所有虚假都在动中。静的美学还包含了纯洁。纯洁是真的伴生物。其其格玛的歌唱里收纳了月光、森林和泉水，还有像安徒生童话里的猎人，他随着鹿铃声行走在月色里，身旁是静静的、从未停歇的、流淌着的泉水。

辑 四

上帝生活在大自然当中

上帝喜欢大自然吗？是的。

上帝如果不喜欢大自然，地球上就没什么值得他喜欢的东西了。

假如上帝也需要一座休息的房子、需要一处院落的话，那里应该有树和树荫、花朵和泉水，

有小鸟鸣唱以及松鼠鬼头鬼脑地爬到树顶上。

大地花朵川流

引　子

这几年出差，回来爱跟跑步的朋友说见闻。我一露面，这帮因流汗而皮肤发亮的跑步人就围过来，听我白话。一天，跑步人散了，树生从树后跑过来，羞涩地——他六十五岁了，还羞涩呢——说给你拿点东西。我说啥东西？他不好意思。我把东西从他衣服里掏出来——一个早年的铝饭盒，打开，里边是酱闷小土豆。我问送这干啥？树生说，求你个事儿。

他说老父亲九十九岁，今年九月十日过百岁生日，让我出差捎回点当地的水。我说飞机不让带水，他说你把水快递回来，他老父亲过生日那天用各地的水浇一盆长寿花，吉利。他拿出一个防雨绸兜子，里面装了十多个白色的小塑料瓶，瓶口系着两米多长的渔线，瓶底粘了一个螺丝帽。他说有线在河里取水就方便了。树生是车辆厂的退休工人，办事真细致，我说妥了，你就等着祖国各地的水上你们家汇合吧，你们家就是水库。

万亩梨花

我见到好的地名比见到好的书名更羡慕，觉得人活在好地名里是一种幸福。神木、仙游、福鼎，这些地名多好。丰县也好，它是我今年出游的第一站。繁体字的丰字上头站满麦穗，下面有豆撑腰，看着就富足。人来丰县，咸称其丰。丰子恺如果活着，肯定一年来一回。当年有人问他姓哪个 feng，他答丰收的丰，对方不解。丰子恺说汇丰银行的丰，人始悟。子恺辛辣，天下哪有比丰收更丰的事情呢？

在江苏省丰县，我看到最丰美的景物是万亩梨花。入四月，我老家的凹地还有积雪，而大沙河畔的梨花园已成花海。如此宽广的大地，竟被梨花开满。枝头似雪，树下却青草离离，蜜蜂在枝头缭绕。梨树怀抱大，枝条平伸，把花都开到别的树上了。花瓣在枝上奔跑，金色花蕊是它们的接力棒。在梨花下行走，走走就泄气了，梨园太大，走到太阳西沉也走不出梨花的天下。这个县宋楼镇的梨园有668棵百年梨树，最大的一棵梨树王胸径80多厘米，每年挂果4000多斤，厉害吧？吉林省梨树县也未见有这么大的梨树，丰县有，丰字真没白叫。丰县耕地面积114万亩，其中果树面积50多万亩，栽种红富士苹果28万亩，白酥梨10万亩，它是全国水果10强县。丰县的蔬菜种植面积达60万亩，牛蒡、芦笋等果品已成为江苏省出口创汇基地，这个县完成了由粮食大县到果蔬大县的转变，丰！

县城有护城河，开挖于战国时期。我拿树生的小瓶取水，这些小瓶特好用，瓶底有螺丝帽，嗖地入水，咕嘟咕嘟灌满了。我拎上瓶子，拧盖。心想，丰县把战国时期的护城河水献给了树生他爸。

陕南行

我南行的第二站是陕西省汉阴县。这里的凤堰梯田最好看。清晨，梯田从白雾中露出曲线，柔和秀美，大地犹如盛满黄金稻穗的盘盏。苍鹭穿过梯田上方，飞到汉江边上。淡蓝的炊烟从村庄孤直升起，大地一片晶莹。

凤堰梯田位于秦巴山脉的凤凰山上，临汉江，连片面积达一万二千多亩。据记载，梯田于清代同治年间长沙移民吴氏家族创建，集山、水、田、屋、村于一体，梯田在河流交汇处渐次升高，引山涧水从上而下自流灌溉。山坡上梯田罗布，有的坡几十级梯田，有的坡上千级梯田。水漫过上一级梯田的石头围沿，浸润稻秧，流到更下一级梯田，一直流下去。

梯田用石头围沿抱着金黄的稻子，如怀抱子孙。在崇山峻岭中围垦万亩梯田需要多少石头啊？想象不出这里的先民肩扛石头垒田的情景，不知垒了多少年，这里无异于梯田的长城。而这一切的辛劳，只为了修田。人不来此地，不知耕地珍贵。世间万物，最珍贵的莫过于粮食。粮食哪里是能用钱来衡量的物品？在这里，粮食是天地大美的结晶，谁浪费粮食，谁不是人。

我在梯田的围沿上行走，若从天空看，我如走在玛雅彩石壁画上的一只蚂蚁。如果我会开飞机，会常常来凤堰梯田上空飞行，俯瞰这幅巨大的艺术品。说话间，几对苍鹭飞过梯田。好地方会有天使，这里的天使是高洁的苍鹭。它们展开灰色与黑色的翅膀，巡视如梦如幻的梯田。

在村里，见两个小孩做游戏。男孩用铲子垒泥成梯田，灌水，拿青草插秧。女孩挎小筐，在小梯田的水里假装摸螺蛳。我看了感动，问男孩姓什么，男孩说姓吴。女孩也抢着说姓吴。我手摸吴氏子孙的小脑袋，心想他们都是长沙府吴氏的后人。在此地姓吴让人羡慕，他们的祖先是建造梯田的农家圣贤，连我都想改姓三天吴。

洋县离汉阴县不远，同属陕南。早上我在乡间跑步，灰白的水泥路分开竹林稻田。这里左手秦岭，右手巴山，汉江自西而东分开大山的南麓、北麓。我看了半天，分不清哪座山姓秦，哪座山姓巴。松柏杂木分开山峦的深浅层次，雄浑莽苍。

过桥时，桥下流水清澈，鹅卵石像包在玻璃里，水声似更清脆。我想起忘带瓶了，跑回去取瓶，此时见到一对雪白的朱鹮掠空而过，飞得不高。它们翅膀的白羽透过阳光微微泛出橘红，颈羽如流苏般随风飘逸。虽是一瞬，我却看到朱鹮的颜面比一坨印泥还红，它长而弯的喙尖上还有一点红。我觉得相当幸运，四外看看，就我一个人，看到了两只朱鹮，这比包场还阔绰。

二十世纪六十年代，俄罗斯境内最后一只朱鹮在哈桑湖灭绝。七十年代，朱鹮在朝鲜板门店消失。中国科学院刘荫增教授和他的团队走遍了大半个中国，于一九八一年五月在陕西省洋县姚家湾发现了当时世上仅存的两只野生朱鹮。三十年来，朱鹮数量已增加到两千多只，野外生存范围涉及两市七县，面积达六千平方公里。

朱鹮多数生活在洋县，这意味着洋县的老百姓种粮种菜不能使用化肥、农药，以保证朱鹮食物的存活。大凡如朱鹮这么脆弱的鸟类可以生存的地方，均可命名为人间天堂，这里的水质、植被、气候和民风一定臻于优胜。朱鹮真正是好山好水的代言人。

跑完，我在稻田里取了一瓶水。这水养的黄鳝、泥鳅是朱鹮的食物，浇花肯定好。

明月照白塘

我出行的第四站是徐州的睢宁县。因为不认识“睢”字，查《辞海》得知这个县出土的汉画像石“牛耕图”被中国历史博物馆收藏并印在门票上。一九九六年，国家文化部命名睢宁县为“儿童画之乡”，有一万五千多幅作品送往七十多个国家和地区展出，获金奖二百二十三次。

睢宁让我钟情的是白塘河湿地公园。想不到历史上战乱频仍，而今人口众多的徐州大地还有一处湿地公园。

人们常把湿地归于人烟稀少的沼泽地，仿佛建是建不出来的。白塘河湿地公园正是建出来的湿地，占地三点八平方公里，有水面一千多亩。这里有五处百亩林园——竹林园、柿林园、海棠园、山楂园、板栗园，还有梅花岛、桃花岛、樱花岛……登一座山即入一片林，幅员百亩。我看到无边的山楂树站满山坡，心想这片山全归山楂了，春的白花和秋的红果是这座山的骄傲。以往没见过的海棠山和柿林山，这回都见到了。不同的树的姿态比建筑物更美，它们高低俯仰、疏密错落，塑造别样的景观，树们四季呈现变化的美，比呆板的房子更灵慧。树在风里飒飒，包藏花果，它们是微笑沉默的高士。

登山望水。水边聚集的仙鹤，如同白石铺设的岸。水鸟起飞，影子被微澜摇碎，树影模糊。

睢宁的睢，指睢水。以往十年九涝，把老百姓害苦了。如今湿地形成自然生态系统，水系安宁，为徐州大地储备了一个清新吐纳的绿肺。在园区走，我发现游人大部分是农民，这让我很惊奇。人们太多时候看到农民在田边劳作，或在集市卖菜，仿佛那里才是他们应站立的地方。在白塘湿地公园，质朴农人手抚柳枝向对岸伫望，拿手机与桃花合影，我觉得这才是国家图景。以往崔莺莺和张生观花赏月的风雅印记被我从脑中删除。国泰民安的宏愿从民安体现，此地可作见证。

夜游湿地，水面收纳了夜空白茫茫的光带，月光越发皎洁。走走看看，来到公园内的水月禅寺。这是一处方正简约的现代建筑，没有飞檐斗拱，体现大道至简的禅宗美学。清风徐来，水面澄净，树木亲密偎依，罗列至远方。我抛瓶取得白塘湿地之水。

金子奔跑

小时候，我在母亲的集邮册上看到三枚“世界文化名人”邮票，线描人物，古装，他们是屈原、关汉卿和汤显祖。我惊异，咱们这么大国家，世界文化名人才仨啊？后来向家属院小孩巡回展示这三位名人，丢了两枚，只剩汤显祖。

这次来到浙江省的遂昌县，拜访了汤显祖纪念馆，馆内悬挂着汤显祖的画像，与邮票上一模一样，只觉得下方应有中国人民邮政才好。捎带我还回忆起家属院的向日葵和鸡冠花，它们高矮红黄，如对晤。

汤显祖是明代伟大的戏剧家，在遂昌出任五年县令，他笔下的“临川四梦”之《牡丹亭》诞生于遂昌。《牡丹亭》的戏文高蹈绝美，我疑心与这里的山水关涉，悲剧与美如筋与肉那样是长在一起的。

遂昌山水不小气，清秀之中蕴藏沉雄，或者说它在江南山水的架构里潜藏野性。千佛山，距县城三十公里，远看林木苍郁，走进去身旁悉为山泉，水流细小轻缓，徐徐出声。可以状写此地山泉的形容词太少，所谓淙淙、潺潺均隔靴搔痒，水声比形容词更复杂与美妙，它不是一个音，而是复合的和声，如远又近、似轻还重。步行十余里，山泉始终迎送，或山瀑，或小潭，或山涧。我在潭里取水一瓶，坐石上闭目听水，听出水声之外还有鸟鸣，来自头顶。当辨识鸟语之单音节与多音节时，水声消失了。走上石阶，又闻水声。

遂昌有金矿。我们坐小火车进入矿里，参观了明代开采的矿洞。人在金矿的洞窟里行走，目光一定是贪婪的。我看同伴的眼神，非但不贪婪，反而迷惘，他们谁也没在石壁上见到金子。行家说，肉眼看不到矿石里的金子。我想也是，人眼能在石头里看见金子，世界更乱了。我觉得金子会在矿石里看到我们——一帮肉眼凡胎的人且走且望。金子也猜出了我们想念金子的心情，在岩石里笑。

过去听说，金子藏在贫瘠的土地下面。我老家好几处金矿的地表啥都不长，大自然补偿给它们一些金脉。遂昌的金子会挑地方，长在青山绿水之间。这里的人说，金子的矿脉会在地底下奔跑。明明勘察到一处矿脉，过些天却没了。我在新疆和西伯利亚也听过这个传说，相信金子有这个能力，说走就走。要不怎么能叫金子呢？《牡丹亭》里曾有一折，说杜丽娘于花园里凭几而眠，寐中与柳梦梅相会，二人惊诧："是哪处曾相见，相看俨然？"这如同说外地来的金子们相见，都眼熟。

遂昌拥有许多国家级的称号：中国竹炭之乡，中国菊米之乡，全国旅游标准化示范县等，这里九山半水半分田，若要过得好，他们一定会爱手中的一切。在爱的心田里面，一切都是财富，这在汤显祖笔下表现得刻骨铭心。山水赋予人的，是心机之外的大智慧。

吾爱孟夫子，风流天下闻

诵唐诗宜来襄阳，这里留下李白、杜甫、白居易一大批著名诗人的足迹。《唐诗三百首》有二十七首涉及襄阳。读三国宜来襄阳，诸葛亮在这里十载躬耕，留下《隆中对》。学书法宜来襄阳，此地养育米芾，人称"米襄阳"。中国魅力城市的颁奖词说，这座城市"凭山之峻，据江之险，外揽山水之秀，内得人文之胜"。习家池、古隆中、米公祠等名胜古迹多达一千多处。

我来襄阳，没带唐诗，只带了一双跑步鞋。襄阳有保存非常好的古城墙，在下面跑步十分高古。边跑边看城墙斑驳的砖石，包括箭镞的射痕，心生庄重。我不通晓历史，但我爱这里诞生的一位大诗人——孟浩然。"吾爱孟夫子，风流天下闻。”李白这两句诗简直道出了我的心声。孟浩然诗歌冲淡、平缓、简易、深情，合到一起便造就大道风流。我年轻时一度拼命背孟浩然的诗，登老家的南山背诵。孟浩然爱写登高，于是我登高背诵。如今我在襄阳，一面是古城墙，另一面是护城河，边跑步边回忆孟浩然的诗，算是默默献给襄阳的小礼物。整首的诗已背不下来，仍记得一些句子：“相望试登高，心随雁飞灭。”每次登高，看飞鸟在视野消失，我都会想起这两句诗。那小鸟在飞行中翻翻身子就变成小黑点，倏尔，小黑点也没了，但心还沿着小鸟的轨迹寻找。“雪罢冰复开，春潭千丈绿。”写早春。“水落鱼梁浅，天寒梦泽深。”写襄阳。“我家襄水上，遥隔梦云端。”也是写襄阳。《全唐诗》收录孟浩然诗二百多首，其中三十首写襄阳。

跑了一个小时，记起这些诗句，倍感倾心。李白毫不掩饰对孟浩然的景仰，称“高山安可仰，徒此揖清芳”。而李白写孟浩然最著名的一首，当属“故人西辞黄鹤楼，烟花三月下扬州”。

鹿门山是孟浩然之隐居处，距襄阳城南十五公里。在唐代，鹿门山与孟浩然一样有名，或因孟而获名。李白、杜甫、白居易、王昌龄均赴鹿门山拜访过孟浩然。登山时，我又想起他的几句诗：“人事有代谢，往来成古今。江山留胜迹，我辈复登临。”我辈是李、杜等前辈登过此山几百年后又登此山的景仰者，是想从山水里看出孟浩然哪怕一点点影子的人。山峰叠翠，古木杂生。我看到绝非唐朝的鸟儿在树梢掠过，觉得听到了与孟浩然所闻相似的流水和鸟的悦鸣。我辈在孟浩然走过的山上行走，见一处风景，便引颈远望，想象孟浩然也这么望过。摸摸泥土，摸摸树，唐朝在哪里啊，孟夫子去了何方？我羡慕鹿门山的小鸟和小虫，它们虽不背孟浩然的诗，但生活在这座孟浩然隐居十七年之久的山上，不白为虫鸟。

近黄昏，我辈吃完农家土菜下山了。我留在最后面，感到惆怅。这是潜意识在作祟，因为没见到孟浩然。鹿门山虽无鹿，但涤除了孟浩然心中的尘泥，让他如此清新。那首全球华人尽知的诗——“春眠不觉晓，处处闻啼鸟，夜来风雨声，花落知多少”，最能透露他心里的澄明。孟浩然懂得如何让诗与时光相搏而不溃败，他懂得平淡即是恒久。

一个城市有一座名山就够了，如鹿门山；有一位名人就够了，如孟浩然。襄阳还有汉江，有三国遗迹，有昭明台，有宋玉，素称“南船北马，七省通衢”。这样的地方让人嫉妒。我带着从鹿门寺石井里取的水，悻悻下山。这里是取水的第六站。

望绿洲

人们说，在冰冷的塞上沙原，这里流水叮咚，河里长着鲜绿的水芹菜。人们说，盛夏的沙漠酷热难当，这里竟下起牛毛细雨。人们说，这里乌鸦不来、青蛙不叫、沙土垒墙不倒。这就是国家级自然保护区——大青沟。

大青沟位于我的祖籍——内蒙古科左后旗境内。小时候回老家，所见皆为白茫茫的沙海。我和小孩摔跤，倒地身上一点儿土都没有，我还乐呢，说这地方多好，没土。是的，我老家土地少，耕地更少。小时候不知“没土”有多么沉痛。我的堂兄、堂姐衣衫褴褛，食不果腹，因为他们的脚下没有土，只有沙漠。那时候，堂兄、堂姐的脸上满是渴望，我不知他们在渴望什么。长大后，我才知堂兄、堂姐渴望土地、雨水和绿洲。八月，我回到老家——科左后旗的胡四台村。近暮，草原深绿，雾里钻出我堂兄朝克巴特尔的羊群，一只牧羊犬不必要地左右跳梁，仿佛它为羊群操碎了心。堂兄黑如檀木，眼白和牙齿如刷了白漆。他每天早上三点出发，晚上七点回来，变成了非裔人。他的羊群加上养牛和种玉米，每年的收入可达十几万元，日子安稳了。

我在胡四台住了几天，坐朝克巴特尔的私家车和他们一起游览了大青沟。

科左后旗的草场，庄稼和防护林长势都好，但进入大青沟就别有洞天。植被茂密，古朴如史前时期的绿洲。风景区实为两条沟，一条长十一公里的大青沟，另一条长十公里，名小青沟，两沟宽三百多米，深五十多米，我们在沟里步行十公里，犹如走入西双版纳的亚热带植物保护库。大青沟有七百多种植物，分成水曲柳、蒙古栎、大果榆三个植物群落。藤缠古木，苔藓侵衣，野花如同摇摆着向远方行走。朝克巴特尔对审美没有诉求，他不断弯腰拣野果和野菜，嘴里说“稠李，欧李，山葡萄，猴头，蕨菜，金针菇……”他的收获很快把提前准备好的布袋子装满了，琥珀似的黄眼睛充满了笑意。我在小溪里取了最后一瓶水。

从沟里出来，登高远望，树的波涛从树梢翻滚而过，保护区面积达八千多公顷，打败了沙漠。朝克巴特尔说：“这里的黑蝴蝶有燕子那么大，飞起来尾巴带两根飘带。”他这个说法在大青沟博物馆得到了验证，那是乌凤蝶。博物馆的讲解员介绍，这里有梅花鹿、黑枕黄鹂等三十八种动物鸟类，黑蝴蝶等一百三十八种昆虫，天麻等二百多种珍贵中草药。这些动植物的存在，对茫茫科尔沁沙漠来说是奇迹，但大自然无奇迹可言，所有现象均由相互依存的因果关系所决定。人觉得怪，是由于他们与大自然越来越疏远。

晚上，我们在大青沟观看一场篝火演艺表演。在火光中，旋转飞扬的蒙古袍惊醒了夜色，安代舞的红绸如火苗一样飘动。在咚咚的舞步中，似有一群精灵从地下跑过，它们是花朵、蝴蝶和树木的信使。

结 语

九月十日，我受邀去了树生的家，他的老父亲身穿团花红衫陷入沙发，像弥勒佛一样笑。人老了，不管男女都像老太太，树生他爸亦如此。树生把我寄来的七瓶水冻在冰箱，化冻汇在大白碗里。我端详透明的水，分不出它们的故乡来。树生搬来一盆长寿花，肉质叶子，四角形的小红花旋转着搭成了一个圆球，像挤着看老寿星长什么样子。老父亲端起碗把水倒进花盆里，树生说：“这是祖国大地的水，浇灌长寿花，祝您越活越健康！”我说：“浇了八省水，还活一百岁。”他爸耳聋，这句话却听到了，说：“我再活一百岁，他们得累死。”树生和他媳妇笑着说：“我们愿意！”

沉默的种子

种子比钻石更坚硬，在黑暗的大地里，谁知道种子是怎样钻开壳壁，从坚硬的泥土里生出芽呢？你看麦粒、玉米粒、苹果和梨的咖啡色的种子，每一粒都有坚硬的壳壁。它们比树皮更结实，坚定地保护着种子。雪白的种子在这样的壳壁里，从土里长出绿色的苗，比人生孩子更简练也更干净。小苗在阳光下齐刷刷地闪耀。如果说它们是一群孩子，那么孩子的母亲是谁呢？是小小的种子吗？这一点，植物和动物很不一样。动物和人类都是大的孕育并生产小的。人类母亲与婴儿体重之比约为 20 ∶ 1。你看不到人类从一小块自身体分离的肉（如手指或耳朵）里长出一棵苗，长大变成一棵树或一个会行走的人。种子有巨大的能量。头几天，我又去了一趟三清山，看栈道旁绝壁上生出的松树。看不到树的根部有土，松树如从石头里长出来。摸松树的手感跟摸石头一样坚硬粗糙。当年一粒种子随风飘进石缝，长成这棵树。碗口粗的松树，至少长了几十年，它还要再长几百年，只因为当年的种子跟它说过一些话。"一些话"是多少句话？可能只有一句——长吧。因为没有其他的话——比如注意休息、保重身体一类，松树一直在长。石头能吃多少苦，它就能吃多少苦。其实自然界没有"苦"。苦这个词是人类发明的，环境、遭遇、快乐、苦恼这些词都是人类发明的，他们为了有所区别才发明这些观念。

种子多么神奇，大兴安岭接天蔽日的松树林都由种子长成。松树以深红的身躯挡住了风的去路，松针在树梢根根相扣，大雪下不进幽默的树林。在南方的山坡上，竹子正准备从每一寸土地里冒出来，它的翠绿让青草黯然失色。地下的竹笋不知何时均匀地占满了山坡。如果把种子撒在桌子上，它们只是一些褐色、黄色、黑色和白色的果实，它们沉默的，是世上最小的东西。谁也不知道它们会发芽，长出城墙般的树林，长出覆盖大地的庄稼，长成花。谁也看不出朴素的种子里包含着花的基因。种子里哪一种物质包含着花的指令？红的、黄的、白的娇嫩的花正藏在种子里，有了土壤、阳光和水分之后。小苗出生，然后开出花来。这实在太神奇。如果创造世界的不是上帝，那是谁呢？只能是种子。

种子是神灵。

宗教禁止凡夫妄谈鬼神，更不许猜测鬼神的居所。但可以说一下神住在种子里吗？神在小麦、玉米的种子里住过或曾经住过，神住在松柏的种子里，住在鲜花的种子里，这是不会错的。世上应有好多神灵，火神自然住在火里，不用猜也知道。河神住在河里而不是云朵上。五谷之神、树神和花神住在五谷草木的种子里，对吗？也许是对的。否则，种子怎么会有那样的耐心、那样的勇气发出芽来，创造五谷和树林？小鸟儿一定知道其中的秘密。鸟儿抢着吃各类种子，吃树籽、草籽和一切能生长的籽。小鸟意欲获得种子里蕴含的巨大能量。果然，鸟儿得到了巨大的能量，秋天从北方飞到南方，这是何等了不起的工程。鸟儿像种子发芽一样飞行，天空上种满了小鸟儿栽种的透明的树林。

以人的眼光来看，种子被埋进土里是深重的惩罚，如入十八层地狱，这恰是种子新生的机会。土里没有风景、没有天日，真正被踩到了脚底下，只适合做一件事——发芽。这里安静、无风，亦无喧哗。种子慢慢地长出向上的苗，再长出向下的根须。这时种子完成了使命，壳壁等待腐烂，一棵植物诞生了，它是树、是庄稼，或一株花。貌不惊人的种子，每每做成了大事。它的渺小和忍耐让它在不经意之间改变了世界。世界原本是可以改变的，如果有种子的话。

种子在黑暗潮湿的泥土里听到了自己的歌声，歌词里面有游动的白云，被风吹斜的细雨，有松鼠和蜜蜂的身影。种子歌唱它长出地面之后所看到的丰饶的大地。种子的歌声藏在土里，下雨时，歌的片段会跟雨水形成和声。春雨下在播下了种子的田野上，雨的声音里夹杂着一些混响，像雨落在草叶或纸张上的声音。人们对此未留意，其实这是种子的歌声，是低频，比大提琴的音乐还低沉。贴着地皮传过来又传到远处。而雨声是高频，唰、唰、唰，盖住了种子深沉的旋律。

种 子

我在童年具有“种子癖”。

我把收集的种子放到一个铁皮盒里，盒有新疆人拍打的铃鼓那么大。我常举起来晃一晃，其音也如钟磬。因为里面有桃核、杏核。而苹果的籽儿和小麦只在里面“沙沙”地奉和，很谦逊。

我常抱着种子盒到向日葵下松软的泥土上观摩。桃核像八十岁老人的脸；麻籽里有果肉的丝长出来，扯不干净；杏核无论怎样，都是一只病人的眼，双眼皮成就尤有工笔画的意味；李子核与杏核仿佛，面上多毫，干了之后仍不光洁；麦子最好看，金黄而匀称。我想上帝派麦子来，不是当白面烙饼，而是做砝码的。从掌心捏麦子，一粒一粒摆上，仿佛什么事情就要发生了。我还收集过荞麦的种子，因为弄不到，就把枕头偷偷弄了个洞，搞一些出来。当然这只是荞麦皮了，但我小时候不计较这个。因此，我让荞麦在盒里当警察。我收集的种子还有红色的西瓜子、花豆、像地雷似的脂粉花的籽以及芝麻。

我在种植之前，多次召集它们开会，为它们选王。举起盒子“哗啦啦”晃一阵，表示肃静。桃核常常有一种霸王的气势，但因为愚昧，很快就被推翻了。杏核表示无意于高位，而黑豆与绿豆太圆滑，玉米简直像个傻子。最后麦子当选了，即最大的麦粒儿，我在它身上涂抹了香油，又按着桃核与杏核的脑袋向它磕了三个头，让小红豆做它媳妇，芝麻做它的智囊，西瓜子儿每天必须向它溜三遍须。

我不明白为什么鲜艳多汁的杏肉会围着褐色的核儿长成一个球。它们是从核里长出来的呢，还是生长时暗暗藏着核？而麦粒会向上长成一根箭。我在吃东西的时候，遇到种子就会停下来。苹果籽像婴儿一样睡在荚形的房子里，和其他兄弟隔一道墙壁，永远也见不上面。而黄瓜籽活在黄瓜的肠子里，密密麻麻像搞杂技的叠罗汉。而鸡蛋就是鸡的籽了，而世上许多东西没有籽。我在赤峰电台工作的时候，曾有一位患强迫症的编辑，把办公室的红灯牌收音机在半夜偷偷埋入地里。别人发现后，他说：明年它会长一个半导体。

他在为万物寻找母体与种子的关系，把相近的事物看作生育的关系。

种植的时候最让人激动。当你把随便什么核或籽扔进地里，看它孤零零地躺着，替它难过，又替它高兴。它要生长了，也许被埋葬了——如果它不生长的话。我再也见不到你了，除非你明年长成树。而长成树我也见不到你了，因为你变成了树。浇完水之后，立刻进入了盼望的焦虑里。你坐在土地上，静静等待种子破土而出，是天下最寂寞的事情。

而我所种下的，除了几株草花之外，多半都没有发芽，几乎个个欺骗了我。我扒开土观察，于是又见到了它们。还是老样子，但庸俗，没有灵性。我只好放弃努力，去抚爱那些并非由于我的原因而自由生长的植物，如辣椒，如杨树，如在屋檐下挤成一排的青草。青草甚至从甬道的砖缝里长出来，炫耀着毛茸茸的草尾巴。我从书上看到，青草的种子除了在风中播撒之外，还有一些是由鸟儿在身上夹带到各处的。当天空飞过鸟儿，或电线杆的瓷壶上落着小鸟时，我就想，这家伙身上带来多少草籽，又把草籽带到了多么遥远的地方。

草药与大地的苦

在山上，找一块干净的土，往下掏一尺取一捻放在嘴里尝，品不出什么味道。用李时珍的笔法，可写为“土性平、无味、生育万物”。

我尝这土，心想土里到底有什么，让甘草那么甜，让黄连那么苦？土里一定百味聚集，不同的庄稼、植物从其中提取了不同的味道。生嚼高粱米，微甜中有一点涩。嚼玉米，甜。嚼青草干脆的甜。高粱玉米的秸秆都甜，玉米的秸秆略带一点点臊味。生茄子甜，黄瓜清香。西瓜、香瓜就不用说了，甜是它们的本职工作。树上结的苹果、梨和枣都甜。由此说，大地所储存的营养，以甜为主。可是，草药为什么聚集那么苦的苦呢？大地有甜的怀抱，也有酸辛、有苦情，草药把苦长在了自己身上。

大地怎么不苦？世上唯有大地最艰辛，日晒风吹，洪水、冰雹都倾泻在大地的怀抱。地被冻过三尺，被涝过三尺，世上从未停止劳动的并不是人，而是大地。

大地的苦情，高粱、玉米不懂，苹果和桃更不懂，懂大地的只有草药。苦是什么？是执拗，是抓住你不撒手，是一屁股坐在地上大哭，是心头化不开的恨，是沉潜向下的哀怨。苦进了人的嘴里像进了蛇蝎，嚼不得，咽不得。苦只是一个比喻，人把生活的所有艰难用这个味觉的词汇形容之：苦。

中医认为苦可清肝火、明双目。按天人合一的观点，人的身体也堪与大地相配伍。地产百味，人吸纳百味。苦只是一味，没尝过苦味的人，舌蕾相当于一个聋子。

味原本不存在，或者说它只为味蕾或中药的药味而存在。拿一块冰糖贴在脊背上，脊背察觉不出其甜，拿一块山楂糕放在脸上，脸也不酸。佛家典籍讲，味只存在于人的三寸舌头上，何必吃山珍海味？多么贵重的珍馔佳肴滑过三寸舌面，落入肚里都成糟粕。佛教认为不应该也不值得为了舌头而杀生食肉。

在物品的味道和舌头之间，有一个是真相，另一个在欺骗。蒙特利尔大学的生物学家得出结论，人类的味觉是由味蕾基因的特殊排列方式决定的，并得益于口腔中的酶。而人与其他动物味蕾基因排列方式的不同，使其尝到的味道也不同。人吃干粮狗吃屎，各得其味，谁也不能臆测对方的味。广东人吃蛆、湖南人吃臭干子、中国人吃 CNN 瞧不起的皮蛋，都由顽固的味觉好恶所决定。欧洲最好的奶酪，中国人吃起来臭不可当。榴梿也如此。这是说，鼻子和舌头（特别是唾液中的酶）具有不同的认知方式，它们闻到与吃到的是同一种东西，但味道不一样。味是刁钻的、缥缈的、深不可测的东西。

草药拔出了大地的苦，煎成汁却可以给人去病。想一想，真是不可思议。泥土里积累的苦，草药是怎样找到的呢？草药找到这些苦，存在根、茎、叶里，人采而煎汁，霍然病愈。给予人类粮食的大地，又长出替人类去病的草药，大地的恩情，人是还不完的。

梅岑根的墓园

鲜花开在那里，纯洁宁静，老人般的大树用粗壮的枝干荫翳着高低不一的墓碑，墙边一棵樱桃树浑身是花。

这里是梅岑根的墓园。梅岑根在德国什么位置，我并不清楚。我跟两个同伴一道坐车，从斯图加特来到这里。梅岑根有欧洲各个服装品牌的折扣店。按欧盟法律，每年六七月允许服装企业在指定地点打折销售。在德国，这个地点是梅岑根。

等待同伴时，我到街上漫游，看到这座墓园。起初我以为这是个公园。绿树跟公园同样多，鲜花比公园更多。

大多数墓碑前有一小块花池子，这里好像举办花卉比赛。对地下长眠的人来说，树和石碑有太多荒芜的野气，而鲜花使这里像家庭。风中摇动的花朵如孩子拍手跳脚、跳皮筋或跳房子，它们都穿着鲜艳的衣裙。即使黑夜，墓地也因为朵朵鲜花而如人间。

我看不懂碑上的德文墓志铭，只看到逝者生卒岁月。逝者少有二十世纪二十年代出生的人，多数是四十年代出生、六十多岁死去的人。可见这个墓园建立的时间不算长。这时候，走进一对中国留学生，一男一女（到梅岑根买便宜衣服的人，一半以上是中国人）。他们俩看碑文，然后用汉语谈论一下，我旁听。

多数墓碑上都有照片。这张照片上，老人专注地眺望远方。“我的双手——拿过工具，拉过爱人的手，抱过孩子，捧着圣经，一生也没有放下”。这是他的墓志铭。

另一张照片是一个标致的男人，像老年的法国影星阿兰·德隆。“我出生在天空下，在阳光和雨水里生活，闻到麦香。如今与天空只隔薄薄的一层土”。

整洁的老妇人像。“我不过是一株草，幸好遇到了爱情。爱是我在世上活过的唯一痕迹”。

四十多岁的男人，鬈发堆满头上。“我既不知开始，也不知结束。人生只比一场电影长一些，多数人都没有合乎逻辑的结局”。

十多岁的男孩子。“让我在阳光中与兄弟们一起唱歌”。

这个人的照片是一个剪影。墓志铭刻着保罗·策兰的诗——“你躺在你的身体之外，而在你的身体之上，躺着你的命运”。

一个黑人的墓志铭：“我害怕睡过去醒不来、害怕睡不着、害怕孩子们想我、害怕下雨、害怕鬼魂、害怕见不到天上的月亮”。

中国男孩子读到这里，女孩子扎进他怀里，双手把着他的肩哭起来。女孩子的肩胛骨随着哭声起伏。

这是六月，树荫之外的阳光刺眼。有个女人急匆匆跑过来，手里拿着喷壶。她一边浇墓前的花，一边看表。一个身体臃肿的老太太抱着墓碑，闭眼斜靠在碑上。中国的男孩子为女孩子擦眼泪。他们感受到了死亡的可怕，爱情被无常拆散的可怕，在墓地里睡不醒和睡不着的可怕。男孩子的脸吓白了。他们走出墓园，不一会儿，传来他俩嘻哈打闹的声音。

黄土

世上我所珍爱的，今天才知道包括黄土。

我说的黄土，是那种新鲜的、无忧无虑仰卧在无垠大地上的——什么呢？亲戚、朋友、长辈或伙伴？——总之是黄土。鲜润的黄土比鲜润的女人更惹人爱。人们走过它们，弯腰，以十指插入土里，攥一把，捏出个形状，放在眼前看。黄土好呵，清洁。朴实而又清洁，这不令人神清目爽吗？好黄土一点不脏，像粮食那么干净，但排列得更紧密。你如果把黄土放在鼻下吸嗅，说“香”也许矫情，说“土”仿佛什么也没说。但这气息的确有一种直抵丹田的力量，不飘亦不滞，可以扑面而来又依偎着你。黄土的气息和麦子、高粱以及杨树的味道均有亲属关系，高粱把土气变甜了，杨树把土气变苦了，艾蒿把土气变香了。但黄土是宽容的大神，不在乎这些，仍从气息里透出广阔的微笑。

黄土，我想用词语华丽你，譬如“金色的云呵”，但眼睛一看到你就犹豫了，土地不可美饰。

我可笑地认为，只有农村才有黄土。应该说城市也有，但被楼房和马路压在地下了。我喜欢在一望无垠的黄土上踏步走路，走到哪里都无妨，不拘林边或河边。黄土陷我，是拽我做客；黄土平坦，是喻我整肃。我还想在一溜儿白杨树带的边上，以十指为铲，噌噌向下挖掘，把带有新鲜气息的土扬出来，土和我手指的接触何等愉快呀。我望着自己掘出的小丘，想象田鼠原是幸福之辈，在黄土里钻冲，分洞穴为上下铺，置藏花生、玉米，闲暇时瞪着乌溜溜的大眼张望世界。

近日，我家楼下重修下水道，挖至一米深，堆起许多黄土。我见故人，欲亲近却无章法。不能和黄土贴脸，也无法与黄土说“你好”。看着它们堆耸如丘，小孩子爬上爬下，默然而已。

再想起以往皇上出巡，基层单位“清水洒街，黄土填道”，我曾为之矫情感到可笑。细核计，黄土铺满大道，白杨夹迎，的确是最高礼遇了。谁不说清水和黄土都是最好的东西？

又有“哪里黄土不埋人”之说，所谓大丈夫死不择地，五湖四海可见。黄土不仅埋人，尚掩埋一切、生长一切。人对死者的态度，古今都取掩埋一法，即他们死了，就宜于阳界消失。埋没使活者看不到他们，竖个坟包纪念，这是一种尊重，如同曝尸是一种惩罚。土地埋人，是因为只有土地能够埋人。黄土埋人，讲的是此物干净，与没有灵魂的肉身极契合，只是过于深重。

墒

这时候，扛一把铁锹走进地里，一脚踩下去，“咔嚓”，锋刃切断了土地的肉。土壤若是致密的，就是活的，有血管神经，也痛。假如它们散漫飞扬，便死了，像窗台、马路上的浮土，松手了。它们去世之后，可以不负责任，到处乱走。地不是这样——有生命的土，手腕扣着手腕组成的家族。把锹插入春天的地里，随着“咔嚓”，握着榆木锹杠的双手，分明感到地的战栗，一激灵。

我蹲下，捧起土。自打去年秋天分手，又一年没见了。

土用湿润的宽掌和你握握，最近怎么样？一想，真是春天啦，土潮乎乎的，大地都黑黑的滋润了。地也会运气吗？抵住地心引力，把珍藏一冬天的水分提到嗓子眼儿。

我把土放回去，踩实，不然一会儿水分就蒸发了。农民知道这个，最心疼地表这层水气，这叫墒。

庄稼人对土地叩首，说您真是大德，这点水分自己都舍不得用，让五谷生长。地垂下眼帘微笑，心想人怎么老不开窍呢？我让庄稼生长，也让你们认为没用的青草生长。

土地的法则是生命的法则，只要有生命，就让它活。这里无功利。

再过几天，地里会长出葱郁的禾苗和各种各样的草，没有限制和甄别。土地的宽容不止于此，它上面还活着吃草生存的牛羊。草是土地的子孙，当牛羊吃掉它的生灵，土地不心疼吗？不心疼。人类不也吃掉庄稼的种子吗？牛羊和人类也是土地的子孙。

对土地来说，被人收割的庄稼没有白白生长，没白长的理由也并非它养育了人类。

我听到了土地广阔沉缓的呼吸。

锦绣只是城里人眼中的风景

我到南方，四月的青草已经从沟里漫到沟外。不是暖和，是南方勤劳，油菜花并没想成为摄影人的道具也只好开放，它是锦绣大地明亮的笔触，每一笔都是明黄。梵高如果到中国南方来，也会喜欢油菜花，挖个地窖住进去，边画油菜花边喝苦艾酒。他去藏南会更惬意，不光有油菜花，还有空气稀薄形成的气泡似的蓝天，梵高不必到法国寻找阿尔夜空的蓝了，阿尔的蓝，调子太深。

勤劳的南方，土地比人间更有秩序。南方的人民都是服装设计大师，他们把作品从门口铺到天边，每一块土地比布裁的还经济，横竖摆满山川，只留下细细的田埂给自己走。如果可能，他们甚至想在天上种点什么，如悬挂的吊兰。这块大地上种满了秩序，第一季庄稼收了还有第二季。一个人生在南方农家，从小看惯满川的庄稼，心里长出两个字：劳动。群鸡边点头边啄的是米，缸里装的是米，锅里和碗里是米，比鱼卵还密的米从地里一层一层挤出来。寺院庄重的称赞文开头有两个字叫“恭维”，意思是说开始恭敬讲述下面的人和事。我见了南方的锦绣大地，起意，曰：恭维……庄稼、菜地、泥脚杆子、犁和农妇的毛巾帕和南方土地上的一切。在这样的土地上，你怎么舍得建工厂？南方人民几十辈子耕过的地，流过的汗水可以攒成一条河，你们怎么能在上面建工厂？地下有农人的祖先整整齐齐躺着，他们想听到蛙鸣，油菜花像花毯子盖在他们身上。他们的灵魂不愿被工厂的水泥地基压得翻不了身。被征地的农民为什么舍不得离开故土，给钱也不愿离开？他们嗫嚅说不出理由。我替他们说出来吧，他们祖先的灵魂暗中拉着他们的手，害怕孤单。农民们从来没听过如此粗暴的话语：城镇化、工业化，翻译过来是让他们离开锦绣河山。工业的毒水让石头都得病了，黑朽剥落，这些事跟谁去说呢？

农民走了，土地别离的不光是种庄稼的人，小鸟在夕阳里找不到炊烟，蜜蜂失去了明年的油菜花。农民和他们的土地是一个巨大的生物聚合体，农民养活的不只是一家人，还有禽畜、昆虫、鱼虾甚至农业时代的月亮。它们离开了他们，不知投奔谁。

有一个命题叫“工业反哺农业”，农民离开土地、土地酸化、沙漠化、国家用劳动密集型代工企业出口换汇买进粮食，工业反哺的农业在哪里？工业有乳汁吗？而农民已经进城，在城乡接合部的杂乱地带租房住，以打零工为主，谁反哺了谁？

说农村大地锦绣是没心肠的话，农活太累，锦绣只是城里人眼中的风景。农民永远告别了土地，只能从梦里辨析鸡鸣犬吠，他们的祖先夜夜喊他们的名字。失地农民想看油菜花要掏钱参加农家乐春游团，他们见到祖先的大地，会久久说不出话来。

青草远道

友人约我写一篇与乡土有关的短文。他带着沉静的笑容，仿佛揣度我心底的乡土印象。我犹豫了。

乡土最根本的意义是地，它和天一样，是人类无力描述的对象。说起它，常常蹈入“开口便俗、一说就错”的误境。我曾经长时期迷恋和困惑于鲁迅先生那句话：“宽仁黑暗的地母啊，愿在你的胸怀里安息。”语感有别于他以往的文风，像《圣经》中的“雅歌”。土地无疑是母亲，这不仅由于“天覆地载”这种体位所给人的想象。老子极不情愿留给后世的《道德经》(钟阿城考证应为《德道经》)中，以男女生殖器官的不同，点透土地的母性，并指明母性的深邃、静虚、无为而产生的威力。我想土地最像母亲的在于慷慨。自然界究竟谁在默默无闻、百代不衰地奉献呢？只有土地。当人们浮泛地歌颂金黄的麦浪、无边的森林和美丽的花朵时，是土地奉献了人类所喜欢的这一切。这多么像母亲。当有人说“这孩子又白又胖”时，怀抱着孩子的母亲笑着，虽然她知道这并不是赞美自己。一八八五年十月十日，在波士顿，美国人埃弗雷特在议会上激动地述说农业的重要：“把一粒种子撒在土里，就会出现奇迹”。为什么呢？土地具有一种母性，她的职责是生命的繁衍。虽然黄金也源于土地，但土地的嫡生儿女是谷物、森林、草与花朵这些有生命的东西。

对此，人们能说些什么呢？

不说的缘由一在忘却了，二在说不出。

土地被踩在人的脚底下。朴实的、骄横的、富足的与贫困的人都把土地踩在脚下。在所有的谦逊中，土地已显示了最伟大的谦虚。母亲生我们时的阵痛与流血，都被我们忘记了。堂皇的理由是：当时我们不知道。当我们用眼睛观看世界的时候，看到的又是麦浪滚滚与稻花飘香。我们看不到土地。

当丰饶的庄稼被收割，我们皱着眉眺望远方的萧索。土地如母亲，她并不丰饶，丰饶的是庄稼。

在飘雪的日子，我们欣喜于漫天皆白，忘却了白雪下面的土地。

在人类的眼睛里，永远也看不清自己的母亲，如同看不清被踩在脚底下的土地。

北方被犁杖耕过的土地，灰黄色漫漫起伏，如我在寒风中瑟瑟而行的母亲。然而母亲和土地并不记恨，第二年，土地又长出青草，在空气中散发着与过去一模一样的清香。母亲又在冬夜为儿女缝补寒衣。针把手指刺出血珠，昏花的眼睛眯着。

我最喜欢的诗是《古诗十九首》中那句“青青河畔草，绵绵思远道”。我不知道这位无名的诗人在如此令人惊喜的美中寄寓了怎样的情怀。仿佛青草跪下祷颂土地，也如人类歌颂母亲。

青青河畔草，绵绵思远道。我在吟哦之间读出悠长的宁静。

然而，我们说不出这种悠远，如同说不清母亲的恩情。土地与母亲，已然无法言说了。

化 石

岩石里凝固着鱼的化石，却见不到人的化石。人太年轻了，在地球上远远没混到化石的行列里。在生物学的排序中，猛玛、鸟类、鱼、昆虫都是人的前辈。如果人排进化石的辈分里，前边还有马、牛、羊、狼、猪、狐狸、猴、猫和老鼠，早了。就像十二属相里没有人（人属人有点不像话，皇帝除外），化石里没人。

化石是什么？是大自然对物种的珍重。大自然把它看好的动植物变成化石，永久保存，它们一定是好东西。从对环境的价值来说，人算不上什么好东西。净搞破坏了。大自然心里有数。

大自然能耐大，它把蜻蜓的翅膀化为石头，或者说化为石头的纹理，这才是鬼斧神工。世上有比蜻蜓翅膀更薄的东西吗？没有。人的眼皮薄吧？但比十层蜻蜓翅膀还厚。世上竟有蜻蜓的化石。清晰地带着翅膀的脉络。可见，化为石者不仅有动物骨骼，还可以有蜻蜓肚子（里边是一包水）和翅膀，跟石头浑然一体。化石里有植物的叶子。叶子只是一些纤维，蜻蜓的四只翅膀也是纤维，它们怎样能变成石头呢？石头和蜻蜓翅膀的分子式完全不一样，它们竟然可以互相转化，这就是奇迹。当年赤峰广播电台有一位工程师就订一本杂志——《化石》。每天傍晚，他捧着《化石》坐在花园前的楼房台阶上阅读。读一会儿抬眼瞧瞧四周，可能琢磨周围有什么东西可以变成化石。晚风吹来，花园里的扫帚梅和胭粉豆摇来摇去，好像躲避蜜蜂爬梳的痒。花与蜂都可变为化石，但电台大楼和编辑们变不了，人尤其变不成化石。当年列宁和胡志明的遗体保存就遇到了腐烂的问题。庄子说人的最后一口气离开身体即开始腐烂，气负责保持人体不烂。那么，把那些据说是伟人的人的遗体变成化石，他们及其追随者会不会更称心？变是能变——我私见——只是时间太长，比如一亿年，还变吗？瞻仰者等得了一亿年吗？所以就算了，世上好多该办的事最后都不了了之。新杂志来到，电台的工程师在杂志封面外边粘一层牛皮纸，每天下班坐在台阶上读。冬天，他把屁股靠在收发室暖气上读。为什么不在家读？可能他老婆不允许活人读化石书。我想他就像矿难中蜷在巷道中吃一块木头的人，这是唯一的精神食粮。他每月需要把这本杂志均分成 30 份，每天只读一份。一个字都不能多读。多吃多占的结果是阅读饥荒。假如《化石》杂志共 48 个页码。小月 30 日，他每日可读 1.6 页。大月 31 日，每日读 1.55 页，即读 1 页半之后再读 6 行。赶到 2 月过年，每日可读 1.72 页，合算。过年干啥都合算。

人说比尔·盖茨盖的半穴居豪宅的前厅铺着始祖鸟化石。这么弄，好像不太吉利。但逝世的不是盖茨而是乔布斯。化石有可能更接地气。我觉得可以把化石看成玉。虽然玉顶着非常好听的称呼，有人在名字里加了玉，但玉没什么来头，看不出前生。化石的前生不言而喻，鱼、鸟，这是身份，有谱系。按能量守恒定律，万事万物都有一个前体或者叫因，都可以找到自己不同形态的前生。但人记不住前生，这辈子也没收到过提示，星座、血型跟前生均无关系。假如，我前生是一只猞猁，现在见到猞猁我一点儿都不激动。有人在街上喊"猞猁"——我也不会回头。所有的记忆一托生就被抹掉了。说到这儿，我更加佩服化石，人家有前生。而且，连蜻蜓都有化石，人却没有。人死了火化，更没机会化石了。地球上每几分钟就会消失一个物种，变化石根本变不过来。

假如有人发明出速成化石的办法，我提议变化石的清单是马鞍、小提琴、蜜蜂、眼镜、吉他、钱、苹果、西红柿、橘子、茶叶。提十项就行了，别人还提呢。可惜音乐不能化石，人的情感不能化石，云彩化不了石，味道不能化石。好多好东西都化不了石。音乐、情感、云彩、味道最后去了哪儿？谁也不知道。可能变成了暗物质，此事须问丁肇中。

石 头

即使把石头碾成齑粉，也找不到它的门。石头，我们怎样进入你的内部？像掰开杏看到杏核，砸开核桃，见到核桃仁那样。把岩石凿开一个洞，即山洞，也进不到石头里面。而洞里面的石头仍然排列着沉默、坚毅的脸，它们什么都不说。

组成世界的东西其实很少，有被我们称作天空的空气，还有泥土、河流、草木、火和石头。大地上比泥土更多的是石头。石头，你能告诉我们你是什么吗？

人把石头磨成平面，见到花纹，甚至显露出风景。在大理石的内部，藏着云烟、丘壑，有宋人笔意的漠漠云林，这里有人间的气息。石头何时留下了这些记忆，记这些做什么呢？不能怀疑，世间所有的美景都藏在了石头的内部。人在大理石上看见的图案只是它的一个断面，或者叫一个瞬间，切掉这个断面，出现的是新的断面。它到底有多少断面，记录了多少风景呢？它有无数断面，只是不予人见。

石头组成我们所说的大山。“组成”这个词或许不对，山是一个整体，它分裂过，却无须组成。人的想法是进入山的里面——不仅仅是掏山洞——让石头敞开，接纳我们。我知道，石头的每一个分子都与其他分子牢固地结为一体，而不能像水那样透明。是的，水与水的分子也不可分割，但水可以装进壶里，掬在手上。水让人看到它的正面和背面，石头永远不让人看到它背后的东西。我觉得问题出在人的眼睛上。人的眼睛只能看清一部分——也许是一小部分东西，当然这已经很好了——但目光穿不清木头的质地和石头的质地。人的目光在夜里会被屏蔽。也许，有的动物看石头如同看果园枝头上的果子，石头里的花纹、翡翠甚至金子在它眼里清晰如图画，只是对它没什么用处。翡翠对狐狸来说并不比羊粪更有信息上的价值。

帝王用石头建造宫殿，再用石头建造陵墓，石头以其坚固威严和沉默为帝王提供生与死的场地。对石头来说，帝王如同一只小虫在它上面活过并死去。与时间并行的不是水而是光与石头。光每天搜查大地，甚至搜到了屋子里的每一个角落，寻找它要找的东西。光刺破空气，赋予万物色彩又让色彩褪去。然而光无法穿透石头，石头没有门。石头里储藏了数不清的时间，我们所经历的时间去了哪里？什么东西里能装下这么多时间？或许它储藏在石头里。故此，石头永远不开门，故此石头沉重。虽然被存入石头的时间已被压缩过，但仍然太多并沉重。

石头里的铁矿是红色的时间。那些与火有关，与阳光与血有关的时间被打包变成铁。与植物有关的时间变成了铜矿。铜可黄可红，不经意间会流露绿，植物的时间露出了一些粉末。水晶是关于水的时间的压缩体，它透明并可以透视星相。不知道藏在石头里的玉是谁的时间。玉太神秘，它也是石头，但前面加一个玉字，人称玉石。玉几乎要脱离石头变为世间一切美物，玉雕的蝈蝈，几近于蝈蝈，但比蝈蝈值钱，它是玉。玉温润、凉沁、光滑、细腻。羊脂只是羊脂，细如羊脂的玉却是一块石。石头通灵，这是上大人曹雪芹说过的话。可是，玉储藏了谁的经历与时间？史上那些君子淑女已远去，上苍不欲他们的精魄离开此世，藏于石中，此为玉的前生。“忽反顾以流涕兮，哀高丘之无女。”离骚的这两句诗为鲁迅所爱，写下来挂在床头。人问：高丘指谁，无女是怎样的含义？鲁迅不答。高丘不是哪一个丘，也不一定是楚王。无女到底无哪一个女，对每一个人都不一样。每个人的一生都有一段惋惜，值得反顾流涕，为高丘也为无女。那些高洁的人、醇和的人、温润的人的时光都被苍天收藏起来，放置某处。上苍戴着丝绸手套收藏他们的时光，包括他们的忍耐、涵养、笑容与永不摧折的理想，收之入石，成为玉。玉颜色青白，无味，摩挲经久出血络。玉是英雄美人的时光。英雄不光是武人，还应该有庄子、王羲之、苏轼等人，还有没留下姓名的人。他们活过的时间压缩在玉里，是玉的光，或质或渺茫的云纹。

山峰上的岩石在等待时间弯曲。等待光像树一样在田野生长。石头的话被风、鸟儿、河流说过来，石头在静默里目睹白云坍塌。石头并非牢不可破，金子在岩石里奔跑。蝴蝶飞进石头里找不到飞出来的路。草履虫在石头里安家。石头能跟我们说句话吗？你不开口是在信一个什么样的承诺？那是对谁许下的承诺？如果鸟儿用叽叽喳喳传达石头的话，我们听不懂，风声和水声里的语义都不为我们所知，最后对石头一无所知。石头的姿态与人类毫无关系，仿佛与人类生活在不同的世纪甚至不同的光年里。世上一日对石头来说只是一秒，它还有亿万斯年等着它悠闲度过。

铁里藏着红

红跑在血里；红飘在孩子的脸蛋和樱桃上；红用缎子被面裹住新婚夫妻的喜气；红从太阳里面跳入海里；红……

红藏在铁里，铁无论到哪里——成为钉子、锄头、锅还有炉子，它暗中都带着红。在火和铁交锋时，铁在火里取暖，它在火的语言里想到了自己的前生前世。铁来到世上，火是它的接生人。铁从火里闻到了腥性，那其实是它自己身上的味。它听到火发生“嗞嗞”的声音，好像被辣椒辣到了舌头，在空气里晾。

铁在火里变红，不仅因为想到了过去。铁的坚硬、冰凉被火收走，火教给铁怎样恋爱，包括拥抱和舔对方的脸，直至让铁红起来。

铁看自己的红像看到了一条鲤鱼，觉得自己正在火的河流里畅游。铁红了之后，身上第一次变得透明，像橘子那种透明，好像蕴藏着无限甜汁。铁红了之后，浑身都轻了。这时铁匠走过来，把铁砸成羽毛似的叶子，甚至可以飞。

黑与红是铁的表里世界，是它的肉体和灵魂。在大地上，铁永远穿一身黑衣，它穿这身黑衣经历春天的雨水。装满雨水的铁桶里有雨水唱歌，歌声落在铁桶的脊背上。穿黑衣的铁钉在椴木里寻找年轮，固定了窗和床。当铁锹和锄板被磨得白亮时，那是铁的梦境。雨水、泥土和空气让它重新换上黑衣。它习惯了这身衣服，是礼服也是工作服。铁走到哪里都被称为工匠，而且常常站在门外，被装在帆布兜子里。

铁走遍天涯，那些树啊，那些在森林里歌唱、为小鸟做窝的树遇到了铁之后变成了大马车、风箱、房梁和一切。在古代，人和什么在一起？外边是土，家里是树——但它已经变成了木头。树的花纹暗淡于炕沿、门、摇篮和桌椅上。人躺在、趴在、倚在这些树上，它们身上曾经有露水和昆虫。铁把树变成了家具和工具，铁从不因此后悔羞愧，它来自岩石却比岩石锋利。铁的脸上流不出一滴泪，只挂白霜。铁在岩石里沉睡时是游民、种子和儿童，熔炉把它们招呼到一起，把无数铁变成一块铁，使它们比岩石更坚硬。铁变成铁就没有回头路可走，它出生前的石头已化为齑粉。

世上回不了家的东西是什么？它们是冰雪、是桃花、是苹果、是铁和家具。铁做了铁甲铁钩，不求超度，但它心里还藏着红，遇到火，铁慢慢地变成黎明那种红；红过了，它身上掉下一层白白的灰烬。即使没遇到火，铁也会红。它不打算当铁的时候，雨水帮助它们生锈，如蛇蜕皮那样一层层蚀解。回到泥土里，那些铁锈成暗红色，比火里的铁颜色更深，仍然红。铁的孕育和归隐都离不开红。

沙 滩

世上最难理解的东西是沙子，或者叫砂子。没见过沙子什么时间被加工过，但比加工的还精细、还晶莹、还茫然。

走在海边的沙滩上，我除了自己的脚印外什么都看不到。捧起沙子，有一个声音问我：沙子是什么？

我不知道，这实在是深奥而非最深奥的问题。

你可以把它的前身想象成一块巨大的石英石，半透明，但还没有透明到磨成凸透镜片把阳光变成火种的程度。后来这块巨石碎了，变成了沙子。问题是谁让石头碎了，碎得这么均匀？

见到沙子，我知道我们不了解的事情多了。

沙子的前身可能是一颗星星，叫水瓶星，跟摩羯星顶牛旋转，火星喷云，落地为尘，变成了地球的沙子。

或者有一位游戏的天星，捕捉其他的小星按在地上研粉。他手里有一个筛子，网眼像沙子那么细，星粉露到了人间。

我走过沙滩，感觉走在别人的东西上，像什么洒了，而我们管它叫沙子。沙子时时挑战人的观念——它没有主次、没有首尾、没有营养、没有矗立。沙子挑战人对秩序与伟大的膜拜，已无表情。

人幸运自己的体积比沙子大，人如果小似真菌，看沙子就如看到了玲珑的玉山，宫殿叠加，巍峨入云。真菌的人在沙砾的水晶宫中穿行，看到折射的虹霓像老者的花镜。在海滩的沙子底下，听浪头如白衣宪兵搜捕海的腥味，水渗半尺，沙子留下泡沫的帐篷。

在沙子的宫殿里穿行，便于领会诗词意境。“乱石崩云，惊涛裂岸，卷起千堆雪，故垒西边……”苏轼原本是写沙世界。我小时候拿放大镜看沙子，企图在沙子的石壁上找到几个字。“文革”初，人说长篇小说《欧阳海之歌》封面画里藏着一幅反动标语，我没看出来，转向沙子里寻找，无。放大镜太小，看到的沙子像皮冻一样。

如果沙子生长，每年长一点点，每粒沙子长得像白菜那么大，人们开始喜欢沙子，每人搬一块回家腌渍酸菜。

沙子来自外星。沙子被古埃及人用来测量时间，沙漏搬运时间只留下沙子匿名的脸。沙子代表虚无。沙子是水和生命的反物质。沙子仰观云飞雾散。沙子喻示以前或以后的史前时代。沙子是滔滔奔涌的石头河流，暗示自己是某一种水。儿童喜欢沙子，母鸡和骆驼喜欢沙子。沙子的浪花在风里。沙子是大自然的形态之一。沙子这个名起得不怎么好。沙子是自然界最大的疑团。

色彩的旋转和燃烧

除了月亮，找不到比油菜花更黄的颜色。油菜花像一壶发酵过分的酒倒在方形的池里，让蝴蝶醉得飞不稳。油菜花盛开的地上没有向日葵，它融化了所有的黄。

大自然知道绘画补色的道理，油菜花让天空更蓝，蓝得像漆，像没有一丝波纹的海。蓝天在油菜花的映衬下十分平静，让白云走路发不出一丝声音。

油菜花的色调让游客兴奋，除了照相，他们不知还应该做些什么。如果没发明照相机，人在油菜花地里手脚都没地方放。他们不会像蝴蝶那样挑剔地翻飞，又不会像蜜蜂那样歌唱。人在油菜花地里抚不平驿动的心，他们在油菜花前站着、蹲着、商量，除了照相还能做什么呢？人被油菜花感动了，说不出这种感动，只好照相。

人被色彩感动，验证了莫奈的信念：仅仅是色彩就可以感动人，线条并不重要。大脑神经学至今没有发现人被色彩感动的机理。粉色的杏花是冰雪消融之后的娇嫩，是大地回春的婴儿。这一种粉让人晕眩，如超现实主义的云。人在粉色面前反应迟钝，被这么密的花瓣搅乱心思，为落在脏土上的花瓣珍惜，粉色让人不知所措。青草的绿令人安稳，草和庄稼如果不绿，大地仿佛成不了家园。绿色让泥土的褐色显出一点亮调子，露出泥土的生机。

色彩是大自然对人的恩泽之一。春天给人送来的希望首先从色彩开始。花所包含的活力不仅在它的质地，更在它鲜艳的色彩。人除了用粮食和水喂饱自己之外，还离不开色彩的哺育。白云的白、蓝天的蓝、青草的青，是人的眼睛乃至心灵的粮食，色彩对人生的意义无法代替。

油菜花的金黄相当于色彩的舞蹈。它在旋转、在燃烧，只是眼睛说不出这些感受，甘心做它的俘虏。人的目光当过大海的俘虏，当过白雪的俘虏，当过桃花的俘虏。一个饥饿者饱餐色彩，而后心安。

油菜典雅的黄花比红色还热烈，颜色从花上流淌遍地，它像大地的新娘。油菜花的金黄让人感到人类印染业、印刷业与画家手中的颜料虽鲜艳但没有生命力。

油菜花是大地的音乐，包括合唱与铜管乐齐奏。它喂饱了无数眼睛之后再用菜籽榨油。到油菜花地徜徉，最羡慕那些昆虫。蜜蜂最值得做的事就是一头栽进油菜花里，半个月都不要出来，世上再也找不到比油菜花更好的宫殿了。

露水的信

不要踏过露水
因为有过人夜哭……（阿垅《无题》）

这是七月诗派诗人阿垅写于一九四四年的诗。

白茫茫的露水，在秋季尤为苍凉。我在罕山脚下的月夜，见山坡的草尖挂一片露水，每一滴都流露决绝的苍白。大地如同哭过，为了草木凋零。我在落叶松的针叶上走，听不到自己的脚步声，心里想，露水究竟是什么呢？

我现在也不知道露水从哪儿来，好像每株草身上都藏有一口井，汲水捧在手心。给谁喝呢？按说，这是送给小鸟和蚂蚱的饮品，但谁也没见过小鸟趴在草上喝水，蚂蚱、螳螂、蟋蟀们好像都不喝水。从生理学说，具备血液的哺乳动物才饮水，肠道吸收水分补充血液。蚂蚱有肠子吗？它们并没有血。人们惯常把含有血红细胞并在血管里运行的体液叫作血。血的第一个功能是运送氧气与排出二氧化碳，这是对有肺叶的生物而言，蚂蚱没这些东西。

人的童年和老年泪水的比重都不同。泪水从儿童眼里涌出，化为一滴泪在脸蛋儿挂着，如露珠那样饱满。我冒昧揣想，儿童泪水的水分子结构或与成人不同，属于大分子，聚成团而不破，与露珠仿佛。而成人的泪，特别是老年人的泪流下来散在脸上，化了，见不到珠。人老了，连泪水都出水货了吗？散掉的泪是小分子结构，钠含量高，流得快。成年人流泪，只见他们用手抹，见不到泪水，说话鼻腔堵塞，鼻腔无共鸣，这是真哭。电视剧演员用眼药水假哭，一听声音就听出赝品哭。而儿童是另一番情景，号啕的同时倾诉，鼻腔照样共鸣。儿童厉害呀，他们大滴的泪水多么真挚。

露珠挂在草上如同挂不住，但还在挂着。草为能抱住这么一团水而昂然，它们昂然有理由。拿人来说，没有盆，没有碗，你能抱住一团赤裸裸的水吗？不能，人抱不住水。如果哪天见到露珠满身的人，估计他已得道成仙了，可写入《本草纲目》了。

水在人的细胞内也是一颗颗露水，被细胞膜包着，钾和钠承担细胞壁的水平衡，不要瘪了，也不要涨破。从比重说，把人看成水做的没说错，水占到人体重量的百分之七十以上。人脸生皱纹是皮肤水代谢出了问题，皮薄了才生皱。然而多喝水并不能直接喝进皮肤里。人空腹饮水，三十秒进入肠道，多余的水全被排出。人类皮肤的水分靠脂肪（油性）来平衡，油性少了，水也少了。你看不到一个老年人对着镜子挤粉刺，他的皮肤与内心已经没有多余的脂肪与情感化为粉刺，油少了。年龄控制人的一切。

我的曾祖母曾说露水是月亮给太阳写的信，夜晚挂在草上，太阳早晨收走。曾祖母努恩吉雅给我讲过许多稀奇古怪的事情，不知是她的创作还是民间传说。

月亮给太阳写了什么？我问曾祖母。

哎呀，信里面什么事情都有。曾祖母回答我。谁家丢了羊、猫干了哪些坏事、蛤蟆干了哪些坏事，月亮都要告诉太阳。

人能看懂露水的信吗？

她说：甘旗卡地方有一个说书的人专门看这些信。这个说书人叫龙台，他把露珠拿到嘴里尝一下，就知道信的内容。

他比太阳先知道信的内容？我问。

对的。曾祖母说，但他不是太阳，知道了也没用。龙台从露水里知道了许多药方，可以治好门牙中间的缝。

这是讥讽我。我两颗门牙中间有缝，这是我特意用一分钱硬币别开的。有了缝，含一口水从牙缝中可以滋出一米远，冲跑墙上爬的蚂蚁。

听曾祖母这样说，我猜露水里有信是她的即兴创作，相声术语叫“现挂”。

再说阿垅，他本名陈守梅，杭州人，黄埔军校十期毕业生，曾做中共地下工作。《无题》结尾写道：“我们无罪，然后我们凋谢。”

流 水

流水的声音好听，从小溪穿过鹅卵石，乃至水穿过人的喉咙钻入肚子里的声音，都好听。跑步之后，口渴如弱禾，仰面饮水，我听到“咚咚”的水声，极为敬佩。这是什么声音？水砸在肠子上，还是喉咙像活塞一样收缩？

夏季跑步之后，我大约要喝一千二百四十六毫升的水，其中漏出来一些，化为汗。运动结束，人的皮肤如同漏斗。喝过水，你盯着自己的胸脯，每个汗毛眼都冒出一眼泉，互相投奔，化为大滴的汗流下，还拐走了我体内的一些盐分。回头多吃一个咸鸭蛋就成了。

喝过水，我想象水在身体里面的神秘旅行，经过胃，在小肠排空，进入血液当中。我拍拍大腿、胳膊，和那些水打个招呼：到了？都到了。其中最活跃的水，已经跑入微细血管，即身体的表层，所谓皮肤。

我喝过的水，有龙井、可乐、伪装成苹果颜色味道的碳酸饮料，还有矿泉水、自来水。它们在血里流淌，如果把听诊器放在脉搏上，所听到的就是流水的声音，咚咚，跟喝水的声音差不多。

水的声音，是水的喊叫与诗歌。水流的时候，一点点的阻遏、不平、回转都要发出声音。如果在三里之外听一个瀑布的喊叫，急促的呐喊变为低缓的喉音，像弦乐的大提琴声部。而滴水之音，是孩子的独语，清脆而天真，像念课文一样。屋檐的泻水是女人的絮叨，漫长而缺少确切的意义。而风中的雨水，像鞭子与泼墨写意，是男人的心声，在夜里听到尤为峻切。

北方的冬季，河床的冰下会传出流水的声音，像笑声，不由让人想趴在冰上寻找一阵。冰下的水流黔黑，浮漾白雾，庇护着黑脊的游鱼。如果人耳的听觉范围再扩大一些，还会听到水在树里流淌的声音、在花盆的土里渗透的声音：呼啦啦、哗啦啦，像在龙宫里一样。

千岛湖的美与善

千岛湖的胜景不止于水天浩渺，更妙处在观此湖有山可登，缆车送你升于群峰之巅饱览湖景。在山巅观湖的心情已经不能以“欣赏”二字形容，欣赏这个词太平淡。欣赏是对平凡美景的浏览，而高踞山巅看大块山河，分明要赞美感叹。感叹什么呢？感叹大美天下竟然被你俯瞰得之。有句话说“角度决定态度”。高山观千岛湖，改变了你对千岛湖及一切湖的态度，站在此处可小天下，心胸顿开。

我去过黑龙江的兴凯湖和俄国境内的贝加尔湖，都是大湖，大得不得了。可是人眼睛的视力面对这么大的湖显然不够完善。人眼也就看出两三千公尺远，还得是晴朗天气。多大的湖对人类来说只不过看到方圆两三千公尺，其湖之大，只是听说而已。留下这样的缺憾，怨只怨人类个头太矮，看不尽湖海全貌。高者如姚明，也只比别人多看出二十公尺的水面。人不能扛着梯子去观湖，能扛动的梯子都不高。消防部队有一种云梯车甚好，我早就相中了。云梯打开高度可达 60 公尺，但他们不借你旅游使用。而湖边，就我看过的湖而言，都没有高山，不足以登高山而观大湖。山之存在，并不为你观湖而矗立湖边。

千岛湖有奇异景观，游人登上山巅俯瞰湖水，享受到了玉皇大帝的视角。玉帝每天都这样、那样俯瞰五湖四海，一目了然。在山巅观湖的游客看到千岛湖辽阔无边，水面如镜，云彩成行、成队留影湖心，就有了一点玉皇大帝才有的眼界。有些人第一次看到此景，难免要抬起手臂指点江山。此江山不是浙西的江山县，而是千岛湖的水面、岛屿、鸥鸟和云彩。人在此刻，胸膺如充气娃娃一样充满豪气，不抬臂指点一些景物就不得劲儿。我从未在这么高的位置见过这么浩瀚的水面，如鸟儿一般从天空俯瞰大地，俯瞰大地上静谧的湖泊。湖水如鱼肚般呈现银白的光泽，中间有顶戴密林的黛青的岛屿，这只有在山顶上才看得到。

小时候我攀登老家的红山，看到山上的岩石里镶嵌着海螺的化石。山顶的岩石里怎么会有海螺呢？别人告诉我，红山当年是海底。我听了大吃一惊，高高的红山当年竟然是海底。问是哪一年，答亿万斯年之前那一年。这消息对我来说比游泳池卖半价票还令人惊讶，我怀疑这个人在造谣。还有一年，我已五十几岁，问一位制作珊瑚戒指的蒙古工匠，好珊瑚产在哪里？他说青藏高原。问为什么呢？他说青藏高原当年是海底。好多事说着说着就到了海底，证明这不是造谣，这两人也并不认识。

如今，我站在山顶观望千岛湖，其景与当年青藏高原以及红山被海水淹没的情形约略相同。也是当年（一九五九年），政府建新安江水库，开闸放水，淹没了村庄、耕地和古老的县城。于是，我们这个星球上出现了千岛湖这一奇观。我眼前星罗棋布的一千多个岛屿，实为一千多座山峰的顶部，还有一些较矮的山被淹没了，失去了当岛的资格。而我们脚下的山更高，可以俯瞰那些岛。故此脚下这座山仍然叫山，而不叫岛。再一想，海洋上的岛屿也是海里的山峰，露出海面而已。

我们在这里看湖，看名字叫作岛屿的无数山巅，看汽艇像一条浮出水面的白鱼游过来，两舷划出长长的水痕；看群鸟飞过湖面如有人在天空撒了一捧树叶子，看岛屿戴着绿绿的树林的帽子，看远处淳安县城的高楼如海市蜃楼。这番风景难得见到，虽然想起那么多村庄、耕地被淹心里不大好受。下山时，我向左边的湖水挥了挥手，又像右边的湖水挥了挥手，把肋间涌上的豪气往外放一放。

下山乘汽艇游湖，见到湖水清得如一碗水。于舷边往水里看，无浊流，无乱七八糟的藻类。你从水面映出的石壁的青翠的倒影就知道这里水质清洁。人说杭州已准备把千岛湖作为饮用水的水源地，导游问我高不高兴？我说高兴，但我想这么大一湖的水可饮人，自然湖里的鱼虾也可饮可活，我还是先为鱼虾高兴。人不喝千岛湖水还可以上超市买矿泉水。说到这里，要说千岛湖不仅美，指风光。还有善，其水生物体皆可饮用，比美的意义更深远。

蜜山的蜜

这是多好的名字——蜜山，是不是世上只有千岛湖才有这么美妙的名字呢？我没听过其他地方有叫蜜的山。

登这样的山之前宜想象，想象它是否有澄黄如蜜的岩石，想象那里野蜂飞舞。然而登上了此山发现山上到处是树，泉水曲折流，鸟儿啼鸣，却没有蜂箱与蜂群，唯一与蜜有关的线索是刻在石壁上的大字——“蜜山”。这就更好了，符合禅宗的道理：一切外相不过梦幻泡影，蜜由心造，生于内心不辞辛苦的想象。

山上有一处禅宗寺院，我在墙上刻着的心经上面看到了另一个蜜——“观自在菩萨行深波罗蜜多时，照见五蕴皆空”。蜜在经文里面，然而五蕴皆空。庙宇清净，被层层叠叠的树木包裹着，树与山又被千岛湖水万千波澜包裹着，称得上秘境。但庙上的僧人对这里的空寂颇感落寞，香火钱毕竟是他们主要的供养。

在雨中登此蜜山，雨下了一会儿不下了，好像下雨没什么意思。石阶的凿坑里装满了清亮的雨水，这些密密麻麻的坑里的水是刚下的雨或先前下的雨就说不清了。这些小水洼在石阶的麻子里闪光，企图把天上的云彩都装进来。因为有湖，蜜山上的鸟比其他地方更多。湖里有搞不清数量的鱼虾，小鸟儿们吃是吃不完的。林木遮住了天光，看不见鸟儿飞，耳畔却有不尽的鸟鸣，我喜欢用“流丽光昌”形容鸟鸣，这里再用一次——这么圆润的、水滴般的、不解其意的鸟啼何等流丽光昌，它们的合唱比和尚诵经的声音传得还远。

告别桑园

搬家之后，我也离开了桑园。

桑园是我对它的称谓，市政当局并没有任命，石上刻着“青年园”。这一片绿荫当中曾有一棵桑树。我见过桑葚，由绿变红，像鱼子一样饱满地挤在一起。就管它叫桑园。

树木是城里找不到的好朋友。它们多么宽容。我为什么使用“宽容”这个词？因为它们始终接纳我，似乎还知道我写短文称颂着它们，曰“桑园”。

有许多次，我幼稚地——幼稚的意思是扭捏——想和桑园做一次道别，却不知怎么做。它们，依然缄默、沉郁、凡俗，让人有话说不出来，应该说“人尤如此，树何以堪”。仿佛树比我们还能担待：走吧，没啥。

即使闭上眼睛，我也能说出桑园里每一棵树的位置，说出树种和它身边常有的垃圾。桑园一共有五棵松树，包括练功之人为挂衣服而钉铁钉的两棵松树，有迎春花、洋荆木、碧桃树、杏树和被遛狗的人踩得狗屁不是的洋草坪。

有一天，我走过那条街，误入桑园，沿着回廊走。之前瑞雪先降，树们苒苒耸立，顶戴白雪之冠，于清明的夜色中楚楚生动。我说，多像仙境啊，并企图和每一株树拉拉手——大干部和僚属见面时，常自然而然地拉拉手。树于深夜的静默，让人无法轻浮。它们——我说的是树，此刻收住了心跳脉搏，把呼吸也屏回，只和天地交流。我和吾妻说，多像仙境啊，树们站立黝然，邪不可干。它们个个戴着棉花的白绒帽，雍容整肃，仿佛让我们惭愧。我们惭愧吗？只是离开了桑园。我还没准备好和新的邻居做朋友，在邻居身上发现美。但桑园难忘啊，没有置酒，也没有各式的仪式，说离开就离开了。

当我再去桑园的时候，已觉察出异己感。树哪也不走，人已搬迁。别指望它们谅解，植物比人还爱赌气，不理就不理吧，我只好偷偷地怀念。

珠 宝

我认为在雨后的桑园里走，会拣到珠宝。

雨后的土地多么干净。新鲜的黄土在雨水下渗的引力下，更紧密平整。白沙汇在一起，形成边缘性的弧圈。仔细看，在白沙的边缘，还有一线黑沙。

而逆光的树叶更加葱茏，它有意无意地轻扬，甩下叶面上滚圆的雨水。这时，地面上的小石子特别醒目，雨水把它们变新鲜了。黑石子显着珍贵，黄的有一股陶的味道。而小小的玻璃碎片，远远射来刺眼的光芒，一闪即逝，像鱼雷快艇上开探照灯的水手。近看，“玻璃碎片”有时只是一颗水珠。

呼 吸

喝酒的时候，打开瓶塞静置几小时，它的味道才慢慢醒来，好像你不能强吻一个梦中的美人。初开瓶时，瓶里的气味令人不悦，躁而厉，亦像美人起床后尚未漱齿。

这是就红酒而言，若是五粮液，开瓶即饮，同时摄入不少香味。但多数白酒仍须开瓶让它和空气接触，行家叫让酒“呼吸”。

酒有灵魂，开瓶之日即涅槃之时，赴死而永生。酒，引颈吸足了底气，活动筋骨，然后大干。

呼吸不止于红酒，草木皆呼吸，于子夜最盛。一位小提琴大师告诉学生，把曲子拉好的关键是匀净每一句的呼吸。这是一位俄罗斯大师说的，却如通《易经》的国人的口吻。

刚才，我把广腹高脚杯擦得晶亮，斟半杯酒来到桑园，放在石凳上，读书。酒是法国产的，据说属“天王”一级。

桑园并没有人经过，我喜欢射进红酒里的阳光。我想象，过一会儿，鸟儿会在头顶盘旋，几欲低飞窥视此杯醉人的光芒。

读书时，我不时看几眼酒，那种酡红无可言说，像藏着极大的秘密。血，在女人腿上翻卷的金丝绒，小心划一根火柴照亮的宝石。

我端起酒杯，轻轻晃曳，心想：你呼吸够了没有？啜一口咽下，感到它的身体栽到胃里，一路点燃温软的烛光；其魂魄上扬，在喉间缭绕，放出余香，和你悄悄说话。

我端着酒，等待鸟儿飞来助兴。

净月潭笔记

我喜欢山野里的花，替它们高兴。

林中和草滩的花，像赤脚跑过来的孩子，扬着脸，多幸福。一见到野花，我就爱说这句话，野花确实幸福。它们的床、它们的院子和学校是同一片草地。净月潭的野花不是被盼望、被呵护、被施肥哄出来的。花，如同在你转身那会儿从地下钻出来的。它们顽皮，笑嘻嘻的，好像见了你之后再去见别人。野花的花朵比草高出一头，头顶还有笔直入云的树，树的枝叶上面一会儿太阳，一会儿云彩。晚上，树轮悬挂星斗。野花，多幸福。

五六月去净月潭，森林的野花弄不清有多少。这是亚洲最大的人工次生林的森林王国，鲜花像流水洒在近万公顷的绿地。

初到净月潭，钟情于树。这些高大的沉默者，静穆于林，如旅途中的修行人，来自一个地方，再去一个地方，却站在这里。它是信使，古老的书函落地腐烂再从树身长出一片片叶子。叶子羽状掌状、扇形戟形，还有莲座与轮生的叶子。这些叶子装订成书，堆积如博物馆，在净月潭。

而后，喜欢净月潭的水。潭之水浩渺于天际，蜿蜒于丛林，宜于月下歌咏。牵引思绪的还有森林里的路。现今的路丑，高速路就像白条猪，好用而不好看；铁路是人类用钳子为土地施加的桎链，路的暴发户。你看净月潭的路，是“道路”里的清纯少女，把人带到青草露水的远方。

我喜欢小的东西，尤其是于巨大面前袒露生机的小生命体。小花开放在苍郁的老树边上，像婴儿在摩天大楼下面嬉笑。可是，花开在空旷的林地上，太小了，没法亲近。蹲着看一朵花，花朵得意地扭颈子，其实没有风。一只短翅的小蝶飞来罩在花上，好像说：不许看！这是我的！

风铃草属桔梗科，每株挂四五个倒悬的铃儿。这是它的粉色花，像蜡纸糊的冬瓜形的灯笼，可惜不通电，安不上灯泡。它们有电，是生物电，用于爱情而不是灯泡。紫菀是群众性的花，一开一片，适于普及，菊科。花冠的十几片花瓣长而散，微紫，像白衬衣和淡紫的毛衣混洗之后的一点点紫，黄花蕊凸出。紫菀开花像一群人摊开手心，也像歌唱演员唱尽最后一个音，双臂通展。

桔梗比它们好看，花朵有白色和蓝紫色两种。桔梗花离地不高，花兜着，像气吹出来五个角。桔梗根制作的小菜，大号“狗宝咸菜”，是高丽名吃。

说到花就要夸耀它的鲜艳，虽然我觉得不艳之花更近于人的心迹。然而，鲜艳确乎是上帝赐给花朵而非其他物种的特权。没有人长得像鹤望兰那么热烈，也没有像花朵般鲜艳的动物，只有一部分鸟类的羽毛具有花性，人只是花心而已。净月潭的艳花如石竹花、紫茉莉、酢浆草，全都艳红惹火，但我看到最艳丽的花（实为果）是红姑娘。红姑娘是茄科植物酸浆的果实，又叫红灯笼、天泡儿。林地上，不期然遇到一棵红姑娘，鲜红的荚衣包裹红珠，没见过的会吓一跳，以为神物。《红楼梦》中林妹妹的前身叫“绛珠草”。周汝昌考，绛珠草又叫苦苏，正是酸浆。东北乡村的孩子差不多人人吃过红姑娘，牙咬上，“啪”的一声，多籽、味甘。作家端木蕻良著文写过它，名《红姑娘》。

光说花，草类不爽。草认为写字之人重花轻草，无异于重色轻友。是的，这是中肯的批评。人类喜欢把花与草分开讲述，这是沿袭而来的愚蠢习惯，上帝并不这么做。对植物来说，茎、叶、花、果分不开，就像一个美女的脸蛋和她的肋骨、脾和脚踵都长在身体上。一个人说：“美女，我爱你！”已包括爱她的脸蛋、脾、脚后跟、脑垂体和胳膊肘，虽然他盯着美女脸蛋说出这句话。植物的迷人包含了它在花朵之外的朴素与华丽。

金灯藤是旋花科，又叫日本菟丝子。我在净月潭发现这株花的时候，天已向晚。树身渐黑，林间斜入金黄的夕照。它紧密缠绕萝摩的干上，茎为淡红色，近于透明，像婴儿的手指放在老年人的臂上。葛，在春天萌发葛条，黑绿表皮生出一层白芒，蚂蚁不来爬。一只凤蝶落在上面，假装思考，假装吸葛条里的汁水。蝶飞走之后，摸一摸葛条，白芒软中含硬，凤蝶可能在搓脚，去除滑腻的花粉。酢浆草的叶片乍一看是六片，再数数，还是六片。其实是三片，每一片半折有痕。叶子圆而平展，露水落在上面一定搂不住，“啪嗒”掉进土里。合欢的叶子羽状复生，比团体操还富于仪式美。它的花比较搞笑，像蒲公英把头发染红并吹成爆炸式。

述说花草，如癫人说梦，是说不清也说不完的絮叨。我在净月潭看看这朵花，瞧瞧那株草，直起身看树，觉得自己从一只蚂蚁变身麋鹿，胸次由小而大。一个人在林中走，心里跟植物说话，浅近的话是“真美、真绿、真好”；深入一点，却说不出植物的锦绣心肠。

人对树说的话质朴，对草说的话绵密也质朴，跟花说的话没什么逻辑，跟林间小路说说话忽然想唱歌，跟云彩说话累脖子，见到净月潭的水之后没话说了。话无踪迹之后，心安静。看水面像镜子、像碧玉、像刀切的皮冻、像……

静中日月长

这里真静谧，不管它叫舍力图还是独逸学院。我从早到晚敞开窗户，传进的只有小鸟的歌唱，楼下餐厅偶尔传出轻轻的笑。今天割草机来到窗外草地，像喝醉了一样轰鸣割草。我不明白割草设置那么大马力干吗？它割完气哼哼地走了，留下草香不绝于鼻。看天，常见喷气式战斗机飞行，很高，听不到声。沈阳附近有个军用机场，战机飞过动人心魄，听说那里掉下过一架飞机，飞得太低了。

静谧是不准确的词。动态可以用词形容，而静、像止水、像透明的空气和光线，没法用词语状之。静者，姑且形容无声，其实是安然。世界上没有哪一个角落是无声的，鲍尔金娜在小说《门》中说“真正的静谧，人自身会发出一种声波，像蚂蚁交头接耳”。我们已经习惯把没有噪声叫“无声”了。都市的人所称噪声是车辆行驶鸣笛，工地机械，楼下互相骂娘和火车对面卧铺客的呼噜声。如果把声波震动转化为热动能，一百个打呼噜人都可牵引一辆车厢前进，不用买票，别人还得给他们献钱。

摆脱了这些噪声，人说寂静无声。这里的无声里除了鸟啼，还有青草翻身和树叶说梦话的声音，松鼠在枯干经年的褐色落叶上奔跑打滑发出的声音。我在森林里手摸一棵红松，树皮发出纸页的声音，这声音就是身份。大自然有无穷无尽的声音，昼夜而发，夜里更多一些。交织一起变成所谓地籁——浑然的声波，像大提琴在低音声部的运弓，一直往右拉，不回弓。曼托瓦尼乐队就是这么处理尾音的——录音时，把起弓声贴在回弓上。就如同乐队的人合力运一把弓，边运边走，从斯图加特走到瑞士琉森，像一队贩私盐的人。

静谧包括阳光照在十八世纪的老瓦上，瓦身凑巧掉了一些粉末，落地上发出微小的声音。树把阴影移到草地上，晒太阳的小虫抱怨着转移到亮处的行进声。草叶阻挡风的声音。这些声音本来可以构成轰鸣，但树、草和泥土把声音过滤吸收了，使人的耳膜感到安适。人耳更适合听到和谐的声音，如乐器之大三和弦，或雨水声，敲玻璃杯声。敲玻璃杯声之悦耳极为奥妙——当，此音并不是一个音，还有回声，箕泛音。泛音发出最多的是鸟啼，一个音分出两层。最悦人的是小鸟唱歌时喉咙里仿佛有水没咽下去，行家叫“水音儿”。邢台一带管这种鸟就叫“衣滴水儿”。为什么是衣，而不是一呢？这一类的问题没地方问去，自己在心里闷着吧。

窗外是天地之籁，窗内是收音机的音乐和介绍性的德语。这个电台早四点起播大作品，交响乐。下午播音乐会现场（有掌声）。晚上播小作品，如合唱、单簧管奏鸣曲、小提琴奏鸣曲。我比较听不进去的是主持人和音乐家的对话访谈，音乐家回答问题像吵架。

我在“静”里，觉得时间真正现出了本色，它们像脱光了外衣在溪水里游走，和市场里尖锐的时间、机场破碎的时间、官场沉闷的时间都不一样。静的时间干净，时间长。我像牧区的人那样放弃了手机、手表，看窗外揣摩时间。有时候，时间多到一堆，蹲在窗台上看我写作。我躺在床上，床单被褥洁白，觉得应该想点事情了，却不知想啥。家人劝我四处出游，比利时、法国、瑞士，我以为这么静静地待着非常好。上哪儿能找到这么安静、草香鸟啼的地方歇着？不好找，今日偏得了。

飞机八月窗飘雪

头些年，我坐飞机爱选靠窗位置。苍茫云海与我只有一臂之隔。我成了喀喇昆仑山顶的气象员，对云彩指指点点，颔首示意。我觉得飞机的舷窗好像小了点，是不是可以改成四十八寸电视机那么大呢？坐在窗边，早先仙人在天上看到的奇景都被乘机人看到了。当然，是机长先看到。机长的窗户大，全视野，他往那一坐明察秋毫。飞到哪个地方，手拉哪个杆，按哪个钮，按几下，他心里全有数。

我见过夕阳低于飞机，徐徐落山。地球表面的人认为它已落山了，而我看到它继续下坠，像一颗燃烧的铁球掉进海里，迸起万道金光，光芒射到离地面九千公尺高的飞机的铝翅膀上。所谓云朵只挡住人的视线，根本挡不住太阳。太阳落山时打开一把扇子，绘满奇幻的金光。我在飞机上俯瞰大海，海水蔚蓝无浪。如果海水颜色更浅一点，它就是另一个蓝天。我把海当成天不要紧，飞行员不误判就好了。海水看不到边际，把地球改为水球也很恰当。海水把云挤到了天边，它们成了不重要的泡沫。大海仿佛与天空一样大，没有东西南北，没有高山草原。海天相连处透光，覆盖弧形的穹顶。

天上有什么？只有云。雨和雪都来自云。滚滚云朵如白牦牛渡河，不见首尾。云朵缠绕飞机的肚子、翅膀和脖子，摸摸这只钢铁大鸟是不是真实的材料。飞机的翅膀如两把大镰刀收割天上的白云，割下的白云像麦子一样倒在天上却掉不到地面。飞机把一层白云割为两层，但割不掉大理石一般整齐的云的广场。

去德国那次，飞越一千多公里长的兴都库什山脉。它是青藏高原的印度河和帕米尔高原的阿姆河的分水岭。山岭荒凉崎岖，我觉得这些峰峦之间正回荡着塔吉克人的5#的乐曲。山头黑色的肩上披着白雪，如羊皮坎肩儿。那也美，荒凉崎岖之美。

八月的一天，我在飞机舷窗外见到了雪花。雪花大如香菜叶，落到地面可以拆分十几片。雪的斜线虚虚飞过，落在舷窗上，急速拉成牛毛细的水线，这是八月雪。天上的雪片往哪儿落？只有云朵接着它。云上能积成茫茫的雪野吗？云兜点小雪还成，雪多就驮不住了。它落下去，落到地面之前被风吹成了雨丝。我们的飞机像一头白熊在雪花里穿行，身旁全是白蝴蝶，我觉得把飞机拍下来蛮雄浑，它看上去非常勇敢。

天上看到的农田最美，小巧玲珑，匠心十足。从天上看工厂与开发区都不好看，一片疮痍。大地原本生长庄稼，畜养众生。工业化有什么好？得利的是人，而非自然。我猜想世界经历过许多次工业化，每一次都以毁灭世界而告终。世界耐心地从头再来，在荒砾上育出细菌和蕨类植物，生出水和植物，然后有人（不管是猴变的还是啥变的）直立行走。人掌握工具之后，便开始发展。他们的发展插上科学的翅膀之后就刹不住闸了，地球启动自毁装置，像小孩推倒了火柴棍搭的房子。地球上，单单是土已有多么珍贵，这是地球生物运化多少年积攒的可以长粮食的根基。单单是水就有多么珍贵，没人能造出一滴水。祸害耕地和河流的到底是一些什么人呢？刑法上不设立毁地、毁水的罪名，是一个大漏洞。把这两种劣迹从国土资源法和水利法中抽出来列入刑法定罪，人才老实。毁地、毁水的后果比贪污受贿严重得多。

六月落雪、七月落雪、八月落雪，天空对大地多么温情，不忍看河水断流，不忍看草原上矿坑密布。天空洒下雪花，是想为干涸的河床添点水，覆盖大地的疮疤。天等不及了，八月就开始落雪。

过青龙桥

青龙桥车站位于燕山长城的豁谷之间。如果说长城是龙，在青龙桥看长城，不如说此处的山是龙。山的这边、那边就是塞外与中原。山势起伏如痛苦挣脱，像把脚踝磨出白骨来淌着血水的大锁链。长城修在这样的山上令人惊心动魄，或者说只有这样的山上才应修长城。修了长城，就像天神一鞭子抽到北方的脊背上，这疼痛永不消失。静下心看青龙桥的长城，在仿佛连山羊都攀越不过的山上怎么能修出这样高峻的城墙呢？

旅客在换车头的时候下车徜徉，月台边上堆着一垛垛方正的青石条。这时，天上飘下小清雪。在苍凉雄峻的群山城堞之间，小清雪们极其羞怯，落在地上蹑手蹑脚，仿佛怕惊动了什么人。然而，犹犹疑疑的小清雪还是结成疏松的白网，洒在地上，毛茸茸的。有的雪花化了，也只是湿了那么一小点的地方。

这里面确实有一些不寻常。上车往前走，我才知道不寻常之处在哪里。

那是在山坳中，有两株杏花开了，一红一白，我大为惊奇。在北方，杏花不同于南方的梅花，与雪绝不同一时令开放。雪中看杏花，令人说不出话来。杏树只有人的肩膀那么高，是灌木似的山杏树，枝丫横逸。杏花只有十几朵吧。温婉的清雪在树干上融化了，树干变成湿润的深黑色，而仰着脸的杏花显出娇贵。这都是列车掠过那一瞬的印象。

在这雄浑的流了几百年的血的山里，仿佛应有锋镝过耳，马蹄把石块踏出火星。让苍凉的胡笳声飘在俯身而死的战士们的脊背上久久不散。在这里看到清雪中的杏花，令人触目惊心。

再次停车的时候，窗边的石壁已变为干燥的土崖。这是一个忘了名字的小站，土坡上露出新鲜的黄土，那是庄稼人用马车拉走填猪圈积肥用的。在没被挖走的土坡上，长着一片片寸把长枯干的小草。草色黄得如油画一般典雅，毛茸茸的。有一块草被野火烧了有磨盘大的地方，野火熄灭处一圈锯齿似的焦黑。似欲进欲退，那黑色非常触目。

铁 轨

我送阿如汉回赤峰，走过车站天桥的时候，从绿漆的木壁板的窗户里，看到了通向远方的铁轨。从这个窗口看，铁轨像白箭的河流，从脚下钻出去。

我喜欢看铁轨在远处转弯的样子，这使它更像一条道路。如果弯过去的铁轨被树丛遮蔽，感觉更有趣。火车将要开到一个很好的地方，那边应该有河与浮水的白鹅，老人站在石砌的院墙里的枣树下，向火车凝望。

车站只有两处地方阔气，一是站前广场，另一处是布满密密麻麻铁轨的站台。其间亮着红灯、绿灯，糙声的喇叭里传来铁路的神秘指令：洞拐洞进八道，然后是沙沙的噪声。我小时候，父母领我在午夜的新立屯下车，寒冷。我们高抬脚，横穿铁轨到站台上去，城市里没有灯火。喇叭里突然传出男声，说一串古怪的话，我学不了又忘不掉。大约是“喔噜喔哩，哩咚锵咚，咚，瓦里锵咚咚”。在冬夜里，显得十分突兀可怖，而且说完再也不语。我问父亲这是说什么，他沉吟少顷，说“跟火车司机说事呢”。

眼下这座天桥还是日本人修建的，木制。踏上去，“咚咚”地抖颤，却未垮，真使人感到岁月倥偬。六十多年来，有多少人埋头从这儿疾走，去远方或临家。

铁轨银白是车辆频驰的标记，而下面的枕木边上，仍有一蓬蓬的绿草。它无视于头顶隆隆的车轮，安闲地舒枝展叶。有些铁轨，只经一夜的雨水，就泛出黄蒙蒙的铁斑，好像说该歇歇了。在我的印象中，雪后的铁轨里黑辘辘的，是一道道包裹大地的绳索。

阿如汉现在已是一名商人，扛着沉重的货物在蚁密的人群中躲闪冲钻。然而他还是一个小孩儿，当说到货与款有所出入时，竟吓得脸色发白。

“舅舅，走吧。”阿如汉说。我们扛着货，到4站台等候开往赤峰的208次普快列车。

铁路的尽头

地图上，我的老家位于铁路的尽头。铁路修到这里不修了，或修不下去了，值得商榷。那时我还是少年，有一天背上军用水壶，揣上干粮踏勘这件事。

赤峰在地图上是个圆圈，代表铁路的红线止于圆圈。事实却没这么简单，铁路经过车站又修了挺远。这一段在地图上不应该短于一韭菜叶。我想象的铁路尽头是这样的：它修到一座悬崖上，下面是万丈深渊，不能修了。第二种情况在平原，铁轨无端地停在某一处，边上立一牌子写道——铁路修到此处为止，年、月、日。最后，那根枕木如同漫长的行军队伍中末尾的士兵，我觉得那根枕木一定像老兵。第三种情形是在铁路尽头立一堵墙。从这边看，铁轨好像从墙底下穿过去了，从墙那边看并没有。这都是我想象的，实际情形可能更好看。总之，铁路的尽头——富有诗意，跟蛮荒、雄壮、神秘都有一些联系。

那一天我踩着铁轨往西边走，反正也没火车了，随便走。铁路的方向对着一座山。我认为这个思路对头，铁路修进山洞里，才是它真正的归宿。火车可以在山洞里尽情歇着，像个仓库。我走了很久，大约十华里吧，铁路沿山跟圆滑地拐弯了。它为什么不钻进山里？它简直在骗人。铁路沿着山脚绕了过去，还往前修？不拉人到这里来干吗？多大的浪费啊！在地图上，它超过圆圈大约有两个韭菜叶宽了，纯属多余。我继续向前走，铁路顺地球的漫圆下坡了，一点道理都没有。走到这一处，看到野兔。一直坐在不远处看我，我追将过去捕之，这只黄野兔待我靠近才跑，当然比我快。非但快，它还坏。野兔钻进一丛灌木——待我冲进去才知道是荆棘。我像落在蛛网上的小虫被剐住了，衣服撕破两个口子。荆棘丛下面是蜥蜴的家，蜥蜴跳着冲进洞里，洞的嘴像吃面条一样把它吞进去。这儿还有大片的蓝莓。全世界没人知道这里有多到令人意外的美味的蓝莓。我盘桓一遭儿，再找铁路却找不到了。这是我所遇到的一个铁路失踪事件。既然星星在天空会失踪，简陋的铁轨也有这种可能。也可能没失踪，铁路派兔子引我于歧途。我衣衫褴褛回到家中，至今也不知所谓铁路的尽头是什么样子。

雅歌六章

一

山坡上，有一棵孤独的高粱，它的身边什么也没有，山坡的后面是几团秋云。高粱脚下的茇迹证明，伙伴们被农人割下，用牲口运走了。

那么，农人你为什么留下这一棵高粱？这是善良抑或是残酷，说不清。

高粱很高，兀自站在秋天的田野，样子也高傲。它的叶子像折纸一样自半腰垂下来，又如披挂罗带的古人。叶子在风中哗哗商量不定。我想它可能是一位高粱王。

山坡下面是一条公路，班车不时开过。这是高粱常常能看到的景物。看这样的景物有什么用呢？对高粱来说，此刻它最喜欢躺在场院里了。

观看一棵孤独的高粱，能真切地看出高粱的模样。我站在它身旁，拉着它腰间的叶子握了握，想到它的主人，那个割地的农人。

我手握着这棵高粱向山下看，如同执红缨枪的士兵。撒开的时候，心情有一种异样，怕它跌倒，但它仍站立着，很奇怪。

我连连回头，下山了。

几年后的一日，下午闲坐，忽然想起这棵高粱。急欲买车票去看它，并为此焦躁。像这样一件奇异的事情，我怎么能够才想起来呢？那一年的冬天，北风或飘雪的日子，高粱不知怎么样了，这确实是一种后话。

我想，我若是一个有钱的雕塑家，就在路旁买下一块地，什么也不种，只雕塑一棵兀立的高粱。不久，就会有许多人来观看。

二

我希望有机会表达一个愿望，然而这愿望很快被忘记了。今天的路上，我想起了它，并因此高兴。

赞美公鸡。

我很久没有见过鸡了，城里不许养鸡，菜市场一排排倒悬的白条鸡，不是我想看的那种。

古人愿意为世间万物诠释，即哲学所谓"概括"，并找出它们与人之间的联系。他们说，鸡有四德：守信，清晨报晓；斗勇，铩羽相拼；友爱，保护同类；华饰，通体漂亮。

我妻子属鸡，在本命年时，我把"鸡之四德"抄下送她。她除了"斗勇"一条之外，其他"三德"兼备，加上家政勤勉，也凑成"四德"。

我猜想"四德"的撰者在赞美公鸡而非母鸡。那么我再为它添上"一德"：好色，妻妾成群。

我原来漠然于公鸡的存在。小时候，尤戒惧于邻家篱笆上以一只瞎眼睥睨我的公鸡，它常不期然扑来啄我。

后来我暗暗佩服上了公鸡。

公鸡永远高昂着头，即使在人的面前也如此。脸庞醉红，戴着鲜艳的冠子，一副王侯之相。它在观察时极郑重，颈子一顿一挫，也是大人物做派。公鸡走路是真正的开步走，像舞台上的京剧演员，抬腿、落下，一板一眼，仿佛在检阅什么。当四野无物时，公鸡也这么郑重，此为慎独。

说到公鸡羽毛的漂亮，更为人所共知。"流光溢彩"这个成语可为其写照。尤其是尾羽，高高耸起又曼妙垂下，在阳光下，色彩交织，不啻一激光防伪商标，证明是一只真公鸡。

公鸡身边环绕四五只母鸡乃寻常事。它只要雄赳赳走来，自然降服了母鸡的芳心。用不着像男人那样低三下四地求爱，还不一定成功。

当然公鸡也有缺点，鸡无完鸡。做爱前，它将头垂在地面，张着双翅，爪子细碎踏动，喉咙里杂音吞咽。我不忍睹，肉麻。

前年我去新宾，见到了一只美丽的大公鸡。新宾是努尔哈赤的故乡，风情迥异别处，大气苍茫。那里，山势龙形疾走，山下河水盘绕而过，水质清且浅兮。人们的相貌多具满洲人的特点：宽脸盘，红润健康。

我在集市上发现了一只大公鸡，漂亮极了，体形也大于同类，羽毛霞映。我真想买下来，但不知怎样处理。我身担公干，而且涉及警务，不宜抱着这样一只美丽的公鸡拜谒长官，回到家里也不易抚养。

这公鸡无惧色地看着我，颔下的红肉坠一颤一颤。高贵呀，同志们！这是一只高贵的公鸡。

估计此鸡早已入镬。主人远它而去，不是嫉妒其贵族气质，而在于它不下蛋。人类对于鸡类的逻辑是重女轻男。

三

我喜欢这样的句子：“四个四重奏”。

我希望在交织与错落中完成一种美。

比如，我愿意有一幅与喜鹊们合影的照片。在我看来，光是一个“鹊”字就比“雀”字高级，如同“雁”比“燕”辽远一样。

在这样的情境中，我希望用“合成”来表达这种需要。不仅与喜鹊们合影，又同它们“合成”一种意蕴。

在月台上，我等待一位久久未归的友人时，希望身旁有两只喜鹊。它们站在我脚下，或在离我不远的树上都行，构成同一画面。为了热肠的感觉，我膝下要有一只黄狗，它的嘴与眼俱黑，蹲在暮色的月台上。

就这样，我渴慕喜鹊。

曹孟德苍凉吟道：“月明星稀，乌鹊南飞。绕树三匝，何枝可依。”诗好，但我对用“乌”来状鹊有些不满。

我喜欢过比亚兹莱黑白画的装饰味道。此刻知道，喜鹊才是高超的黑白版画。

在克什克腾，目睹喜鹊在枝上落下，无疑属于吉兆，喜鹊的尾巴像燕尾服，在枝上翘了几翘，优雅。

美丽的喜鹊，版画的喜鹊，我们来合一个影吧！我已厌倦了人与人之间站立一排、咧着大嘴的合影。

四

西班牙音乐中的响板。

安德捷斯用吉他弹的《悲伤的西班牙》，旋律深情婉转，旋律线下行并顿挫，拉丁风格往往戛然而止，女人骤展裙裾，男子转腰亮相。令人想起他们对于古罗马雕塑的景仰。

在这首曲子中，两段之间的过渡是一串响板，嗒哒啦嗒。最后的一个“嗒”音，如静夜醒板，似画龙点睛，没有它是万万不能的。

嗒哒啦嗒，旋律再次演奏。

我反复听这首曲子，是为了与这一声响板遭逢。佛家所谓“醒板”，是为了使人开悟。我悟了，嗒哒啦嗒。

五

三相是我朋友，他是北京人，祖父和父亲都是名医，后来蛰居小城。

三相漂亮，脸膛白里透着浅红，黄而略灰的瞳孔散发着俄罗斯式的热情与豪放。当然，他是北京人。

我们小时候在一起玩过。交情却不深。后来他喜欢上我了，其中原因我不清楚。他很纯洁，而我孤独。一般地说，人们不喜欢我。

这其中有一个原因在于，三相是聋人。他小时候，常用弹弓射击燕子。他奶奶告诫过他，不能打燕子，不然有灾。但三相还是把屋檐下的燕子打下来了。

“这是母燕子。”他对我说。母燕的遗骸在手上微温，羽毛的黑色里闪着异样的绿宝石般的光彩。

后来他聋了，说是游泳时耳朵进了水。这病连他爷爷都没给治好。

三相聋了之后，就很少跟别人交流，因而他奇迹般地保留了北京口音。在我们那里，说普通话是受人讥笑的事情。然而，三相耳朵听不到别人的声音，依然满口京腔。

三相因为聋了，依然保持着儿时的语言系统，他不会骂人，因为他没听过骂人的话。我们说“果家”，他说“国家”；我们说“三卯”，他说“三毛”。我们很佩服他。

冬天，我和妻子迎他进门，他从颈上绕着摘下紫红的围巾，那双黄而略灰的眼睛炯炯闪烁，讲述他关心的事情。

三相跑得极快。在学校的运动会上，他听不到发令枪声，看到别人跑出去之后再跃出，往往跑到第二名。

我搬家的时候，好多家具都处理了，但我没舍得处理那个书橱，这是三相打的。长大后，三相是一个木匠，我在大雨天推回这个书橱。它至今仍在我的房子里，成了女儿的书橱。

我希望三相到来，说一口北京话，眼睛炯炯有神。但是，到哪里去找他呢?

三相姓张，其兄为大相与二相。他姐二朵，是我姐塔娜的朋友。他小弟四相，堂弟五相。

六

我居所邻近有一所小学。

每天上午九点半或下午三点，孩子们从教室里拥出游戏，我的耳边便灌满欢呼。

在这片欢愉的声浪里，许多声音汇在一起而变为“啊”的潮音，偶尔有一两声尖叫，也是由于喜悦而引起的。

孩子们必在校园里奔跑环绕，他们不吝惜使自己的声音放肆而出，感染着街市，感染着像我这样坐在屋里的人。

上帝生活在大自然当中

如果有人想寻找上帝却找不到，我向他提的建议是——到野地里寻找吧，上帝生活在大自然当中。

上帝喜欢大自然吗？是的。上帝如果不喜欢大自然，地球上就没什么值得他喜欢的东西了。况且——我们以渺小的人类的思维推理一下——假如上帝也需要一座休息的房子、需要一处院落的话，那里应该有树和树荫、花朵和泉水，有小鸟鸣唱以及松鼠鬼头鬼脑地爬到树顶上。那里的空气好一些，河流没有污染。这个地方在哪儿，叫什么？我们不必猜它的地名，如泰国的清迈、美国的贝格力溪谷，它只是大自然而已，是自然的一小块。上帝不超重，不需要占用过多的土地。

反过来说，上帝生活的地方不会是上海，也不在杭州和广州。上帝难道会住楼吗？坐地铁倒出租车上天堂开会，不会吧？在有楼盘的地方，大自然正在灭绝。我在北京一个叫马兰里或马里兰的地方住过几天，这儿有一条河，而且有哗哗的流水声，月亮照在河里的落叶上蛮有诗意。天亮了，我跑步发现这条河像蚯蚓一样被截成几段，截断的地方填土造出了房子。截河的地方之一盖着我正住的宾馆，它不是一般单位，我们姑且把它叫作据点吧。河原来活着的地方，现在是别墅或宾馆、会所与会议厅，平时没人，偶尔有人开开会或打打球。

被截断的河已经死去，所有死的东西都发臭。这条被截成池塘的河正在发臭，哗哗的水声从何而来呢？是一个伞形的喷水器把水抽出来再喷出去。这地方没有上帝，只有流浪猫和在草地上双脚一起蹦着走道的花喜鹊。

如果有上帝，他一定不年轻了，没听说上帝年轻。我觉得上帝的年龄应该比圣诞老人还大一些，之后他的年龄不再添加。“天增岁月人增寿”这话说的不是上帝，是我们，他到一定程度就不再老了。身体健康、目光明亮、头脑清晰的上帝不喜欢住在城里，他喜欢乡村。但乡村正遇到一些陌生可怕的生物学名词，譬如血铅量——人血液里的含铅量超过阈值，血铬量、血钼量。俄罗斯海关经化验退回的中国大米、小麦、荞麦的铬量和铅量都超标，用来喂牲口都是一种残忍。中国烟草总公司回应中国烟草重金属超标的质疑时说，烟草不会比粮食所含的重金属更高，因为农作物生长在同样的土地上。种这些烟草和粮食的地方不会有上帝，尽管那里也叫乡村。

森林减少、草原荒漠化、河水断流、石山刷绿漆冒充青草，城市太逼仄了，上帝到哪里生活呢？故宫爱招小偷，不能住。哪儿还能住？我觉得上帝那么聪明、那么朴素，一定有办法解决这个问题。他可以变身一只鸟，在屋檐或电线杆上过夜。没听说有人到屋檐和电线杆子上骚扰住客，那里清静一些。上帝还可以变身甲虫，到北京或广州的植物园住一个夏天，那里跟大自然差不多。如果上帝在各地警卫局有熟人就好办了，省会城市都有安排大领导下榻的宾馆，归警卫局管理，那里才是天堂。

路有走不完的路

比行路者更远的是远方的路。赶路的人独自跋涉，他抬头四望，看群山静立，旷野孤寂，松树在自己的影子里休息。在行路者前面继续走的，只有路。

路在山腰爬行，在平原奔跑，在山顶上瞭望，路的体能比山还好。赶路的车进城市里休息，旅人在路上回家；路仍然在路上，它的尽头是穿行不尽的尽头。

路像人的心念，像一卷铺不完的地毯，一直往前铺。让念头碾过荒凉和沙砾，自己催自己走。

路载的并不是自己，是行人车马。路只想变成更远的路，如同行走只是行走。路看过更多的荒凉。

一川乱石大如斗，寂寞野花战场开，这是路边风景。路看到孤松把石崖撑开裂纹，飞鸟从峡谷流过。高处的白云从路上撤退，去追赶山的转弯。

路在路旁休息，靠着石壁，因为江水咆哮而失眠。路在夜里睁大眼睛，却辨不清江对岸的山峰。

路看到的景物不光山水，还有四季。春天，野花从低处渐渐爬上山坡，摊开自己的毯子。鸟儿的声音很小，口里仿佛含着草籽。春天的风在峡谷里冲撞，拍醒冬眠的树木。夏天的野草挤满了除了路以外的一切地方，草是夏天的传染病，让土地充满生的欲望。路所看到的秋季不光金黄，还有天的明亮，秋江如琉璃一般省略了波浪。冬天不是一个季节，是季节撤退之后的空寂，风雪前来驻扎。当草木的起伏和平坦消失之后，保留生机的只有路。

路没有雄伟、没有花开、没有庄稼的河流。路只有漫长，路有走不完的路。路常常疲惫，路被无休止的延伸所困扰，为弯曲而晕眩，路是自己对自己的束缚。

从天空俯视大地，最生动的是那些路。数不清的路平直、消隐又出人意料地出现在山巅。它们没有们，只是一条路。路会分身法，把自己撒开，看庄稼、看河水、看青蛙和树叶里藏着的小鸟，而后收拢，变成一个箭，穿越隧洞。

路纯朴，路没办法不纯朴，它们每天都风尘仆仆。风暴露了它们身上的骨头。鲜花开不到路上，路与娇柔无关，路每天都锻炼筋骨。

路在奔走中增加体力。路不是青年，也不是老年。它只比农民工年轻一点。路身体好，它暗地里欣慰自己好就好在身体。多好的身体遭多大的罪，遭吧。路把奇里古怪的坏心情扔进了山谷，路是情绪的主人。与快乐相比，它更愿意选择平静。平静而后担当，才遭得起罪，也享得住福。路说，路不过是朴素、是遥远、是强壮，路有永远走不完的路。

找到了跑步的地方

我出门在外先找跑步的地方，和蔼可亲地问旅店女服务员：你们附近有没有公园、学校呀？

有则狂奔之，无可将就矣。我在西伯利亚的公路上跑，大卡车开得野蛮。跟它反道跑，让它先看到你，穿鲜艳点。我在藏区海拔四千米也跑过，明明大力，腿却迟缓，很搞笑。

德国古堡名独逸学院。古代德皇招一帮小孩来此独逸——独身、适意、静修——操习音乐、美术、文学。学院路面是面包大的石块铺砌，二百多年了，边隙蓬草。不好跑。而堡下公路上有汽车——德国对车不限速。漫游间，见一小路通向树林，太好了。这是笔直的砂石路，禁汽车，简直是为跑步、散步者开辟的路，直到永远直，六公里到头是一个湖——水源地。不担心迷路。

跑啊跑，如果不跑身上难过。大树二十多米高，小树是次生林。伐下的木材堆在路边，已灰白。这时早五点，林中鸟唱，想起莎士比亚作词、舒伯特作曲的歌《你听，你听，云雀》，这首歌和《土拨鼠》《洛莱特》一样，在德国家喻户晓。我本会唱，让鸟鸣把调带跑了。我是C调。它们是降E调，跟宋祖英一样，唱不到一块儿。路边有避让敬重松鼠的标识，没等让，它先跑了。风吹，松塔啪啪掉下，铁一般黑。在这儿跑心旷神怡，空气洗肺清新。

来德前，媳妇拉我买了一身新运动服，我不便反抗。出门穿新衣有如乡村礼仪，展示新我，傻而可爱。她给我买的T恤蓝底白字 run to save energy，我俩都不知其意，一定不是骂别人和自己的话。到飞机上及德国大街，人见此字，对我起敬意，从表情看得出来。什么字呢？小女鲍尔金娜短信告诉我，意谓“跑步节省能量”，引申义为身体力行、节约能源。这样的意思在西方受待见。如今西方首脑到中国访问，内容也有你承诺减少多少碳排放量，我给你多少好东西。即你对地球好，我才对你好。

节省能源和保护环境正相关。然而报上说印度的污染大户是一百万头牛和家畜，它们放屁，屁中甲烷造成温室效应。屁来自它们吃的草，你不让它们吃草难道吃冷面吗？专家正研制不放屁的饲料来喂牛。其实配方美国航天局早就有。宇航员饮食绝不放屁。屁可引出爆炸（甲烷）。矿工是不是也要少放屁？也就是说，美国航天局是全球对屁最有研究的科学机构。苇岸生前劝我作文千万别写屁，又写了，不高雅。

前天去斯图加特街里转了一圈儿。感觉德国把三个世纪叠加于一体。他们的乡村山脉全是森林，如十八世纪之田园风光。城里街道是十九世纪，老房子或照老屋修的新房，二三层楼，清净悠闲。地铁轻轨站（地下）如超市一样大，是二十一世纪，潮人、朋克、嬉皮士可杀不可辱全出现，美国文化极为鲜明。

三个世纪叠加的概念是平衡。环境和经济发展平衡，国力和国民收入平衡，森林（空气、生物多样性）和城市平衡。我没看到耕地，粮食可能到第三世界买。文明程度和福利平衡。富裕程度和治安平衡。这些浅见，领导人早知道，知道好多年了。中国慢慢撵吧。咱们有些地方是一个世纪。西部贫困地区基本是秦朝，我老家赤峰相当于南方改革开放头十年。一些大城市在“墨西哥化”——失地、失业农民涌入城内，城市人口膨胀，城市功能丧失，潜藏危机。

森林里这条路有车辙，中间是巨大的马蹄印，像伟人的足迹。见到一个用巨木凿出的长座椅。森林深处有什么呢？不敢去，怕进入另一个世纪——十二世纪，条顿骑士骑马杀头，长沙话叫搞不赢他们。

如有人问我：你跑步时想到了什么？我答洗衣液，这玩意儿要到城里买，我不知道怎么进城。

我的鞋已经累了

忽然看到，我的鞋已经累了。

它在门口的水泥地上，和地毯上的拖鞋隔一道门槛。拖鞋天生有悠闲相。

我把皮鞋上的灰土拂掉，它仍然透露一种风尘仆仆的样子，鞋帮鼓鼓囊囊，鞋尖翘起，底有些偏。总之，我说不好它的表情，大约像一个采购员、车老板或精明倦怠的菜贩子。

我不是坐车的那种人，也少骑车。除了跑步，我喜欢在桑园的腐殖土上踩过，嗅那里的香气。我的双腿已如南怀瑾所说“走透了”。走透了之后，就感到自己成了另一种人，高攀地说，我已经能够读出惠特曼和泰戈尔诗中匆匆的脚步声。

寻几个盒子把鞋放进去。你们睡吧——我对鞋说，这几天，我哪儿也不去了。

每个人理应赞美一次大地

每个人理应赞美一次大地，那是他们最终要去的地方。

但我们好像要想一想才想起什么是大地。它不是水泥地（水泥是大地的禁锢），不是楼房（楼房并不是土地长出来的东西，而是政府与商人合造的商品）。大地也不是街道（地在街道底下）。大地是长庄稼的地吗？

长庄稼的地叫耕地，它是大地的一小部分，可以养人，古人称为田。大地并没少，耕地却越来越少，人类开始在耕地上盖楼，吃饭的问题以后再说。大地上有村庄吗？有，但这是过去。过去，村庄生长在大地上，长在河边，像大地上结的一个葫芦。现在村庄已经荒芜。如果村庄可以衰老，如今它们正在衰老。农人的门锁了好多年，院墙废圮。村庄的主人去城里打工，村庄由于缺少人气而老态毕现。没有鸡鸣犬吠的村庄老得最快。而另一些村庄是被活生生消灭的，政府让乡民进城住楼，把他们腾出的村庄下面的土地用作工业用地和商业用地，总称“发展”。在没有露水、鲜花、青草和小猫、小狗的地方总有一样东西旋转，这东西说不出名字，只好管它叫“发展”。

大地还在——其实人说出“大地还在”这话是可笑的，大地不在谁在？——但有时找不到它。想念大地时会想到遥远的地方，如新疆和青海，似乎那里才有大地。或者在计算机的搜索引擎上录入“田园”“庄稼”“湿地”“保护区”这些词语，收看大地的图片，在上面看到野花和绿草，总算见到了大地。假设我们在城里看不到大地——楼房和水泥地面屏蔽了大地的表面——郊外应该是离大地最近的地方。去了之后，见到了什么？

郊外还在，大地又不在了。我去过的许多城市的郊外堆满了垃圾，可叫垃区或圾区而非郊区。人太能生产垃圾了，城市镶着一条垃圾的项链，城边的垃圾山中间是失地农民住的出租房，所谓大地被压在这些垃圾下面。一些没有垃圾的城市郊区也看不到大地，人们造出一条假的河流，水泥衬底，用水泵抽水、吸水。这是像假唱一样的假河，两岸栽种鲜花、绿树，但这不是大地的样子，它们不自然因而不属于大自然。

我庆幸我见过大地，比如今的儿童幸运。大地有田但不全是田亩，有荒野、沙砾与河流，野草、树木、动物和昆虫是大地最早的居民。落日好像点燃了一万个柴火垛，月光洒在铺着细沙的河滩，风里有柳树的苦味、河水的腥味、野兔粪便和狐狸的骚味。大地上野花盛开，颜色淡，好像鲜艳会惊扰大自然的庄严。大地无所谓好不好，对草木动物而言，从来没有不好。虽然大地冷冻，动物们缺少食物，但这不是大地不好的理由。大自然不追求公平华美，它的规律是自然而然，此中有和谐。大地从来没想过它会成为最大的商品，成为被排污、被盖楼房的地方。大地原来是人的墓地，如今它是它自己的墓地。

赞美大地，它包容一切又生长一切，不排斥一切好人、坏人在此生活并死去，大地有办法降解一切废物并把它们变成万物更生的养料，给每一样东西赋予新意。人与动物的遗体被处理干净变成青草和土壤里的微尘。大地松软，人们虽然看不清大地的脸，但一年四季它有不同的表情。春天，草木开花分明是大地笑了。月光下，大地静谧如霜，这是大地入睡的表情。

人们爱说“走什么样的路，到哪里去”等，其实最终都要走向大地，这是所有人无法回避的前程，但常常叫作归宿。那么，为什么不事先关注一下大地、赞美这最后的归宿之地呢？大地辽阔，冬去春来。尽管大地之上有丑陋的建筑，但大地时时都在我们脚下，这件事毫无疑问。能够让花开放的是大地，让人得到最后安宁的也是大地。大地超出人的视野，它的身影如同落日的黄金射线。

钟声

在音乐中，离生活最近的是钟声。换句话说，在生活与劳动产生的音响里，唯有钟声可以进入音乐。

人常常把钟声当作天籁，它悠扬沉静，仿佛是经过诗化的雷声。在城市上空，在由于烟尘环绕而使太阳一轮金红的晨间，钟声有如钢琴的音色，让半醒的奔波于途的人们依稀回忆起什么。像马斯涅的《泰依斯沉思曲》，不是叙说，而在冥想。人们想到钟声也刚刚醒来，觉得新的一天的确开始了。在北方积雪的早晨，钟声被松软的、在阳光下开始酥融的雪地吸入，余音更加干净。有时候想，倘若雪后之晨没有钟声，如缺了些什么。索性等待，等钟声慢慢传过来。这就像夏日街上的洒水车驶过，要有阳光照耀一样。

钟声可亲，它是慢板。它的余音在城市上空回荡，比本音更好听，像一只手，从鳞次栉比的屋舍上拂过，惊起鸽子盘旋。如果在山脚听到古寺传来的钟声，觉得它的金属性被绿叶与泉水过滤得有如木质感，像圆号一般温润，富于歌唱性。当飞鸟投林，石径在昏暝中白得醒目之际，钟声在稀薄的回音中描画出夜的遥远与清明。在山居的日子里，唯一带不走的，是星星，还有晚钟。

在晚钟里，星星变大了。每一声钟鸣传来，星星一如激灵，像掉进水里，又探出头。那么，在天光空灵的乡村之夜，光有星星而无钟声，也似一种不妥，像麦子成熟的季节，没有风拂积浪一样。

如果用人群譬喻，钟声是老人，无所谓智慧与沧桑，只有慈蔼。那种进入圆融之境的老人其实很单纯，已经远离谋划，像老橡树一样朴讷，像钟声这么单纯。自然，这是晚钟，是孩子们准备了新衣和糖果，焦急等待的子夜的钟声。在昼日，钟声是西装尚新、皮色半旧的男人，边走边想心事。总之，随你怎么想，钟声都能契合人的心境。

一个没有钟声的城市，是没有长大的城市。在喧杂之上，总应该有一个纯和的、全体听得到的静穆之音。

每个人都欠地球的债务

以碳排放量观察人类的活动，会看到许多不公平或者叫愚蠢。比如说，人看一朵鲜花好看，看也就看了，鲜花不会长到你头上，你也变不成花站在泥里。而如果大施技巧，把彩缎织上花之纹样，穿在身上，实在不必要。穿了花衣服的人仍然是人而不是花，而彩缎的产生，也是碳排放量的产生。

鲜花的彩缎仅仅是一个小寓言，人类自作多情的事情多不胜数。二〇〇八年，我应德国外交部邀请，驻访斯图加特一个月。这里是大众、保时捷和宝马的故乡，但街上的车并不多，比人们想象的少得多。斯图加特的市民不是买不起车，他们认为——只为了一个人或两个人的出行开一辆车上街，有悖环境伦理，太嚣张、太过分了，付出太多的碳排放量。所以，当你来到斯图加特的地铁和轻轨站，会发现人比罐头里的鱼还多。汹涌的人流在公共交通工具里面，减轻心里挂念的欠地球的债务——排碳。

在那里，我明白了小气的德国人在所有灯座上安装节能灯的缘由——减少碳排放，也明白他们夜晚的城市常常没什么灯光，像防备空袭一样，都是为了减碳。灯光通明的城市有什么好？给谁看？通明的代价是什么？

如果灯光通明的代价是个人多支付电费，或商家、政府多支付电费，那只是小代价。大的代价也是不可逆的代价是煤转化为电，大量排碳，无辜的地球承担了太多的温室气体。

在斯图加特，许多人骑自行车飞驰于绿色的乡野，他们宣扬的实为一种新道德，即出行不排碳的道德。如果道德可以分为大道德和小道德，小学生见老师敬礼只是小道德，随地撒尿也只是小的不道德，最大的道德是人对地球的责任。俭朴是长远的美德。

责任这个词非指人建设地球，千万不要再对地球施以建设，责任是说人对地球生态的尊重，核心是减少碳排放量。人活下去，也让地球活下去。责任的含义还包括：减少、延缓以及停止人对地球所欠下的高额债务，人人过一种少碳或无碳的生活。

从这个思路说，人可以检点的地方太多了。举例说，我长期使用打印机纸的正反面，跟钱无关，跟环境有关。人之写字，已经有些多此一举，白纸只用了一面就扔掉，未免可惜。还有，我卖报纸的时候，捎带好多纸盒，如牙膏、药的纸包装盒。为此，我受到收废品人的讥笑，他们说，一百个牙膏包装盒也卖不了一块钱，你怎么这么贪财呢？随他们说，我心里有数。这些小包装如果随垃圾扔掉，将身陷万劫不复之地，卖纸，还可以化为纸浆再利用，背一个“吝啬”的骂名值得。这些零零碎碎的小纸盒曾经是树，凭什么躺到垃圾堆里？

当然，这个话题可以越说越大。我的一个朋友承包了辽宁大厦的垃圾，垃圾有什么值得承包的呢？因为这里每年有无数次会议召开，垃圾口每天吐出散会之后的小山般的会议材料，A4 或 B5 的纸张。少发或不发材料，让写材料的人写得短一些都属于美德，也算公益事业，都符合人对地球所承担的伦理责任。

排碳，当然不只是坐小汽车、点白炽灯、扔掉牙膏包装盒和材料写太长造成的，过度的衣、食、住、行都导致过量排碳，这只是就人的生活而言。而经济格局里面落后的设备、多余的产能正在导致更多的碳排放。

这是一些看得见的现象，人们心里都明白，只是还没有形成减碳的习惯，因为我们还不觉得多碳是极大的不道德。

北陵：人民的绿

北陵者，昭陵之谓也，皇太极与福晋孝庄文皇后的寝地，老百姓叫北陵。它在沈阳的皇姑区——全国城市区名当中，皇姑名起得多好，像写大文化散文的人起的。它毗邻省政府（张学良建东北大学旧址）、省军区、沈阳体育学院（汉卿体育场旧址）以及按苏联图纸建造的辽宁大厦。厦内的走廊、举架高而阔。人说青岛地下由德国人修造的下水道并排过得去两辆坦克，辽宁大厦的走廊过一辆国产奇瑞没问题。

陵寝在北陵内只占一小部分，周围包着大片的树林、大人工湖和绿地。十多年前，北陵几乎是沈阳城里唯一的绿地。有一年五一，街上杏花才落，地透微绿，全沈阳（或许全省）的家长都带孩子上北陵来了，包括我们一家三口。自北陵正门往西的泰山路人行道上停满自行车，宽五六层，延长五百多米，直到辽宁大厦。阳光下，镀铬的自行车把和铃铛皮银光闪耀，五六层宽，五百多米长的自行车方阵，太壮观也太吓人了，存车人不知赚了多少钱？那天我想，沈阳到底有多少人，有多少自行车？美帝苏修打进来，光骑自行车都能把他们轧死。那一天四五点，人陆续撤了，所有的土地都留下了大小脚印，残破的花枝和雪糕纸触目皆是，小草只能等待明年再发芽了。这个重工业基地如此缺少绿地花草，它是个超大型的车间，装满了工人与设备。政府从来没考虑过工人还需要绿地、需要人工湖和花。工人嘛，倒也不觉得需要，这辈子就这样了。但他们觉得他们的孩子需要，都领到北陵来了。

如今沈阳的绿地多了一点点（统计数字的绿地面积在郊外），减少了北陵的压力。某位省长取缔了陵内的商贩和马戏团，现在里边宽敞也干净了。

北陵后面有大片的两百岁以上的红皮落叶松，高大轩昂，脚下的落叶也应有二百多年了，但厚度正常。在这里走一走，如赴古代，吟诵汉唐诗词均无不可。转一圈儿，一小时出不来。想，沈阳六十年中能保留这么一片复古松林殊不易，不知有多少机构霸占未果，感谢皇太极贤伉俪上大人。

早上到北陵，不能不承认这里就是人间乐园，每个人都在这里乐。跳舞分十几个场，拉丁最可观。男的紧身裤，女的露背装，岁数不大，四五十岁。他们在放荡的南美乐曲中昂首进退，闪展奔突，身上的小病小灾抖一抖就没了。湖边打太极拳的各有山头，谁也不服谁。阵容最大的竖一面红旗，写道："太极拳好——邓小平"。估计不是小平专门给这帮人题的字，但他们认为是。旗下拳手过百，领拳师傅胡须比沈钧儒漂亮，松肩沉肘，架子稳。

北陵里面有大道，道旁接近石兽前的空场是晨练的秧歌场。扭秧歌通常是一人跟在一人后面舞扇挥绸，形成一条线连成的圆。这里人多，变成五六排、十几排队伍一起扭，归成圆。那片空场，七八个圆阵在移动、变幻，无一寸空地。也就是说，黑压压的老年人在扭秧歌，各自听得清自己阵营的乐曲和锣鼓点。把这阵式叫作波浪、战阵均贴切，搬到天安门广场新中国成立庆典上扭一扭都不给国家丢脸。秧歌语汇先天轻佻，小碎步、眼神动作招摇，但气势磅礴地扭过来，就成了古斯巴达人的冲锋队，抒发的全是产业工人的正气。这些人老了。东北人个头高，配上白发和关节僵硬的步态，感到工人身上藏着一辈子的力气。

北陵晨练人的玩法多不胜数。练武术的人诡秘，在僻静地方比画，像偷着搬运东西。有人无端地抱树，脸（男左脸女右脸）贴在树上，抱一小时。踢毽人矫健，男女合伙，口出呐喊。打羽毛球的人一般不知自己练啥，才进园，拿着球拍东张西望。拿拖布水笔在水泥地上写大字的人写毛泽东诗词和小学课本的古诗。拿这种笔写普希金和阿赫玛托娃的诗似乎不像话，写但丁的诗几乎就成了反动标语。跳大绳的也是人山人海，靠边两人手摇一根或两根粗麻绳，人排着队鱼贯钻入钻出。我见过一人跳两根绳，左闪右挪，秋毫无犯。退出绳，他原来是个瘸子。瘸子，绳却跳得这么利索。如果上帝关上一扇门，一定会打开一根绳。

我在陵后看过一位捉蝴蝶的小伙子，至今记得。陵后人少，灌木的白花、黄花初夏全开了。一个小伙子手举抄网来回跑。他眼睛看着天空，看一般人根本看不到的特殊种类的蝴蝶。他东跑几步，西跑几步，停脚，往上看。他的心思全在蝴蝶或者说天空上。那天，这个小伙子一只蝴蝶也没捕到。但我觉得这种活动方式很好，对颈椎尤其好。与他交谈，知道小伙子是夜班烧锅炉的。他对自己的工作特满意，可在白天捕蝴蝶制标本。他说话声音小。如果蝴蝶会说话，声音也大不了。我后来找他，几次都没见到。

陵后还有一个乐事——赏松鼠。几百棵古松之间，有一群松鼠。老头儿、老太太早上揣花生米喂松鼠。它们双手捧花生米吃，很郑重。松鼠跑起来见不到身子，只见尾巴跑。它们有一绝技，头朝下从几十米高的树上跑下来。我觉得此事值得物理学家考量。按重力定律，松鼠从树上往下跑，应该跑不了几步就会掉下，它怎么能跑到底呢？它的速度超过了自由落体的加速度？松鼠故意气牛顿？一切皆有可能。

北陵的雄浑、阔大、隐秘，永远无法尽知。这里有人民的绿，是健身者的天堂。

辑 五

从立春到大寒

雨下在夏至的土地上。

大地母亲一手拢过雨水的子女，一手拢过草木的儿孙。

这时候，大地最高兴，像看见满院子孩儿乱跑，天真无赖，比秋天的成熟还好看。

立 春

在赤峰，看不出立春是怎么立的，物候还在冬天的范畴里。登南山却不同，杨树的枝条透出玉石般的青白，枝条仿佛直了。枝条怎么能直了呢？一、是不是枝条水分多了？地还没化，水分何来？二、枝条里钻进了一种神秘的东西，人称它为春。树管它叫什么呢？这是一种动的，可以叫作阳气的、膨胀的气氛吗？枝条里进驻气氛了，好像连语法都说不通，姑且这么说吧。杨树的枝条根根拔向天空，委实与冬日不一样。像一个没糊红纸的巨大的灯笼的竹骨。风如老鼠一般从地皮划过草丛倒伏于地，沟里的草还保留着去年秋天被雨冲刷过的纹理。枯草在立春之日看上去接近时尚的色调，如同小米一样温和的黄，这是高级衣装的色调。松树荫蔽下面的枯草里藏着雪。没化干净的雪有鸡蛋大，它的白与草的黄构成另一种时尚的格调，如同女士风衣与手袋的搭配。

风吹过松树，松针把风分成万缕。风被松针梳过后变成了粉丝，发出低沉的“呜”。冬天听不到这样和畅的风声。风在冬天尖厉，吹在高天。立春这一天，风贴着地皮缓吹，吹一吹小丘陵和小鱼鳞坑。一只野雉从灌木里飞起，头和长尾呈一条直线。野雉似乎不需要这么长的尾巴，是它身体的一倍多，飞起来身上如同别着一根箭。风如果把南山吹一遍约要一天。它的沟壑如城墙壁立，布满裂缝。风吹进去再钻出来，是个慢活儿。南山栽着很多小老树，二十多年树龄，树干只有拇指粗。树的枝干虬结，如老梅。它们若是梅树该多好。我想起台静农画的梅花，一朵一朵，都是圆圈画上去的。虽雷同，却不呆板。中国字画可看出心上的慢。好的书法，即使如草书，也是慢慢写出来的。怎样的慢法，各自有各自的功夫。

站在南山看赤峰，原来的城市像一个簸箕泻出的米，从南山泻到英金河就到头了。现在，城市变成了一趟川，东西望不到边了。南山好像矮了。“好像”的原因是主政者在山顶盖了一座塔。是谁这么手欠，非要在山顶盖一座不伦不类的塔呢？山头即山首，亦为山的咽喉，盖上一座塔会怎么样，会预防地震吗？怎么看都不好看，不是地里长出来的东西怎么会好看呢？

赤峰的小城位于南山北麓，英金河南岸。小时候，虽未听过陶渊明与陶潜之名，但常常体察悠然见南山的意境。赤峰人从未产生过愚公的想法，欲挖掉南山以期发展。我们知道，谁也挖不掉南山。此山的土堆起来还是一座山。挖山只不过给山松松土。儿时，我们登山，只为俯瞰一下赤峰城，看街道变细，楼房缩成高粱米粒大小。成排的平房如同木梳齿。这比什么都好看，我们常常看得发呆，并为下山钻进木梳齿般的房子里睡觉而感惊呆。南山没有树，一年四季都是黄山，下完雨是深黄山，冬天黄得发白。干部和学生会在春天里的某一天扛着铁锹上山栽树。上午上山，下午下山，下山回望小树苗。因为这些树苗不久便会旱死，看一眼，少一眼。第二年，这帮人继续上山栽树，在哪块坡栽树都可以，哪块地都没树，空场有的是。但我不明白头一年栽的死树咋看不着了，谁拔走了吗？没人回答这么无趣的问题，大家只管栽树，栽完树发汽水，一人一瓶。

现在南山有树了。立春这一天探查，碗口粗的松树长了好几坡，冬天的黄土坡被墨玉般的松针盖在脚下。树根拉住了流失的土，沟壑停止了裂纹，沟下长着金黄的草，如同一条牛毛色的小路通进山里。立春的天空蔚蓝明净，云彩只像信手刷上去的白涂料，有扫痕。云层如果再厚一些，我猜想云的后面躲着鸟群的阵营。立春了，接着是雨水，小鸟该回咱们北方了。回来的候鸟先在云彩里面歇几天，适应一下环境，然后俯冲下来，带来花朵和青草。

说立春这一天，人体的阳气萌动。我下山，在路上见到三位红脸人士，他们的阳气堆在两颊。我见到一人倒着走，阳气多到用不了，正着走路已经使不上劲儿了。喜鹊抽动好像沾了白漆的翅尖，树上树下忙，像一个搞卫生的人。

大路宽广，行人不再戴冬日的帽子，有人开始敞开羽绒服的衣怀，阳气从肚子里往外冒。电线还没有返青，但水泥电线杆子已经像杨树那么白了，仿佛吸足了水分。我没看到河水的情形。赤峰的北河套光有套，没河了。以后看河要在电视上看，自然离人类渐远，我们要做的事是借着一个古代留下的节气的名字幻想自然，比如立春。

雨 水

二〇一五年雨水节气在乙未年正月初一，赤峰市区的气温 –9° ~ –6° ，西南风 3~4 级，湿度 15%，晴转多云。

原以为雨水这天会下一点儿雨，譬如地面见点儿湿就好了，但老天爷没这么安排。随即想到，凡事不可望文生义。姓王的人并不都能称王，姓马的人跑步可能不快，但不妨碍他们继续姓王姓马。雨水，是上天赐给节气的一个命号，它的大名和小名都叫雨水。

对雨的称谓，有雨、小雨、大雨。而更庄重，可与上天相配的称谓叫雨水。雨水听上去比雪花流畅，比谷雨水多。雨水节气里能不能见到雨不是重点。这一天，柳树树冠的色泽与枝杆已有不同。树冠在褐色枝干的上端露出微黄。趋近看，什么都见不到，远观才分明。柳树此刻比人更明白雨水到了，做出雨水才有的样子。人看不清柳树到底是什么样子，天却看得清楚。好比说，人看草长得全一样，羊全一样，蚂蚁全一样，但它们各有各的样，全不一样。柳树这么多情，怎么会在二十四个节气里全一样呢？

南风吹过来，如同要把寒冷吹回西伯利亚去。走路时，石子随鞋滚出很远。这些石子头几天还被冻在土里，现在随着鞋的搬运到四处玩耍。这一天，所有人家的日历上都印着两个字：雨水。那么，北方人一冬没见过的春雨在日历里成串下起来。雨先在日历里降落，然后落在土地上。

在雨水节气头三天——腊月二十七，赤峰下了一场雪。雪花没看出比以往更白，但更黏。这场雪踩上去在鞋上粘一大片，不坚实，不吱吱响。它们落在柳树龟裂的树皮上，像趴上一片白蝴蝶。雪花们在空中拉紧了手才落地，如团体操。雪落地到不了一个时辰就化了，这已是七九的第二天，雪待不住了。无情的人啪啪乱走，置办年货，把缠绵的雪踩得稀烂，雪也不愿待了。这是三天前的事情，我还在怀念那场雪，它就是提前来到的雨水，是上天对应这个节气送来的礼物。我觉得遇到这种情况，各单位应该组织人员迎接，表达一下感谢的意思。

雨水节气，人做一做生产的事情都好，如生小孩。肚子里无孩的人可以到屋外放放风筝，老天以为你在向它行注目礼。雨水了，却见不到小鸟飞。正月初一还有不少鞭炮，鸟儿都躲起来了。但这仅仅是初一的城区。在广阔的田野和山区，鸟儿刺破清冷的空气，把啼鸣留在河岸的灌木里。鸟儿不管雨水这一天下不下雨，它感觉出天地出现了一个变化，时光的指针朝春天又近了一格。小鸟看到树冠的乱发蓬松，这是睡醒之后的发型，可以比原来容纳更多的鸟。树尤其满意鸟儿如箭一般从自己头发里飞出，眨眼间不见踪影，不知什么时候又飞了回来。树觉得这会显出树的神奇，它把鸟儿射得比大炮还远。树遗憾自己迈不开步，但有鸟儿这样飞出飞入，也就没什么遗憾了。

我见过雨水在雨水的节气落下来，不紧不慢，很庄重。在我老家，雨水节气下雨将是新年第一场雨。它们如三军仪仗队一样，虽未作战却显示出了作战部队的军威。雨水的雨不大，既然春雨贵如油，就下不了太大，此油是非转基因灌溉油，每一滴对泥土都是一个信用。

雨水的雨不是油，是水晶丝，比柳丝长而透明。在雨水的雨里，传出了泥土的腥气。干燥的土房子与土墙在春雨里露出乡里乡亲的气息，有家味。雨落在晾干的庄稼秸秆上，噼里啪啦，好像翻东西。落在玻璃上的雨带着泥，一小片春风被雨收容落在了玻璃上，如土色的小梅花。今年雨水没落雨，看天气预报，明天出现雨或雪。雨水来了就不走了，在大地住一个春天、一个夏天、一个秋天，它们在土里待不够。

惊 蛰

“惊蛰两个汉字并列一起，即神奇地构成了生动的画面和无穷的故事。你可以遐想：在远方一声初始的雷鸣中，万千沉睡的幽暗精灵被唤醒了，它们睁开惺忪的双眼，不约而同，向圣贤一样的太阳敞开了各自的门户。这是一个带有‘推进’和‘改革’色彩的节气，它反映了对象的被动、消极、依赖和等待的状态，显现出一丝善意的冒犯和介入，就像一个乡村客店老板凌晨轻摇他的诸事在身的客人：‘客官，醒醒，天亮了，该上路了。’”

我极少大段引述别人的作品，这回则不同，上面的文字，出自苇岸[①]笔下《廿四节气·惊蛰》，写于一九九八年三月六日，农历二月初八；天况：晴；气温：14℃ ~2℃ ；地点：北京昌平。抄在这里为的是纪念我的朋友，一位故去六年的优秀的中国散文家。

苇岸喜欢大地。大地虽然如此之大，但许多人早已感到陌生。他们的相关记忆是：道路、地板、车、写字楼、卧房和厕所。大地在哪里？人们影影绰绰觉得它在乡下，或者藏身于五十年前的诗集里，它的一部分暂存在公园，其余的被房地产商人暗算了，至少给修改了。

如果不记得大地，人们上哪儿去体会惊蛰、雨水的含义与诗意？农历的节气，仿佛谈天，实则说地，说宽广的大地胸怀呼吸起伏。节气的命名非在描述，而如预言，像中医的脉象，透过一个征候说另一件事情的到来。

苇岸写道：“连阴数日的天况，今天豁然开朗了。……小麦已经返青，在朝

① 苇岸，本名马建国（1960－1999），北京市昌平县人，著有《大地上的事情》等作品。

阳的映照下，望着清晰伸展的茸茸新绿，你会感到，不光婴儿般的麦苗，绿色本身也有生命。而在沟堑和道路两旁，青草破土而出，连片的草色已似报纸头条一样醒目。”

而在我的居住地，惊蛰时分，草还没有冲出来用新绿包围从冬日里走出的人们。盘桓已久的街冰却稀释为水，像攥一个东西攥不住漏汤了。南风至，吹在脸上，是风对脸说的另一番话语，不只温润，还有情意。天气暖了，人们仍然喊冷。此际“冻人不冻水”，人的汗毛眼开了，阳气领先，反而挡不住些微的春寒。汗毛眼是人体九万八千窍孔之一，何故而开？因为惊蛰嘛。

惊蛰不光是雷的事情。雷声滚过来，震落人们身上的尘埃，震落草木和大地身上的尘埃。惊蛰不光是小虫的事，虫子终于在这一天醒了。谁说冬眠不是一种危险？醒不过来如何？以及到底在哪一天醒呢？惊蛰有如惊堂木，握在天公手里，“啪”的一声，唤醒所有的生命。

其实这一切是为春天而做的铺垫。春天尊贵，登场时有解冻、有返青、有屋檐冰凌难以自持、有泥土酥软、有风筝招摇、有人们手里拿着白面饼卷豆芽、有杨树枝上钻出万千红芽。是谁摆这么大的排场？

——春天。而惊蛰不过是迎接它的候场锣鼓，好戏在后边，像苇岸说的：“到了惊蛰，春天总算坐稳了它的江山。”

春 分

春分分开了土和树，它们从一样的燥白的树木和泥土中分离出两种色彩。杨树的白里透出了青，玉石那种青，树身比冬季光滑。土地露出新鲜的黄颜色。雪化之后的泥土黝黑，只比煤的黑色浅一些。

春分分开了水和冰。

冰冻坚牢的河面由岩石般的黑色变为乳酪白。远看像落满了雪花。河冰将化未化之际，表层漂一层气泡，这是冰层变白的缘由。这样的河很好看哎，河两岸即将返青的牛毛似的黄草中间，横置一条白冰的大河，仿佛上天单独给河面降落了一层雪。近看，结满白色气泡的河冰上面浮一层水。冰被水泡化了，至少泡酥了，变得千疮百孔。

春分分开了青草和枯草。

草嘛，望过去还是一片枯黄。但能感觉到黄里藏着什么东西，却说不出它是什么东西。譬如，草变厚了？（不对）。草色由冬日的白金转为褐黄（它原来在白金中就包含着褐黄）。草站起来了？（是吗？）草向四外扩张（想象）。草地望过去仍然一片枯黄，但暗藏生机。生机这种东西可感受但无法描述。说一个人是一个活人并不仅仅因为他会眨眼、会走路、会咽唾沫。他的脸与身上贯注一种东西，报纸叫活力、中医叫一气周流，草也如此。草的活力见诸色彩，草在草里秘密储藏了一些绿意。此绿让草叶蓬张变厚。远处看不到，走近了，瞪着草看一分钟，就看出它在胳肢窝里、裤衩下面和脚脖子周围挂着绿。承认吧，抵赖不了啦，草在偷偷变绿，只是人类视觉迟钝，分辨不清它每天的变化。这种变化要用数学模型解析，眼睛看草，草草而已。春分时节，草由单薄枯干的白金色转为卡其色（新疆南部和巴基斯坦土屋的颜色），后来卡其色里渗入深黄，继之接近浅棕色，这时草的下半身已偷换上绿裤，而后变为第三帝国军服的橄榄绿。绿草尖长到最高处时，新草褪去了白金色、卡其色与棕色的过时的布衫，转为嫩绿。此时，草的数量显少，但株株鲜明。每一株草手握可爱的尖戟，草尖旋转着卷成针尖，而它身下的叶子舒展。

春分分开了鸟儿和北风。

吹了一个冬天的北风累得趴在冰上喘息，被南风吹走。压在石头下面的虫卵已经孵化成虫，大摇大摆地走在地面。天上的云彩改变了航向，在南风里朝北飘浮。麻雀从草丛弹向树梢，仿佛变成了蚂蚱。站在枝头的喜鹊检测树枝的弹性，大尾巴朝下压，仿佛从洋井汲水。北风解除了对天空的封锁，鸟儿排队飞过。天空有了鸟群才有春意，天空不开花，不长绿叶，鸟群才是它花园的花朵。我在蒲河大道行走，五六米前的路面如爆炸一样升起一群麻雀，它们的碎片落在路旁的松树上。我再看松树，上面没有麻雀，枝叶间挂满圆嘟嘟的松塔。我不相信麻雀一瞬间变为松塔，如能变，它们早就变了。我往松树边上走，一步步趋近，"扑"，一多半"松塔"飞上天，到其他松树上冒充松塔。每当鸟群从视野里飞过，我总觉得这是一个幻想，说不清这是鸟儿的幻想还是我的幻想。好像这是不可能发生的事，但发生了。鸟儿们像树叶从眼前飘过，几秒离开了视域。不是一只鸟，而是七八只鸟一起飞行，它们必定去完成一件人间所没有的更有意思的事。它们排成队从人的头顶掠过，大地上的事情不值得珍惜。

春分分开了石块和虫子。

昨天有一只瓢虫落在北窗台上，北方叫它花大姐。它在窗台麻纹的水泥上嗫嚅行走，甲壳比釉面还要光洁。花大姐橙色的脊背点着几个点，仿佛它是一个骰子，因为有人赌博才来到这里。赌什么呢？赌今年的雨水旺吗？赌飞过的鸟群是单数还是双数？也是昨天，南面露台护栏的固定件松了，我把它取下来。这个形如铸铁的固定件竟是塑料的，它下面是一窝瓢虫。我头一回看到成窝的瓢虫，甲壳上各自的点数不一样。我没数，盖上固定件免得它们着凉。我估计它们背上的点有一点、两点、三点到五六点，是排行，便于虫妈清点。

春天于此日分开大地和天空，让绿的绿、蓝的蓝。分开河水与岸，让静的静、动的动。冰雪彻底消融，春天分开了绿叶与花朵。

清 明

清明从雨滴里降落人间。雨在视野里不明晰，只听到头顶的伞布沙沙响，像往伞的绸布上撒沙子。走到哪里，沙沙声跟到哪里，让人疑心这雨是为伞下的，只下在那么小的伞布上。

四月初，大地还没见到鲜明的绿意。这场雨下完，草就该绿了，咋也该绿了。地上的枯草像被喷壶洒了一遍水，柔软鲜润。枯黄的草在雨后虽不能说更黄，颜色却比黄更深，如同人的皮肤被水浸过颜色变深一样。枯草变湿变厚，仿佛成了大地的哺乳类动物的皮毛。稍微停下脚步，就可在枯草里发现青草的身影。它们要么头扎在枯草里，绿屁股撅出来；要么在枯草里伸出一条或四五条绿腿。往远看，小块的青草在枯草的大河里浮起，像草在秋天还没有黄透。事实上，它们是绿色的先头部队。它们绿得比树早，从枯草里冒出来，一点点包围枯草，酝酿一场青草的洪水，冲刷天涯海角。

二十四节气的名字都好听，立春、谷雨、芒种、惊蛰，多与物候、农事相关，而清明仿佛是一个大脑神经学的词汇。清明于人之道曰不糊涂，于天之道乃是清楚明白。天于此时要啥有啥了。要雨有雨，要风有风，可以细分成微风、清风、和风与大风，这都是冬天所没有的天的思路和财产。清明的雨首先是送给草木的给养，其次才是对亡灵的祭奠。生老病死在自然界十分自然。秋天，青草转黄，看不到天有伤感。苍天不为哪一株草的凋亡拭泪。人悲秋，天不悲秋，就像它不为春天百草萌生而有所欣喜。大自然除了遵循自然法则之外不遵循任何学说与情绪。子曰：“天何言哉？”不知说啥，故没啥说的。到了天那个级别，“无眼界乃至无意识界，无无明亦无无明尽，乃至无老死亦无老死尽”。

往远看，柳树的树冠涂上了一抹淡黄，好像国画家无意抹上的一笔，水分很多、颜料很少。走到近旁，淡黄没了，仰视也见不到。发芽早的柳条从枝上垂下来，或叫半垂。而褐色未垂的柳枝还在发愣，仿佛奇怪别的柳条为什么要垂下来。下垂的柳枝挂着初发的叶苞，如小鸟的喙。没有叶苞的枝上则挂着晶莹的雨滴，冒充叶苞。树啊，我拍拍柳树。这一个夏天，你不知要长出多少叶子，垂下多少枝条，你累不累啊？这都是废话。可是，不说这个说什么呢？说福克纳不喜欢海明威吗？那就显得远了。松树被清明的、看不清线条的雨丝冲刷得坚挺苍翠。最可喜的是，松针挂满了雨滴。这些如钻石般并不坠落的雨滴仿佛与松树与生俱来。松针尖头挑着一滴水，万千松针万千水，与十万青年十万军意思相仿。海子说“悲伤时手里攥不住一滴泪”。清明时，从冬季走出的松树攥住了十万滴雨，等待雨滴化为钻石。

找一个一尺深的大玻璃缸子（鱼缸也行），放上土并放在窗台外面，看蚕丝一般的雨是怎样渗入土壤。假如这是个放大镜做的鱼缸，可见雨水在土里怎样宛转回环，被土抱紧，和土成为一家人。雨水是天水，是活水。它滴进土里可以激活土壤生发万物的本能，让草的腿越来越绿，柳条万千其条垂下来，垂到地面和青草握手，让花大姐爬上来。清明为什么叫清明呢？草木轮廓日见清晰，水澄澈、山形日见瘦溜了。清明这一场雨洗去了天地尘埃，冬天的被冻在空气里的污垢自然瓦解，化为肥料。人的脑子会不会在这一天清亮呢？人与大自然太远，往往接不上节气。有人到了夏天，身体还没春分呢；有人身体天天立冬或天天立夏；有人永不惊蛰；有人到了半夜，脑子才清明片刻。清明只是春天的一部分，上承春分、下接谷雨，让大地回春，草木生长。易曰：“天地之大德曰生。”生这个词多么好，让万物走到世界上来。它们是草的婴儿、虫子的婴儿、花的婴儿。人的婴儿随时可生，不拘泥于春秋。生是新月，是融化的河冰，是花苞睁开眼睛，清明看到了许许多多的生。

桃树的树皮像枣红马的皮毛那样闪亮，桃花的花蕾外衣艳红。它挣破了这层表示羞涩的红外衣之后，粉色的花瓣让寒风彻底退却。桃树不以桃子取胜，而以桃花炫耀。比桃更甜的甘蔗、橘子、葡萄都没这么惹眼的花朵，而比桃花更惹眼的牡丹并不结果。桃树一生办两件大事，一是开花，绯红如云；一是结桃，人猴皆飨。清明的雨沙沙地洒在伞上，林间的落叶变得软软绵绵。清明的雨下进了草木的心里，草木小口慢饮，而后老天又给续上了新水。清明让昆虫和草木脑袋精神了。之后的日子，对人是一岁，对它们是一生。

谷 雨

谷雨的耕地仍然沉寂着，一群驮满灰尘的羊越过耕地。羊早就想来耕地里游逛，长满青苗的耕地是它的宴席。羊只是远远看着没来过。谷雨时节的田野还没播种，没青苗也没有草，虽然空旷无物但比秋天多出生机。羊把羊粪蛋儿拉到耕地里，去啃水渠边刚刚返青的嫩草。

春天的耕地没洗过，没涮过，但像洗过、涮过、叠过，平平展展，干净新鲜。跟远处的山比，耕地好像去皮的桃子的肉，一抹沙瓤的黄。

谷雨的大地如盼孩子一般等待种子进入自己的怀抱。大地紧紧攥着这些小小的种子，把它攥出芽，变成绿苗生长。

耕地被春风吹过，表面不干净的浮土都被吹跑了。接下来有小雨，让土往下沉一沉，站稳脚跟。然后再刮风，把泥土接纳阳气的孔窍全吹开。桃花这时候也被吹开了。好多年后，桃花也想不起自己是怎样开的花。打骨朵的事它还记得，后来晕眩了，再睁开眼已是满枝桃花。桃花不明白的事，春风明白，是它吹开了桃花。谷雨时节的春风不只吹开桃花，还吹谢了桃花。花朵凋谢的桃树不怎么好看，一下子头发变得花白（真是花白），有些花瓣掉了渣，好像好多张嘴变成了豁牙子。远看，花枝半谢的桃树如同老年秃子的背影。

今日谷雨，但火车并不比平时开得更快。

坐在动车上观看从关外到关里的田野，大地渐渐披上绿纱。不知从哪一站开始，杨树开始绿了。东北的杨树这几天刚落下树苟子。铁锈色如毛虫一样的树苟子躺在白得如岩石色的落叶上。它们首尾相顾，仿佛便于爬行。落了树苟子之后，杨树会冒出尖尖的、披着红甲的叶苞，像小小的蛹。此时，沈阳的杨树还没钻出红叶苞，但树干已换了颜色，白里透出玉石的青。东至山海关之前，窗外的杨树仍然枯索，柳树才有最亮的颜色。小柳树只有梢头绿，仿佛留了一个新绿的沙锅盖发型。桃花谢了、杨树未绿、柳树的风头最猛。这段时光，没有任何一种生灵比它更有活力。春草未生、野花未开、柳树可劲儿招摇，在路旁站成一排，弱冠青青。

耕地去年的垄沟已经模糊了，田埂上长出了青草。细看，所谓“青草”是些野菜，它比草更早返青，宽叶子在地面匍匐。新耕过的地，如晾在太阳下的一匹长长的深棕色的布。一头骡子拉着一盘犁杖在地里走，后面的庄稼人一手举鞭，一手扶犁在它们身后，又有一匹长长的布铺在地里。大部分耕地还没翻，离小满还有半个月，一个月后才是芒种。

看一小会儿书，再抬头，麦苗已绿。这是我在大地看到的今年的绿庄稼。火车厉害，开到了麦苗翠绿的地方。在这里，麦苗都绿了，杨树、青草的绿已不令人惊奇。杨树枝条稀疏的黄绿，麦苗在地面返深的翠绿，野草在沟沟坎坎的杂绿，桥下水坑已积存老练的藓绿。这是河北省，火车开到这里，已结束了春天。看今年的春天，还得坐车回东北。河北这边全是夏天，池塘里浮着白鸭。

河北有夏天，不等于这个地方美。车在河北大地走，眼睛看看柳树、麦苗就行了，别往远看。如果执意望远——别怪我——你一定见到了丑陋的景观，几乎所有的山都被开肠破肚，与平原的麦地不匹配。哪座山被劈开，被掏开都丑陋。河北少山，有人见山就劈，采石研粉造水泥。

春小麦一块块绿在早春的田地里，它甚至不像庄稼，如厚厚的地毯，等待贵宾走过去。贵宾迟迟未来，鸟儿在麦地上方飞来飞去，如同它已经走过了。赶到昌平地界，花开到隆盛的地步。温榆河边的樱花繁复到枝头擎不住。它的花瓣如我小时候见过的榆树钱，像一根竹签子穿成的密密的花瓣。榆树钱嫩绿、樱花胭脂红。河边的树上——核桃树、榆树、柿子树、枣树上都有鸟儿翻飞，许多候鸟已经飞回了北方。麻雀与喜鹊之外还多了好多颜色鲜艳的鸟儿。谷雨时节，鸟儿不回，大地该有多么寂寥。谷雨这一天，由沈阳到达北京，天气都是阴乎乎的。谷雨的阴天不灰暗，阴是雨意丰沛，天空里透出光线，花与草在阴天里依然明亮。

立 夏

立夏是二十四节气中的第七个节气，至此辰月终结，巳月起始。“斗指东南，维为立夏。”大地在立夏这一天告别春天。但我昨天还忙于到田野偷土，到市场买秧苗，忘记了告别春天。

春天最后的花衣在立夏已然脱去了。园区里黄色的鸢尾花消失了，京桃树和李子树的粉花红花凋落，连树下的残花也看不到了。开花的树们换上了绿衫，安静地缔结小果子。孕育中的母亲们都很安静，若此时再开一遍花就不成样子了。古人称立夏这一天“天地始交，万物并秀”。古人动辄把天地挂在嘴边，他们缺少现代物理学与天文学知识。天地怎么会在这一天始交呢？你看到了吗？姑妄听之。“万物并秀”却是真的。植物在立夏这一天没长叶子就不要再长叶子了，就像高考虽无年龄限制却见不到太多老年人参加。带叶子的植物在立夏全都长齐了。昨天，园区里突然起了雾，是真雾，而非霾。真的晨雾洁白、晶莹，有山林的湿气与香味。雾如纱一样，霾如粥一样。雾的轻纱罩在树后面，阳光慢慢掀开纱帘，露出带着水痕反光的绿叶。雾笼罩绿树的时候，为树叶清洗喷雾，让它们在雾气缭绕中重新登场。自然界有自己的游戏。立夏前后，大地一下稳住了。树叶都长上了树梢，就不在土里闹了。立夏的大地极为安详，春天的繁花胜景全体变身，仿佛大河穿越险滩进入平稳的河道。立夏的时候，树叶在微风中飒飒，仿佛在说“立夏，立夏”。

就今年的立夏而言，天空有雨。雨丝恍如飘在南方的田野，它们织了一层又一层的帘子，挂在两棵树之间，挂在前楼和后楼之间。往远处看，田野上的草丛蹲在白色的雾团里，其实是在雨里，而打开窗户竟听不到雨声。我确信天在下雨，走到阳台上伸出手掌，雨丝用冰凉的小手纷纷与我相握。我摊开手掌看，掌上落着小小的雨滴，只有小米粒的十分之一大。我们这里要变成南方了，改革的力度势不可当。如果连着下几年这样的小雨，人的口音会变为吴语区，伲伲侬侬，脸色也会白一些。

立夏里，所有的枝头都爬满了绿叶，枝头顶端的叶子像猴一样四外瞭望，看夏天来没来。立夏的草地沾满了露水。我每天早上在草地里行走，草地在立夏前才有露水。说露水如说一种幻象，它是远远的、草地射来的一瞬而逝的钻石般的光，这是露水的光。蹲下看，却看不清露水在哪里。走起路，露水又在远方的草地里刺你的眼睛，它永远在远处。不光草叶结露水，露水也结在小小的蛛网上。蜘蛛在雨片草叶之间结一张巴掌大的网，上面沾满了细雾般的露水，使蛛网白得如一小片塑料布。蜘蛛不愿暴露它的网，但露水告了密。树叶长满枝头之后，风好像小了，至少风速比过去慢了。树干不动，树的梢头在风里缓缓摇动，好像刚刚起飞的小鸟蹬得树枝乱摇。

江南的雨在沈北的天空不紧不慢地飘落，它们没发现这里不是江南，我也没提醒它们，不要多嘴。看窗外看不到雨，盯着对面楼房黑色的玻璃窗，能看到隐密的雨丝斜着落地，这不就是江南吗？鸟儿们在空中飞，城堡般的灰云在天幕上站立行走。这种样子的云跟江南的云还是不一样，好像还停留在奉系军阀阶段，如此吹胡子瞪眼的奉系云怎么能下出江南的雨呢？我不明白的事情越来越多了，百度也不会告诉你真相。

立夏了，大地铺满了绿草。细看，草里边还有更小的草。这些小草立夏刚长出来，它们避开了春天的寒气。这些小草比春天的草更干净，雨和露水为它洗了很多遍。跟这些小草比，野菜已经老了。刚进夏天，野菜松散贴地的叶子现出灰绿。在草里，浅颜色是青年也是幼小的标志。人类的孩子也比大人白，包拯儿时也很白。

立夏把夏天立在大地，还立什么呢？树枝摇摆，像浪头向岸上扑过来。鸟群飞过天空、人仰面看到一个个十字飞过头顶。它们翅膀的宽度比头与脚的长度宽许多。鸟类打开翅膀如伸出两把横刀，把空气割得像凉粉那么薄。这些被收割的空气落在树上，吓得树枝左右摇晃。立夏的夜晚散发着芬芳，你想说这是草木的香气。事实上，草木气息里还夹杂着更神秘的、勉强可以称之为香的气味，它是夏的气味。立夏之后，大地染上了这种香气，白天似有若无，在夜里气味变得明亮，像夏夜的星星一般明亮。

小 满

节气到了小满时分，荒野长满了青草。寂静的耕地长出一层比青草颜色更浅的禾苗。

夏天的河流挤满了大地的河床，这是茂密的青草和树叶。能插进脚的泥土上都长满了植物，再想生长的花草只好等待明年。春天走远了，初夏也走远了，小满揭开了盛夏的帷幕。植物的童年与青少年时期已经远去。蒙古栎树的叶子已长到最宽，柳树细长的叶子也长到最长。所有的植物都褪去了童年的嫩黄，野草和树叶在小满时节进入了成年。与它们对话要用跟成人对话的口气，如“野草君、柳叶君”。草木的光阴就是这么短，被风吹吹，被雨浇浇就成年了。它们未必愿意长这么快，只是秋天不允许草木怠倦，那是它们生命的终点。草木是怎么知道世界上有秋天的呢？是谁告诉它们夏天之后是秋天，然后是万物肃杀的冬天？渺小的青草竟知道自己的大限，人却不知道。

田里的玉米苗有十厘米高，它的两片叶子如人伸出食指和拇指形成的八字。七十年前，谁若在别人面前做出这样的手势，则证明自己是八路，不好惹。但做这样手势的人多是土八路或假八路，真八路成建制屯于陕北，彼此用不着做手势。玉米的苗儿在褐色松软的土里纷纷做出八字手势。今年雨水好，假如春旱，这时节八字还出不来一撇。庄稼的苗有行距和间距，像有人在一大幅土色的纸上习字。字不大，占的地方不小。这么宽敞的地方，如赏给青草，它们早就长出一窝蜂了。青草一定觊觎玉米的地盘，但青草长上去就被拔掉。这叫农业，懂不懂？这一块田的四周，有无数青草趴在地头看玉米生长，跟看球赛差不多。玉米苗舒展腰身，八八八,一看就是体制内的人。

小满里，树叶已长得密不透风。风从树里穿过，无数树叶为它们打开关上的绿门帘子。从树下往树里看，什么都看不到，叶子里边藏着更多的叶子。在沈北的空旷的大道两旁，栽种着杨树、槭树、国槐、丁香、银杏和松树。乔木膝下是连翘，甚至有绵延几千米的玫瑰花丛。我跑步经过这些地方，不禁赞叹国家真有钱啊。开得嘟噜一串的玫瑰花在无人的大道上散出浓烈的香气。我闻到一小部分，其余都被风吹走了。路上偶有汽车驶过，但没人停车闻闻再走。小满是节气里的富人，它应有尽有，雨水、草木、花香全堆在了夏天。跟小满比，立春和春分都是流浪汉。

我印象中的鸟啼多在早晨和傍晚，而小满时节有一种鸟从早上叫到晚上。它不仅在树上叫，还在房顶上叫。边飞边叫——布谷，布谷，声音传得很远。每当它叫“布谷”，我在心里说“地早种完了”。它又叫，我再说一遍，但我发现终于拗不过它。在旷野，我高喊“地——早——种——完——了”。布谷鸟照样淡定地说布谷，布谷。它有强迫症，我也有。有一天，我终于不在心里续——地早种完了，我悟出，除了“布谷”，它不会发别的音。从小，它妈只教这一句话，伊竟说了一辈子。布谷鸟又名杜鹃，古人送它的名曰子规，爱把蛋下到别鸟的巢里。它的啼声如木管乐，共鸣好。我听到林里传来的“布谷”则揣摩它的口形，它是怎样模拟双簧管的音色呢？“布谷”实为“奥呜”，跟粮食生产和农村经济都无关切。它在中国、朝鲜、丹麦、挪威都这么叫，不理会当地人的语言。中国人愿意把它听成布谷而不是复古，民以食为天。布谷在音阶上差二度，如“咪哆”，似一首乐曲的起句。起句一般规定着旋律的走向。挪威作曲家约纳森的《杜鹃圆舞曲》的起句即模仿杜鹃的叫声而非模仿它下蛋。“咪哆，咪哆，咪索索米哆咪来”，发展成了一首曲子，多合算。因此，我听到空中的“布谷”时，心里亦接续“咪索索咪哆咪来”，比“地早种完了”高雅一些。

小满青蛙叫，这是就我住的地方而言。楼前有树，树后有彩钢板。彩钢板后面是啥不知道。傍晚传来青蛙的合唱。青蛙的叫声既非独鸣，也非颤音。

呱——好像它舌头是折叠的音囊，又像它在吹一个大泡，还像用小槌划过搓衣板，呱——青蛙叫得好，渲染了田园的静谧，使星星看上去白净。呱——假如布谷鸟学会青蛙的唱法，变成“呱谷——”也很动人。

小满的风是夏季的热风，干燥疾猛。阳光照下来跟盛夏一模一样，晃得人睁不开眼睛。清晨，石板上已有露水。草叶里藏着针一样的露珠和光芒。地里的庄稼和青草满了，树上的树叶也满了，天空上云彩也满了。

雨下在夏至的土地上

到了夏至，雨水不再是陌生人，它们像投奔故乡的游子，踩着云彩回到夏至的土地上。

夏至，雨的声音大过河水声、庄稼拔节声、蛙声。雨说给土地的话，要在夏至这一天一夜说完，土地根本没有插话的机会。对雨水而言，春、秋、冬三季造访土地只算做客，夏至才回到自己的家。

草毛了，从春天开始，草在雨水的定额里断断续续地生长，属于计划经济。而至夏至，草逢豪雨，尽情挥霍，一边喝一边生长，还有富余的水分洗一洗脚丫缝儿的泥。水有的是，草在风里甩去袖子上的水。白天，城里的草待观街景，在夜里像冲锋一般疯长。才几天，街边公园的草已经高到让沈阳的老爷们儿站在其中撒尿了。以往如城堡一般的云朵全向夏至投降，化为宽大的灰筛子筛雨，以减轻天空的重量。

二十四节气里，夏至是第十个节气。公历 6 月 22 日前后，太阳到达黄经 90°，此为天文学之夏至点。这一天，按照旧学说法，阳气极至，阴气始至，太阳北至。夏至之时好像十二时辰中的午时，11 点 ~ 13 点，阳鼎盛而催阴生。这个月，属十二生肖的午马当令，奔腾暴烈，下点儿雨只是小意思。卖弄一点儿中医学说，午时或者夏至，归于十二正经中的心经。心为火脏，刚烈蓬勃。火与心、马与午、夏与阳，都说生机勃发之至，乃至夏至。

雨下之不够，始于夏至。雨从春天开始一天天降价，像姑娘变成妇女。春雨因播种而贵，到夏至，雨回归大众，为野草、榆树、赖毛子、青蛙、蝌蚪下到冒泡。该长的全长出来了，青苔亦随之厚泽，每一寸土地都长出了植物。至于花，开遍了城乡大地。雨水充沛，花是草木对天的谢忱。大地无所有，聊寄一枝花。河南的唢呐曲牌，一曲名为“一枝花”。

《素问》曰：“心主夏”。养心的人于夏宜安，食苦味，助心气。对大地来说，心是生长，是让所有的植物尽性勃发。如果有什么东西到了夏至还没长出来，就永远长不出来了。

雨下在夏至的土地上。

大地母亲一手拢过雨水的子女，一手拢过草木的儿孙。这时候，大地最高兴，像看见满院子孩儿乱跑，天真无赖，比秋天的成熟还好看。

立 冬

冬天并没在立冬这一天来到。冬天到达沈阳市皇姑区是在小雪节气后的第五天。人们说冬天到了，但谁也没劝别人说，都在说。好像他们身体里藏着一个接受天气的软件，集体接到了这条短信。

北方人的生活经验包含着对冬天的认知。这个知识并非来自天气预报，天气预报才有多少年？它来自身体。小雪后第五天，人们出门咳嗽，嘴里反一些白气，好像咳嗽把肺里的白面口袋震冒烟了。这人说：冬天真到了。别人说：真到了。边说边擦鼻子下的清鼻涕。咳嗽和清鼻涕是北方人（年纪稍长者）献给冬天的见面礼。

冬天在夜里到达沈阳——季候一般都在夜里到达，在二十三点至凌晨两点之间——天空突然澄澈。早上，在西藏式的可以称为鲜艳的浅蓝天空下，树木孤零零地站立在街上，脚下等待白雪。有的树招摇着未落的绿叶子。它迟到了，往冬天奔跑的树木马拉松，它跑在了最后。还没来得及放下手里的叶子，比赛已经结束。

街上有冰，那是头几天下小雪融化后的冰。冰薄，像有皱纹，冰下有黑的水。此谓试结冰，先练练。人民即刻穿戴臃肿，特别是早市卖菜的商贩。如果这条小街夏天可以并排走十个壮汉，现在最多走六个，他们穿得太厚。人穿厚了走路胳膊往外支，腊巴腿（裆里毛裤棉花过多）。所有的人都戴上了帽子或围脖，鞋子笨重。他们见面说：冬天到了。答曰：真到了。过去他们见面说：你嘎哈呢？

草里的白雪还没化。反过来说也行；草还在白雪里绿着。草似乎为此得意，在棉团似的雪里探出头，炫耀强壮的体魄。还绿呢，像夏天一样绿。它们伸出高高的绿叶子，假装在堆积泡沫的白海里游泳。多数草已经枯萎，埋在雪里。

冬天到来的时刻，每一年都不一样，也没必要一样，它毕竟不是火车。从立冬到小雪这几天，冬天最忙。他是一个威严的老人，但身体没问题，喜欢咳嗽，胡子挂霜。他的呼吸道遇到了他所散发的强冷空气。冬天管的地盘多大啊，从西伯利亚一直到山东都是他的地界，从格陵兰岛到普罗旺斯也归他管。他要把每一寸土地都安排好，让冰雪安营扎寨。有的雪花落地站不住脚，化了，那就再下几层。冰的事情更麻烦，冬天要把每一条河流都冻上冰，这比南水北调、西气东送工程还复杂。每条河都很长，从头冻到尾，需要时间。有的河在三九天没冻严，厚厚的白色冰层之间有黑的活水和漂流的浮冰。这样的河，是冬天马虎的结果，必须返工。呼伦贝尔草原的小河比蛇还要多，藏在草地里。冬天把它们一条一条冻上，河在冬天里流淌不太严肃。我在昌图见过一个破败的村庄，家家大门上锁，人都进城打工了，耕地撂荒。但就这样一个地方，照样有完整的冬天——土地结冻，马车碾过的泥泞被冻结为雕型式的原形。房顶的秋草反射白霜的亮光，乌鸦的叫声传得更远。这个村子一无所有，但有冬天。

不知道小鸟冬天在哪里喝水。昨天，二十四中学墙外有一小摊积水，是雪水，未结冻也没被阳光晒干。一群麻雀飞来啄水，刚啄两口被开过来的汽车轰到树上。接着又下来喝水，车是一辆接一辆地开过，麻雀蹲在树上看水。人类没别的玩意儿，就趁车。小鸟冬天上哪儿喝水呢？不知道。第二年春天又见到小鸟在天上飞，可见它们有水喝。

人在冬天显胖，其实不一定胖。人脸被围巾一勒，像开裆裤把小孩屁股勒出滚肉一样，该多胖还多胖。人在冬天走路，眼睛盯着地面，路上有冰。但孩子们走路没看过路，也没摔过跤，摔了也没骨折。孩子们走路眼看前方，开怀说笑，他们四季如春。

冬天让开阔的更加开阔，静寂的越发静寂。冬天的蒙古高原，群山顶戴素白冠冕，雪的披风从山峰的斜肩膀一直拉到地面。开口说话的田野生物这时缄口，再开口是春天了。冬天干净，地里的庄稼收了，河流封冻，草荒芜。云彩比夏天少多了，天上只剩下几朵拖着长尾的流云。我看到了大地的起伏、宽广和朴素。这时候，大地什么都没有了，地上的雪，来自天空，权做泥土的衣衫。大地无所谓衣不衣衫。作为最大的富有者，大地每年都有一次彻底的贫穷，或者叫归零，或者叫甩货，或者叫放下，总之干干净净，总之可以从春天生长第一根草开始再度繁荣。人说放下实际放不下，大地放下之后真啥都没了，万般皆空。它不想为明年春季保留任何一样旧东西。

立冬好。身上冻一冻，血管肌肉都冻一冻，可以保鲜。冬天的土地结实，走到哪里都不陷落。冬天的阳光珍贵，照在玻璃窗上金黄叆叇，让人不困思眠。此时，人或胖上一小圈儿。田野上的乌鸦传播封冻的消息，起飞蹬落树枝夹缝的雪。冬天邀请太阳到干净的大地上做客。太阳缓慢到来，缓慢离去。傍晚时分，满面红光的太阳与冬天在山峦后面道别，冬天一送再送，群山宛若一池金汤。

大 寒

大寒了，天空的鸟儿飞得很慢。跟往常比，鸟儿稀少的天空成了没有棋子的棋盘。一只大鸟在天上慢慢飞着，翅膀像冻住了，正缓缓复苏。鸟儿不知向哪里飞，飞到哪里都有北风。风往南吹，意思让鸟儿飞到温暖的南方生活。可是还有鸟儿不晓天意，仍留在北地。大地景色，在鸟儿眼里如在苏武眼里一样寒凉。雪在凹地避风，褐色的树枝被冻在地里，土冻在土上，大地悄无声息。

鸟儿一直听得见大地的声音。春天，地里发出的声音如万物裂开缝隙，许多东西悄然炸开。花儿开时，似鱼儿往水面吐泡，噗！花苞松开手露出手心的花蕊。夏季，所谓庄稼的拔节声来自大地而非庄稼。大地被勃发的植物扯开衣襟，合也合不拢，布不够用。拔节声是大地衣衫又被撕开许多口子。夏天，大地只好做一个敞怀人，露出万物。秋季里，天地呐喊，鸟儿听到的喧哗比高粱穗的颗粒还密集。万物在秋天还债。果实落下，花朵盛开向大地还债，五谷成熟，用粮食向河流还债。秋天的还债与讨债声比集市热闹。欧阳修听到喧哗自西南来，称“异哉！初淅沥以潇飒，忽奔腾而澎湃，如波涛夜惊，风雨骤至。其触于物也，鏦鏦铮铮，金铁皆鸣；又如赴敌之兵，衔枚疾走，不闻号令，但闻人马之行声”。这是干什么？这是万物在秋天的集会，打鼓敲锣，欧阳修称之为“秋声”。此声人类听不见，庄稼和鸟儿听得清。欧阳修比别人多了一个心窍，听到此声。他指使童子“此何声也，汝出视之”。童子哪里有这样的听力，回答：“星月皎洁，明河在天，四无人声，声在树间。”人只能听见人声，其他声音都听不见或听不清，故此，童子“垂头而睡”。

大寒封闭了土地的声音，鸟儿呱呱啼叫，找不到土地的回声。大地的每一个缝隙都被寒冰冻死。寒冰不仅在河里，大寒的大地就是一块寒冰。在冰冻里，大地已经睡不醒了，冬眠的何止是小虫？大地冬眠久矣，暂别了所有的生灵。灰狼感觉大地陌生，它不懂春夏秋冬这些划分，在大寒这一天，狼懂得了命只是拴在饥饿上的一根草。佛法劝人常常面对、体悟、思考死亡，从死亡那里领取一份礼物。狼早就在这样做，它在饿死的考验中抽到了坚韧不拔的签。

大寒之后，鸟儿被大地抛弃了。地不再像家，家飘在了空空荡荡的天空。天空没有逶迤的河流，没有繁枝与花朵。大鸟用翅膀勾画河流和山峦的轮廓，它的羽毛刮破像玻璃纸一样冰冻的空气。空气的透明碎片落在雪地。

山峦消失于大寒之夜，山峰的峭岩被雪削平，山与山的距离缩短，山倒卧在雪里睡觉。从空中看，山脉不过是几道雪的皱纹。没有树和岩石，雪把大地变成平川。人说鸟在天空飞行要依赖脑内的罗盘定位，但科学家没找到罗盘藏在小鸟脑袋的哪个部位。我想此事未必如此。如果我是鸟儿，会以河流为飞行定位。河水流向日落处，北岸高于南岸。河水白天流淌，夜里也不停，天空分出一半星星倒进河里。河岸的水草丛是鸟儿做梦和练习唱歌的好地方。河流是大地的绳子，防止地球在转动中迸裂。河流替鸟儿保管着喝不光的水，它是鸟的路标。

大寒里，水的声音逃逸，水被冰层没收。我常常想：冰冻时分，鸟儿到哪里喝水呢？野猫野狗的饮用水在哪里？走兽飞禽遭遇的第一个磨难是冬天没有水，第二个才是寒冷。但我宁愿相信它们能找到水。看到鸟群飞过寒冷的天空，我想它们已经喝足了水或飞往有水的地方。

大寒是不是大汗穿着隐身衣在白雪的大地骑马巡视？马也穿着隐身衣。泥土冻结在一体，灌木匍匐在地，大汗的马蹄无须落地已然驰远。大汗看到雪后的土地变厚，山峦变矮，冰把河流的两岸缝到了一起，大汗的疆域无限。鸟儿飞向前方报告大汗巡视的消息。大汗等待另一场大雪的到来，埋掉所有动物的脚印。

大寒的河流不流，鸟儿在冰上啄不出水，冰比玉石还硬。北风吹走河床的白雪，露出黑冰，如同野火烧过的荒地。

大寒把寒字种在了每一寸土地。寒让枯草的叶子像琴弦一样颤抖，寒让石头长白霜，寒让乌鸦的叫声如枝杈断裂。大寒是农历二十四节气中最后一个节气。土地自大寒始启动阳气。阳的种子在阴极之日坐胎，夏日所有的炎热都来自大寒这一天滋生的阳气的种子。此阳如太极图黑鱼身上的白点，阳在阴的包裹中生成纯阳。在节气里，阴极之日曰大寒。大寒是彻骨的冰炉，炼出滚烫的火丹。大寒种下的种子再等一个节气就要萌动，时在立春。阳气的种子如一粒沙，在大寒苏醒，它活了。人看不到阳气萌动，大地对此清清楚楚。

辑 六

每片雪都在找一个人

岁末降临的大雪，像带着许多的心事，每一片雪都像找一个人，或者带来上天写给每一个人的信。

薄白的信函如此之多，超过了人的总数。

这里面包含投给故人的信，投给孔子、孟子，或世人逝世的祖父母。

无人认领的信最终融化，俟待来年。

冰 凌

车棚的屋檐，是绿色石棉瓦的斜坡。当阳光越过楼脊照到棚顶的白雪时，绿色开始一点点地露出来。未化的积雪在阴影中沉默，而湿漉漉的绿瓦，在阳光中恣意鲜艳。

融化的积水，在背阴的屋檐结成一排冰凌。

冰凌像倒悬的羚羊角。它像螺丝一样，一圈一圈的。这么好的冰凌，闪闪发光，真是可惜了。我觉得，仿佛五分钟不到就应该有孩子手举竹竿跑来，稀里哗啦，打碎冰凌，声音如钟磬一般好听。

人总是不能看一些东西。有垂柳的湖边，假如没游人经过，或经过的人目不斜视，湖与柳都可惜了；月夜杏花树下，若无一对男女缠绵，好像也是对花的浪费。这样的例子多了。一个人手忙脚乱地喝酒涮锅，满面淌汗，你觉得他的朋友不够意思，甚至恨他的朋友，为什么不来对饮？虚掷了这么多热气、汗和该说没说的言语。

人爱把心思牵扯到不相干的事情上，像小虫无端被蛛网粘住。我看到这些冰凌在融化。现在是午后，阳光渐渐照在它们身上。孩子们还没有举着陈胜、吴广的大竹竿子呐喊着杀过来。此刻他们在课堂里学那些无味的课文。放学后，冰凌全没影儿了，天下又有一样好东西无疾而终。

冰的纹

十二岁那年，我随父母到昭乌达盟五七干校生活，住的地方有一个大水库。我并不会用立方米这样的术语形容水库的大，只是说，我们住北岸，望过去，南岸的山只有韭菜叶那么一小条，如南宋画家马远的淡彩画，中间都是水。

住在水库边上，夏日戏水，冬天在冰上行走。我们企图到对面的山上去看一看，在冰上走过十里二十里路都到达不了，只是山变得葱叶那么宽而已。那时，我们见到了厚重的冰，冻得一两米厚。在冰上走，人不抬脚，抬脚就该挨摔了。鞋在冰面上蹭，脚下是青绿色大块的冰，比玉石跟啤酒瓶子都好看。冰面甚至带着波浪的起伏，好像波浪是一瞬间冻成的。入冬，波浪仍不合时宜地荡漾。风说不许动，波浪便吓得不敢动，留下起伏的冰面。人刚上冰，最害怕冰裂的声音——咔、咔，比房子塌了的声音还大。不明白的人以为冰在崩溃，其实是冻严实了。天越冷，冰越裂，声音越大。

我下面要说冰的裂纹。

冰纹是大自然最美的景观之一，谁不同意，证明他没见过大冰。裂纹贯通上下，交错纵横，比瓷器表面的裂纹更好看，是立体纹。它们像闪电、像根须、像刀刃，大纹套细纹，巧夺天工。那时没有照相机，要是照下来，每幅都像抽象派的画作。

再说瓷器。瓷器多数是球体，如碗和瓶都有一个球面积。釉彩在高温烧结下开裂，形成意外的美，包括“冰裂纹”。纹是寻找方向的力，它们在球体上开裂，错成网状，像篆书，更像八思巴蒙古字。忽必烈可汗敕令国师八思巴喇嘛弃回纥蒙古字，以藏文字母创八思巴文蒙古字。此字现已失传，大英博物馆现藏一支元代皮囊装的酒，上书八思巴文，意谓“好酒”，说得多质朴。八思巴文字体有点儿像蜂巢，方正而勾连，如崩瓷纹路。看这些纹会勾起人的好奇心，像看字一样探寻它的意义，这里有乱石铺街的错落，也有树叶纹路的井然。不光瓷器烧结有裂纹，所有动植物的生长都有螺旋性的变化。树叶纹路的网格，是生长形成的分裂。人类青少年大腿的蛇纹，是肌肉生长挣破了坚韧的皮。孕妇的肚子也有妊娠纹。冰的皮、釉的皮、人的皮都会裂开，只不过人类皮肤修复得好，瓷器裂完回不去了。

这些纹路仿佛包含着、吐露着一些秘密，以瓷器最为神秘。远古人用火烧龟甲或兽的肩胛骨来占卜，巫师探究的正是烧裂的纹理的信息，如短信，把它看作某些事情发生前的先兆。这些纹理能预告什么先兆呢？巫师并没留下这方面的解读著作。显然，有些事情巫师解读得准，否则没人找他继续占卜。而另一些事他解不出答案，天机不可泄露。纹，成了一套语言系统。老虎皮毛的花纹也有短信，每只虎的纹都不一样，只是没人懂。虎灭绝后，更没人懂了。几年前，我在俄国的布尔亚特共和国见到一位萨满师占卜，他在一只放咖啡杯的白碟子上烧一张纸，吹掉灰，端详碟子上烧出来的花纹。他端起来看了又看，说来客丢失的山羊正在离他家五公里外西北方向的洼地吃草。丢羊的人来自蒙古国的东方省，我祖上曾在那里待过。

占卜结束，我把那只碟子上的烧痕转圈看了又看，想找到羊的履迹，没看出来，觉得烧痕倒像一朵半开的芍药花。

纹，绘画术语叫作线条。线条的功能与书写方式不可穷尽，这也是中国书画恒久的话题。假如我们用完全陌生的眼光看汉字，看阿拉伯文与蒙古文，看回纥与西里尔字母，会觉得线条之内之外，宛如神灵驻锡，都奥妙。干脆说，字的线条里面有神灵，与龟甲与瓷器的纹一样超验。假如那个萨满法师真通灵，即使看张旭的草书如《古诗四帖》，也能说出东方省的牧民丢失的山羊在哪座山上吃草。

冰 雕

公园门口矗立的冰块，有集装箱那么大。问做何用，通时事的人说：冰雕。

有道理。罗丹说过，去除物体的多余部分，显示藏在其中的形体和灵魂。我围绕大方冰使劲儿看，想：藏着什么样的灵魂呢？酒神、王母娘娘、张学友、长颈鹿？都有可能。罗丹还说，那是能够呼吸的灵与肉的结合。这些已经包含在半透明的冰里，我们很快就能看到了。

第二天，见长发的雕塑家凿冰，艺术刚开始，像破坏一样，看不出什么名堂，围观的人渐渐散了。下午，冰现出一雏形，大约是一巨狮，昂昂然。雕塑家很满意，说上酒吧喝酒。

越日中午，巨狮大嘴和铃铛式的眼睛已暴露，左爪蹬一球。人说狮雕之公母取决蹬球之爪的左右，此狮约雄性。

后来，狮之病脊窄臀显现。狮与虎一样，脊如病弱，徐悲鸿之狮笔意亦此。狮头越发显大，不可一世。只有肚子上的冰还未清除。

再一日，我去观狮时，狮子变小，模糊多水，精锐气泄了许多。天变暖，阳光晒的。和狮头一样，雕塑家头上也流着汗，也有些沮丧。他正按比例把狮子变小，免得别人看不出是狮子。

傍晚时，狮已改豹，写好“雄狮”的塑料牌也改成“猎豹”了。豹尾长身矮，头小得像西方的模特，没有大嘴和鬣毛。

早晨，猎豹也缩水了，像刚从水里钻出来的狗。雕塑家沉思。

几个小孩说：“改狗吧。改猫吧。”

还说："改烤鸭吧。"

雕塑家忍无可忍，骂一声，冲过去揍他们，小孩散了。天下最不容易捉到的就是小孩，他们远远地喊："改耗子吧！改跳蚤吧！"

小孩哪懂艺术作品，由大变小，不等于才能的递减。猫未必不是艺术品，但有原来的雄狮比着，就不好办。

"改海象吧。"我向雕塑家建议，并没有侮辱他的意思。海象光溜，咋晒也像那么回事。雕塑家没言语。

这几天出奇地热，天天在零度以上。因为这么一大块冰的融化，公园的空气比往常清新，扭秧歌的人多了起来。

雕塑家对作品左观右察，长吁短叹。看来其形体和灵魂都被太阳收走了。他自语："可别扯了。"举起锤子"咣、咣、咣"砸了一通，狮、豹、海象及猫狗均告毁灭，收拾工具，大摇大摆地走了。

在沈阳话里，"扯"有无谓与无聊之意。"扯啥扯"，意思和"无厘头"差不多。

冰窟窿

水深几十米的湖，冰的花纹瑰丽无比。它像一块天地间最大的玉石，焕发着深碧与浅绿的光彩。冰里总有花纹蜿蜒，如当风的绸带，如狂者大草。吴承恩关于“水晶宫”的构想，大约由目睹湖冰而来。由于形容不出湖冰的好看，我才肤浅地以“瑰丽”状之。我想过，若捉来一只蜜蜂、一只彩蝶、一只黄鹂冻在湖里，则更神妙。

想这事的时候，我约十二岁，全家住在红山水库边上的昭乌达盟五七干校。

我和同学在水库的冰上疾走，皮帽耳子在风里呼闪。远山含黛，近岸丛林如烟，脚下是不知所终的碧玉。我还想，这么好的冰，水下的鱼鳖定然自豪于所居的琉璃世界。

北京昆明湖的冰，我没有见过。云南滇池可惜不冻。

然而在这上面滑冰很困难，内行人知道这一点。冰面不平，它由动荡冻成。透明的冰太脆，不吃刀。干校有几位滑冰爱好者，凿冰窟窿，用水桶取水，泼出了一个冰场。水一洒，冻面找平了。浅水冻成的冰较软，吃刀。它像别处冰场一样，白蒙蒙的并不透明。那几位凿冰取水者，不许没干活的人在这里滑冰。

节气过了大雪，水库全冻严了。能冻几尺厚呢？渔民说到四尺了，的确不是一日之寒。

我与同学属于没权利滑冰，也没有冰鞋的阶层。但我们有冰车，单刃与双刃的，用两根铁签风行冰面。一次，有位干校的人弄来一副狗爬犁子，嘴露浅笑，六条黑黄杂毛狗矫健狂奔。我们拎着破冰车看呆了，太牛啦！爬犁渐远，他是到十五里外的名为“王八蛋山”的地方办事去了。我们商议造爬犁，坚决造一副爬犁。三角板、木板、麻绳以及钉子都备齐了，但没动工。我们苦恼于弄不到狗，一条也弄不到。干校有马，但不会借给小孩子玩儿。我们所能弄到的只是猫，但猫是畜类中最不肯为人效力的动物，再说它也拉不动爬犁。有人提议把连部的老母猪偷着赶出来拉爬犁。还行，连部离水库只有两里路，拉完赶回去呗。大家沉吟许久，最后犹豫了。老母猪已经怀孕，一使劲儿把小猪崽子下一冰面，我们就倒霉了。干校连以上领导，都是工军宣队的人，整人蛮狠。

爬犁之梦破灭了。

在冰上行走，咔咔之音四起，特别是最冷的时候。初行者最怕这个声音，东张西望不知向哪里走。实际上，冰越响，冻得越结实，过汽车都没事，别说过两条腿的人了。

但还是发生了人掉进冰窟窿里的事情，掉进去的是我朋友代什么。在此，我给他起名代五。

代五是我们辽建三团子弟学校六、七年级的班长（两个年级在一起上课。给高年级上课时，你不听就是了，但须肃然坐着）。代五学习狗屁不是，但最喜助人为乐。他把双手放在腰侧提溜裤子时，就准备帮你分忧解难了。代五眼珠浅黄，牙齿洁白，总是明朗地笑着。我把他脸上整体表现的含义，理解为“憧憬”。我就是这样理解憧憬的——现在很好，下一步或明天更好。我认为黄眼珠的人多不切实际，代五正是如此。有时他一提裤子：“操，抓大眼贼去？”我不愿意，因为麻烦。大眼贼即眼睛很大的肥硕田鼠，若以水淹或烟熏法擒住它后，掏开洞穴，会发现该物把洞造得楼上楼下，立体交叉，完全是四室一厅。它的储藏室里，剥去壳的花生米一层层摆着，很齐很红。玉米粒也是这样。用不了一会儿，代五一脸憧憬而来，拎着大眼贼的后腿，说“操”，意味着你佩服不？我淡淡地回“操”，意味着没啥稀奇。

那天日暮，风把冰面浮雪刮干净了，西边太阳一照，冰上金光灿烂了。我们手划冰车，嗖嗖的，代五划在最前面。突然，听他哀告一声“操——”其声其调凄厉悠长。我们抬头，代五没了。前面空余一根冰锥，代五和冰车与另一根冰锥掉冰窟窿里了。

我们绝望大喊：“操，冰窟窿！”纷纷刹车。

请允许我暂缓叙述节奏，为什么冻四尺厚的冰还会有冰窟窿陷害我们，代五在冰窟窿里多待一会儿无妨。水库在最冷时，冰层越冻越厚。结冰本身是一种膨胀，会“咔”地裂一道缝，常在你脚下裂向前面，但这不表明冰会坍塌。但冰们横七竖八地这样“咔咔”裂，偶然会形成一处坍点。所有的裂纹（不管几尺厚）全部在那儿周延通贯了，即代五进去的地方。

我们退后几步，等代五的脑袋冒出来。

这是为什么？我们不友爱不仁慈吗？不。若有人掉进冰窟窿，外人不要往前跑，否则把窟窿周围的冰沿踩塌，于落水者不利。最重要的是，掉进冰窟窿的人一定不要挣扎，身体保持立正姿态，憋口气，浮上来时，恰好是出口。这些我们都知道，代五更知道。落水者——特别是会游泳的落水者——在求生的绝望情绪下，却要划动冲撞，头上抵住了无边的冰层。你能抵破冰层吗？你能抵破红山水库方圆（写到这里，我翻开叶圣陶先生《内蒙日记》一九六一年八月二十七日所示“此水库蓄水量达二十亿立方，有汪洋之观”）许多公顷的冰层吗？我还是没查到此水库的水面面积到底多大。

过了一会儿，代五还是没冒出来。

我们着急了。代五一定挣扎过了。夕阳断然射出惨淡的血色。代五一定撞到了冰层，没找到冰窟窿，又换了一个方向，又撞到了冰层。冰上，我们几个人目瞪口呆地瑟瑟立着。代五死定了，不知不觉，我努力下咽哽咽。今天写到这里，眼睛仍然泛潮。代五在冰底下多么绝望，除了冰窟窿，其余全是地狱之门。他的棉衣浸水后，会沉重无比。代五能向上冲几次呢？他永远无法憧憬了。

这时，我们中间的一个人（仿佛是隋老腚），大踏步冲向冰窟窿，到跟前，斜仰着跌入水里。冰窟窿又大了一些，又进去了一人。让我们感谢上帝，隋老腚把代五头顶的冰踩塌了，代五第一个冒出头来，面色青紫，伸出僵直的手想抓什么。我们迅速倒伏在冰上，一人捏住另一人的脚，把最后的脚伸向代五。

代五抓不牢脚，隋老腚在水里冒出，托起他屁股。我们趴着，是怕冰层继续塌裂。后来隋老腚也上来了。

代五出水后，眼睛分视我们，脸上还在憧憬。他一定觉得很久没有见到我们了。过一会儿，他哭了。他表情已僵了，只是嘴角往下耷拉，说："操你个妈！"就是说操冰窟窿他妈。又说："冰车也没了。"

代五被冰冻过，眼珠仍是黄的，但再往后他一句话也说不出了，牙齿始终咯咯地响着。我们让他把棉袄脱下，把水拧净，我脱下棉袄给他。当把拧去水但已结冰的棉袄还给他时，代五似乎留意我的棉袄，我也不肯穿他那棉袄。最后代五还是穿了自己的。

隋老腚不让别人拧水，自己拧过穿上，拎着冰车一言不发地在前面走。我把皮帽子给了隋老腚，他跃入冰窟窿时，帽子也沉底了。我用手捂着耳朵，把冰车扔了。上岸后，我们奇怪地沉默着，各自回家了。

好像谁也没跟家里说过这事。

有一次，我想问代五，他在冰窟窿里向上看，是什么景象。我没问，这不人道。我只是想知道，那是什么样子的呢？也是碧绿带花纹的冰，上有天光映照，似更灿烂。

水结冰时终于喑哑

南方与北方的水是两个民族，同属一个语系，分属不同的语族。南水只是水，北方的水有冰的经历。

木头燃烧，可以说木头变成了火。燃烧后，木头再也变不回来了。水变为冰后仍然可以化为水，来去自由。我猜想水多半喜欢变成冰，至少喜欢当三个月的冰。水在冰里冬眠，水终于可以停下来看一看世界什么样。没当过水就不知道流淌是一件多么眩晕的事，比坐过山车更眼花缭乱。不光奔流，还要翻滚。从上层混到底层，再从底层翻到上层。水流遇到石头撞击，遇到山岩和树根，说河水遍体鳞伤并不是夸张的话。流动的水从来没看清过桃花什么样、柳枝什么样。它所知道的事情是岸上的一切都在往后奔跑，水委实不明白它们为什么要跑。水面也有风平浪静的时刻，这时刻，水想看一看四外的风景更难，因为水太平，比太平年景还平。水从水平线上只看到岸边的一条，却不能纵身看个究竟。水甚至没见过其他的水，它们疲于奔流，转瞬即逝。说水没见过别的水可笑吗？不可笑，就像人记不住这一辈子见过的人，更记不住在广场和车站见过的人，人最后记住的人超不过五六个，其中一半是护士和医生。

水在冰里见到了所有的水——它的同类和邻居，它们怎么能叫水呢？这些被冻结的水坚硬、透明、没有身体和面孔，有没有灵魂不太清楚。水看到所有的冰都安静地向前方看，谁也不知它们看什么。水搞不清冰们当初是怎么奔跑的，它们的腿和翅膀呢？它们在奔跑中曾经伸出过浪的翅膀，说安静就安静了。黑龙江的冰要冻结几个月，水在冰里集体打坐冥想。水在冰里看不到夏日的鱼虾，也见不到树叶。结冰时，水的耳根清净了，听不到呼啸声和涛声。水奔流的时候嗓门儿实在太大，水比风的声音更大，结冰的时候终于暗哑。事实上，冰在冻严之后也会出声，咔——咔——仿佛什么东西裂了。没错，是冰冻裂了。在冰上走，咔咔声此起彼伏，脚下的冰裂出各式各样的花纹。

小时候，我随父母到昭乌达盟五七干校生活，在辽建三团子弟学校读书。冬天，我和同学上下学都要走一走红山水库的冰面。这并不是近路，我们特意绕远在冰上走。人在冰上行走抬不了脚，眼睛盯着脚尖前面的一段冰路。我们用鞋在冰上蹭着走，冰光溜、一点儿也不费鞋。走一会儿，停下看一看远方。那时候还不会眺望这个词，否则就说眺望远方。红山水库的远方还是红山水库，眼下全是冰。冰面延伸到南面的天空，天空下只有几颗米粒似的小山，它们被水库吓得不敢高耸。一望无际的冰比一望无际的水更神奇。水平凡、荡漾、再荡漾，没有更多花样。冰闪耀刺目的光，这么大一个水库一起闪光，真是了不起。从其他星球看，地球上发射耀眼光芒有赖于红山水库的冰。站在山崖看，冰有柳丝的浅绿，深如翡翠的深绿，还有羊脂一般的白色。水会吗？而走到冰上，它的花纹可用“瑰丽”二字状之。让你好奇于冰下的世界，也就是王八鱼待的地方。有一年，我游历贝加尔湖的左岸和右岸，并眺望。贝加尔湖之辽阔壮丽是八个红山水库加上六个密云水库再加三个小丰满水库都比不上的，它蔚蓝无边，浪比红山水库的浪大一倍，白两倍。它最神奇处是清澈，我坐船进入湖里，到深处游泳，导游说水深已有三十多米，但湖底的石头、草和贝类一望即知，如隔一层薄薄的玻璃。那时我幻想，贝加尔湖结冰该有多么美，这么多水都冻上了，这不是奇迹吗？是奇迹。但我没看到，今生看不到了。住在贝加尔湖岸边的布里亚特人和俄国人会看到湖水结冰，发出咔、咔的巨响，看湖水融化，如洪水一般冲到岸边。

冰不是水的前世，水也不是冰的父母或子女。水从冰里走出来，排着队，一点一点离开冰。人称“冰化了”。湖里的水等待融化，先变酥，变成煎饼似的薄翼，而后化为水。从冰里走出的水已苏醒，它们去唤醒其他的水。水趴在冰上，忍着寒冷，像母鸡孵蛋一样让更多的水苏醒。刚化的水并不奔流，它们静静地站在岸边或站在冰上。这时候，青草也刚刚苏醒，只有一寸高。青草和水互相凝视，回想在哪里见过。即使见过，也是去年的事了。对草来说，去年就是上辈子，想不起来也没什么关系。没听说谁因为上辈子的事而耽误事的，没事。水从冰里爬出来，被称为春水。春水在春风里微微画一些圆，大部分才半圆就被风吹散了。它本来想跟冰说再见，不知何时冰竟不见了，这么大的东西，怎么能说没就没呢？

太阳在冰上取暖

雪后的寂寞无可言说。

如果站在山坡上俯瞰一座小城，街道上雪已消融，露出泛亮的黑色，而房顶的雪依然安然如故。远看，错落着一张张信笺，这是冬天给小城的第一份白皮书。

雪地上，小孩子的穿戴臃肿到了既不能举手，也不能垂放在肋下的程度，其鲜艳别致却如花瓣纷繁开放。当一个孩子赤手捧一只雪球向你展示的时候，他的笑脸纯真粲然，他的双手也被冻得红润光洁。孩子手上的雪球已融化了一半，显出黑色，掌心上存着一汪雪水，有些混浊，透过它仍看得清皮肤的纹路。

孩子站在雪地，为手里捧着的雪而微笑。这的确值得欢笑，游戏的另一方是上帝。孩子通过雪与上帝建立了联系。

在冬日的阳光上，最上层的雪化了，又在夜晚冻成冰壳，罩在马路上。这时的行人双腿直视举步之处，许多人因此改掉了喜于马路遍览女人的习惯。如果哪个人脚底一滑，手臂总要在空中挥舞几下，绝不甘心趴下。倘是向后摔倒，胳膊则向后划如仰泳者，向前倒属自由泳式。我看到一位女性右脚一滑，双臂向右上方平伸，我心里热乎乎的，这不是舞蹈“敬爱的毛主席”吗？君不见，当唱到“我们有多少知心的话儿（深沉有力地）要对您讲（昂一昂）”之时，双手攥拳向右上方松开前送，头亦微摆，表示舞者有向日葵的属性。

在雪路上行走，摔跤富有传染性。比如，离你不远的行者以迅雷不及掩耳之势摔在地上，你往往也照此姿势摔在地上。预防导致不平衡。

最好的雪景是帕斯捷尔纳克写的“马路湿漉，房顶融雪，太阳在冰上取暖”。

微融的冰所反射的阳光，是橘红色的，在南国看不到。

眺望冰河

在冰河上走，像走在一条蜿蜒无际的哈达上。透明的、浅绿的、檀黑的冰带在正午阳光的照耀下，化成白茫茫的光带，晃得旅人把眼眯起来。

冰河是一条不大的河，名“金英河”。两岸的柳树和榆树已被伐光。树林原是伯劳、黄雀和朱旦红这些鸟儿的故里，但现今河岸堆积着建楼房而掘出的沙堆和水泥管子。

正月出奇地暖和，冰河的表面融化了一层。若贴着河面眺望，水汽袅袅升腾，对岸的景物在白雾里扭动变形。在冰河的最薄处，结冰不过一指，看得出下面汩汩的黑而透明的河水。用鸡蛋大的河卵石抛去砸冰，凿成小孔，河水冒出一巴掌高。用更大的石块砸，冰面片片坍塌，碎碴儿漂在水面上互相撞击。顺着这条薄冰的水流走，得知这股水由城市的下水道井流出，因此不冻。而河本身沉默坚固地冻着，在一个悬瀑式坎儿处，看出冰层冻了一米多厚，像洁白光滑的钟乳石。把岩石似的冰凿下来盖房子，想必整个冬天也不会滩化。

冰河两岸是好看的沙坂，柔软浮光的沙砾已被北国的劲风吹得无踪影了。这儿的沙坂是坚固的，被风刮出松柏的纹理，如一波水纹凝固。从沙纹伸展观察，风吹的方向一律由西北而来。

岸上的洼地倒伏着金黄的衰草，它们干透了，碰一下窸窣生响。我拿出火柴做一个烧荒的游戏。在明亮的阳光下，火焰似乎透明无色，其边缘在风势中挣扎扑腾。火像早就饥饿于草了，一瞬，草叶消失变黑。在火势大的时候，见出红与黑的密不可分，红的火一舔，一切都黑了。燃烧原是一幕高雅的典礼。

雪白的冰河曲折来去，虽然是凝固的，但河岸曲线依然，还保留着奔流的样子。

冰河并不惧惮阳光，它只浅浅地融化了表面的一层，仿佛给太阳一点儿承诺。内里依然冻得坚实，人行走不妨，拖拉机开过也无妨。

残雪是大地褴褛的衣裳

快到春分了，田野上一块一块的残雪好像大地的黑棉袄露出的棉絮。我小时候还能看到这样的棉袄。人们的棉袄没有罩衣，而棉袄的黑市布磨破了，钻出来白棉絮。这是很可惜的，但人没办法——如果没钱买罩衣就是没办法，打过补丁的棉袄比开花棉袄更显寒碜，打补丁的罩衣反而好看。

大地不穷，否则长不出那么丰饶的锦绣庄稼。然而秋天的大地看上去可怜，它被秋风杀过，草木有些死了，活着的草木守着死去的衰草等待霜降。那时候，地平线突兀出现，如一把铡刀，铡草、铡河流，只有几朵流云侥幸逃脱，飘得很高很远。春天里，贫穷的大地日见松软，下过雪而雪化之后，泥土开始丰隆，鸟儿在天空上多起来。昨天去尚柏的路上，见一片暗红的桃树刷着一米高的白灰，像一排穿白袜子的人等待上场踢球。桃树的脚下是未化的、边缘不整齐的白雪。这真是太好了，好像白雪在往树上爬，爬一米高就停下来。也像树干的白灰化了，流到地面上。这情景黄昏看上去格外好，万物模糊了，但树干和地上的白依然坚定。黄昏的光线在宽阔的蒲河大道上列队行进，两旁的树木行注目礼。黄昏把光线先涂在柏油路面上，黑色的路面接近于青铜的质感——如果可以多加一些纯净的金色，但夕阳下山了，让柏油路化为青铜器的梦想半途而废。夕阳不知作废过世上多少梦想。眼下，树枝几乎变成金色的枝状烛台，池塘的水收纳了不知来自何方的橘红的汤汁，准备把水草染成金色。屋檐椽头的裂缝如挂满指针的钟表，夕阳的光线钻入裂缝里，椽头准备变成铜。但太阳落山了，太阳每天都搞这么一出戏，让万物轮回。而残雪在夕阳里仍然保持着白，它不需要涂金。

春雪是雪的队伍中的最后一批客人。冬天的雪在北方的大地上要待几个月，春雪在大地上只待几天。它飘飞的时候角翼蓬张，比冬雪的绒多，像山羊比绵羊绒多。雪趴在春天的大地上，俯耳告诉大地许多事情，谁也不知道这是什么事情。然后，雪就化了，失去了机密的白雪再在大地上拱腰待着显得不合时宜。它们随时在化但谁也看不到雪是怎样化的。没人搬个小板凳坐在雪边上看它化，就像没人坐板凳上看麦苗生长。人最没耐心，猫最有耐心但不干这事，除非麦苗能长出肉来。阳光让大地的白雪衣衫越来越少，黑土的肌腱暴露得越来越多。每到这时候我就想乐，这不算幸灾乐祸吧。我看到大地拽自己的前襟则露出后背，窘迫。白雪的大氅本是大地的最爱，原来打算穿这件衣服度过三伏天的。在阳光下，大氅的布片越来越少，渐渐成了网眼服。每到这时候我就想变成一只鸟儿，从高空看大地是怎样的鹑衣百结，棉花套子披在大地身上，殊难蔽体，多好。鸟儿不太费劲就飞出十几里，看十几里的大地在残雪里团缩。雪的斑点在凹地闪光，隆起之处全是黑土。鸟儿鼻子里灌满雪化之后的湿润空气，七分雪味，三分土味。空气打不透鸟儿的羽毛，鸟儿像司令官一样边飞边观察大地上的围棋大战，黑子环绕白子，白子封锁黑子。大地富裕，这么多白雪愿意为它而落，为它的子孙，为了它的墒。帝王虽尊贵，苍天为他下过一片雪吗?

看早春去荒野最为适宜。所谓荒凉只是表象，树渐渐蜕去冬日的褐斑，在透明的空气里轮廓清晰。被环卫工人堆在柏油路边上的雪被春风飕成黑色的石片，如盆景的假山那样瘦透。这哪是雪啊，它们真会搞笑。

夜幕降临，残雪如海洋上的一块块浮冰，雪块在月光下闪着白光。这时候我又想变成鸟儿，飞到更高的地方俯瞰大地，把这些残雪看成星星。这样，大地终于有了星星，恢复了它原有的美丽。这景象正是我窗外的景象，夜色趴在土块的高处，积雪躲进凹兜处避风。盯着看上一会儿，雪像动起来，像海上的浮冰那样动荡。楼房则如一条船，我不费吹灰之力坐在船舱里航行。积雪在鸟儿眼里变成星星，一道道树木如同黑黝黝的河流，像流过月亮的河。鸟的飞行停不下来，到处都有残雪。如果一直向北飞，残雪恢复为丰腴的雪原。呼伦贝尔的雪五月才化。

大地穿碎了多少件白雪的衣衫？春天把白色的厚冰变成黑色的冰淇淋，褴褛了白雪的衣衫。地上的枯草更加凌乱，根部长出一寸绿，雪水打湿的枯草转为褐黄。残雪要在春暖之前逃离大地，它们是奔走的白鹅，笨重地越过沟坎，逃向北方。残雪的白鹅翻山越岭，出不了一星期就会被阳光捕获，拔了毛，在春风里风干。

凤凰号探测器报告：火星下雪了……

火星下雪，像说火星离我们很近。雪花从哪里下到了火星上？哪一颗星辰洒的水滴落在火星上变成了雪？雪到火星上还化吗？

凤凰号探测器没说这是火星第几次下雪，如果这不是第一次降雪，火星上会不会有像喜马拉雅那样的雪山？如果这些雪化了，河流会像毛细血管一样布满火星。

河流？如果火星上有河流，我们想看到河流里的鱼和水草。火星的鱼的长相不像地球的鱼，不一定长着梭子头、大嘴。它们的鳍应像翅膀那么宽阔，头和尾巴上长着眼睛。火星上的船帆像扇子一样打开。行船时，火星人也唱歌，看落日满江（可以看得到太阳吗？如果没有落日，就辜负了满江的波光）。火星如果转得慢，河道会比地球的河道直；转得快，庄稼和树都长不高，苹果比牛顿看到的掉得更早。

合众社岁末消息：凤凰号探测器报告：火星下雪了。我拿着这张《参考消息》，看完不知该存放在哪里。

火星，金木水火的火，上面没火。况且，我们说的火——由白变红的火焰——在外层空间可能是另外的形态。水可能也是另外的样子。我觉得火星是一个高级的地方。不高级的地方不会下雪。被雪包裹的火星如同一个茧，却是一个星。比土星洁白，比水星凝聚，比金星明亮，比木星遥远，比天狼星寒冷，比大熊星座脚印更深。

火星竟会下雪，真是想不到。雪——虽然并非人类施力降落，虽然雪也不属于人类——但我们习惯了由雪想到人类。如同说，有人类的地方才有雪，尽管北极没人类只有雪。从此，我们开始惦念火星上的雪人、火星上的树的雾凇和火星上的圣诞老人。如果火星上没有雪橇，地球人理应送过去。灯笼谁送？雪地的夜晚，拎着灯笼走路才有趣，脚底吱嘎吱嘎响。如果不送灯笼，胡萝卜和煤块一定送上去，它们是雪人的鼻子和眼睛。更应送地球上的雪，洒在火星的雪上，它们互相观察、问讯、拥抱，彼此打听比人类更关心的事情。地球的雪可能比火星的雪先化或不化，把它堆在一起，标明："地球雪"。

至于地球……雷曼兄弟公司破产、美国拿出七千亿美元救市、奶粉里面有肾结石的原料、老李耳鸣又犯了……地球上有无数的事情发生，火星只做一件事：下雪。

凤凰号探测器还发现了什么？监测录像每天在美国国土局大屏幕上二十四小时播放，是什么？他们不告诉我们。火星上的雪是不是细腻？抓一把慢慢从指缝淌出水。雪速多少？地球的雪飘得很慢，沉思的慢板。火星雪的化学成分是水吗？有没有金属？

火星下雪了，从此，火星好像成了我们的亲戚。夜晚出家门的时候，朝天上亲戚那个方位看上一眼。既然火星已经下雪，就没有什么不可能。有水，就有生命体与智慧生命体，最好别像地球人类这么奸诈，别这么闹。在这个小城，十字路口有两个人打架，揪着对方的脖领子。在红旗剧场，有人踢了乞丐一脚。我想告诉他们：别闹了，火星下雪了。

我用短信把这个消息发给朋友，不怕他们笑话。短信是："火星下雪了，我们庆祝吧。"即使不庆祝，也要先把地球上的事放在一边，想：火星下雪了，心里异样的清新，还有一些缠绵。

每片雪都在找一个人

初雪来，下两三场，甚至下了四五场之后，我们才见到可以称为下雪的雪。河水灌满河床才叫一条河，大雪才叫雪。大地下满大雪，房檐堆砌毛茸茸、没有裁齐的边痕，屋顶、水塔、煤堆都胖了，地上有了深深浅浅、东倒西歪的脚印。汽车盖子留下猫的梅花式的足迹。大雪造成吱吱叫的足音，雪人在屋前矗着，小孩或小狗在雪地里撒泡尿，留下黄酥的渣滓洞。大雪给所有的屋顶刷上了白漆，虽然马路的积雪化为黑泥，但城市的楼顶仍保持着童话的洁白。在装了彩灯的楼顶边上，风吹雪，红色橙色的火焰飘舞。岁末降临的大雪，像带着许多的心事，每一片雪都像找一个人，或者带来上天写给每个人的信。薄白的信函如此之多，超过了人的总数。这里面包含投给故人的信，投给孔子、孟子，或世人逝世的祖父母。无人认领的信最终融化，俟待来年。一人在一年中的劳碌积累、储备流失，都由雪花来阐释，以其丰厚、以其飞散，讲解天道轮回。雨与雪是一回事，有与无也是一回事。富贵即使不如浮云，也如积雪，在轮回中代谢新陈。

雪落在雪里

雪落在雪里，算是回到了故乡。

雪从几百或几千米的空中旋转、飞扬，降落到它一无所知的地方，因为身边有雪，它觉得回到了故乡。

雪本来是水，它的前生与后生都是水。风把它变成了雪，披上盔甲和角翼，在天空慢慢飞行。雪比水蓬松，留不住雨水的悬崖峭壁也挂着毛茸茸的雪花。雪喜欢与松针结伴，那是扎帐篷的好地方，松针让雪变成大朵的棉花。天暖时分，松针上的雪化为冰凌，透明的冰碴儿里针叶青葱，宛如琉璃。天再暖，冰吝惜地淌为水，一滴一滴从松枝流下，流进松树灰红色鱼鳞般的树皮里，与松香汇合。雪落在松树上，极尽享乐。

白狗背上落了雪，白狗回头舔这些白来的雪花，沾一舌头凉水。雪落多了，狗身像多了一层毛。白狗觉得这是走运的开始，老天可以为白狗下一场白雪，世上还有什么事不可能发生呢？雪花落在白马身上，使它的黑瞳更像水晶。没有哪匹白马比雪还白，雪在白马背上像撒了盐。雪使白猫流露肮脏的气质，雪让乌鸦啼声嘹亮。乌鸦站在树桩上看雪，以为雪是大地冒出的气泡，或许要地震。乌鸦受不了在雪地上行走踩空的失落感，它觉得这是欺骗，每一个在雪地上行走的生灵都觉得受到了欺骗，一脚踩一个窟窿，脚印深不可测。

雪填满了树洞，这些树洞张着白色的大嘴，填满雪。灌木戴上白色的绒帽。雪落在河床的卵石上，凹凸不平。石头们——砾石和山岩盖上了被子，雪堆在了它们的鼻尖。雪从树梢划过，树梢眼花缭乱，伸出枝杈却抓不到一片雪。雪习惯于下下停停，雪迟疑，不知是否继续下。雪让乡村的屋脊变得浑圆，草垛变成巨大的刺猬。老天爷下雪比下雨累，道理像打太极拳比做广播体操累。下雨是做操，下雪要用内力，使之不疾而徐，纷纷扬扬。老天不懂野马分鬃，白鹤亮翅根本下不了雪，最多下点儿霜。

雪花儿死心眼儿。前面的雪花落在什么地方，它一定追着这片雪也落在哪个地方，或许比前一朵雪花还早一点儿落在了那里。那里有什么？咱们看不出所以然，看不清雪片和雪片的区别在哪里，但雪知道雪和雪长得不一样。雪花千片万片穿过窗户，落在窗下。它们争先恐后地降落，就是为了落在我的窗前吗？下雪的夜晚，我愿意眺望夜空，希望看到星星，但每次都看不到。雪花遮挡了视线，直接说，大雪让人睁不开眼睛。当然，你可以认为是星星化为雪的碎屑飘落而下。仿佛天空有人拿一把钢锉，锉星星的毛刺，雪花因此飘下来。我在雪霁的次夜观星，见到的星星都变得小了一些，且圆润。我想不能再锉了，再锉咱们就没星星了。星星虽然对咱们没有直接的用途，但毕竟陪伴咱们过了一生，星星使黑而虚无的夜空有了灵性。

雪让夜里有了更多的光，大地仿佛照亮了天空。月光洒下来，雪地把光成倍地反射给月亮，让月亮吃惊。雪地使星星黯然，少了而且远了。如果站在其他星球观望雪后的地球，它通体晶莹，可能比月亮还亮，外星人可以管咱们叫地亮。有人借着雪的反光读书，我不清楚能不能看清字，但他首先不能是花眼。雪夜可以看清一只兔子笨拙地奔跑，把雪粉踢在空中。雪在夜里静卧，使它的白更加矜持。这时候，觉出月亮与雪静静对视，彼此目光清凉。

雪让空气清新，雪的身上有千里迢迢的、清冽的气味，这气味仿佛用双手捧住了你的脸。雪的气息如白桦树一样干净。跟雨比，雪的气息更纯洁。人在雪地里咳嗽，是震荡肺腑，让雪的清新进入血液深处。雪的气息比雨更富有幻想，好像有什么事情就要发生。是圣诞老人要来了吗？

雪落在雪里。雪和雪挤在一起仰望星空，它们的衣裙窸窣作响。雪的冰翼支出一座小宫殿，宫殿下面还是宫殿。雪轻灵，压不破其他雪的房子。空中，雪伸手抓不到其他的雪，终于在陆地联结一体。水滴或雨滴没想到风把它们变成雪之后，竟有了宫殿。它们看着自己的衣服不禁惊讶，这是从哪儿来的衣服？银光闪闪。

阳光照过来，上层的雪化为水滴流入下面的宫殿。透过冰翼，雪看到阳光橘红。雪在树枝上融化，湿漉漉的树枝比铁块还黑。雪在屋檐结出冰凌，它们抓着上面冰凌的手，不愿滴下。雪在屋顶看到了山的风景，披雪的山峦矮、胖、美，覆雪的鸟巢好像大鸟蛋。雪水从屋檐滑下，结成冰凌。冰凌像一排木梳，梳理春风。雪在雪的眼睛里越化越少，它们不知道那些雪去了哪里。雪看到树枝苞尖变硬，风从南方吹来。“因为雪，抱回的柴火滴落水珠。”（博纳富瓦）

为孩子降落的雪

雪在初冬落地松散，不像春雪那样晶莹。春天，雪用冰翼支撑小小的宫殿，彼此相通。在阳光下，像带着泪痕的孩子的眼睛。春雪易化，好像说它容易感动。冬雪厚重，用乐谱的意大利文表达，它是 Adagio，舒缓的节奏；春雪是 Allegretto，有一点儿活泼；Cadenza，装饰性的，适合炫技。

一个孩子站在院里仰望天空。

孩子比大人更关心天，大人关心的是天气。天空辽阔，孩子盼望它能落下一些东西。这些东西表明天是什么，天上有什么。雪花落下，孩子欣喜，不由仰面看它从什么地方飞来。

飞旋的雪花像一只手均匀撒下，眼睛盯不住任何一片。雪片手拉手跳呼啦圈舞，像冬天的呼吸，像故意模糊人的视线。雪落在孩子脸上，光润得好比新洗的苹果。孩子眯眼，想从降雪的上方找出一个孔洞。

雪在地上积半尺深，天空是否少了同样的雪绒？雪这么轻都会掉下来，还有什么掉不下来呢？他想，星星什么时候掉下来，太阳和月亮什么时候访问人间？

雪让万物变为同一样东西，不同处只在起伏。房脊毛茸茸的，电线杆的瓷壶也有雪，像人用手捧放上去的。

孩子喜悦，穿着臃肿的大衣原地转圈，抬头看雪。

没有人告诉他们这一切的答案，科学还没有打扰他们。就像没有人告诉他们童年幸福，孩子已经感到幸福。

雪的前奏

雪在天地间不疾不徐地漫扬，仿佛预示一件事情的发生。

雪的静谧与悠然，像积蓄，像酝酿，甚至像读秒。我常在路上停下来，仰面看这些雪，等待后面的事情。雪化在脸上，像蝴蝶一样扑出一小片鲜润。这时最好有歌剧唱段从街道传来，如黑人女高音普莱丝唱的柳儿的咏叹调，凄婉而辉煌，以锻金般的细美铺洒在我们身边。这时，转身仰望，飞雪自穹庐间片片扑落。这样，雪之华美沉醉就有了一个因缘或依托。一九二六年四月五日，托斯卡尼尼在米兰斯卡拉歌剧院指挥《图兰朵》的首演，在第三幕柳儿唱毕殉情之后，托氏放下指挥棒，转过身对观众说："普契尼写到这里，伟大作曲家的心脏停止了跳动。"说着，托斯卡尼尼眼里含满了泪水。

跟雪比，雨更像一件事情的结束，是终场与尽兴或满意而归。包括雨滴唰唰入地的声音。而雪是一种开始。我奇怪它怎么没有一点儿声音。我俯身查看落在黑衣上的雪片，发现它们真是六角的晶体，每个角带着晶莹的冰翼。原来它们是张着这种晶翼降落人间的。在体温的感化下，它们缓缓缩成一滴水。而树，白杨树裂纹的身躯，在逆风的一面也落满了雪绒。那么，街道上为什么不响起一首女高音的歌声呢？"金矿"苏莎兰唱的《蝴蝶夫人》——"夜幕已近，你好好爱我"。

我看到了一个小女孩，裹着绿巾绿帽，露出的脸蛋儿胖如苹果，更红如苹果，与她帽项的红缨浑然一色。我从她外凸的脸蛋儿看出，她在笑。我为这孩子的胖而喜，为其面庞之红而喜。倘若是我的女儿，必为她起名为年画，譬如鲍尔吉·杨柳青·年画。红红绿绿的年画在毛茸茸的雪里蹒跚，向学校走去。

雪就这么下着？

就这么下着。

入夜，把小窗打开，飞入的雪花滑过台灯的橘色光区时，像一粒粒金屑，落在稿纸上，似水痕。纸干了之后，摸一下如宣纸那么窸窣，可惜我不会操作国画，弄一枝老梅也好。

在雪的绵密的前奏下，我不知会发生什么事情。事实上，生活每时每刻发生着许许多多的事情。但愿都是一些好事，我觉得这是雪想要说的一句话。

雪地篝火

我想起以前在雪地燃起一堆篝火，离林子不远。

那时节，在做一件什么事情已经忘记了。燃篝火是在事情的开始，也许是结束之后或中间，但这与雪和火无关。

天空郁郁地降雪，开始是小星雪，东西不定，像密探，像飞蛾，像悲凉的二胡曲过门前扬琴的细碎点拂。散雪试探着落在河岸的鹅卵石上，落在荒地如弃尸般倒伏的衰草的茎叶上，落在我脸上甚至凝不成一滴露水。

我坐在杨树的树桩上，看天空越发阴沉的脸色。雪成片儿了，急急而降，像幕侧有梆子骤催。鹅毛雪应该是这样，使人看不出十米外的景物，邮票大的雪片一片追着一片，飞钻入地，像抢什么东西。不知一片雪由天而落需要多少时间。地面白了，因而不荒凉。树枝分叉的角度间也垛着雪。秋天翻过的耕地，如半尺高的白浪头。

我到林里捡干柴火，找一处开阔地拢火。我把皮袄脱下来当扫帚清理一块地，掏出兜里的废纸引火。初，火胆小，不敢燃烧，经我煽动鼓吹，慢慢烧起来。干柴火剥剥响几声，火苗袅娜扭捏，似乎于雪天有什么不妥。火苗的腰身像印度人笛声下的蛇一样妙曼低回，我不断扔干柴，火像集体像合唱一样坦荡地烧起来，庄严典雅。

在篝火的上空，仿佛有一个拱形的金钟罩，把雪隔开了，急箭似的雪片仿佛落不到这座火宫殿上。我默默地看着火，透过火的舞蹈竟看不到雪的身影了，如同透过雪的身影看不到树林的背景。

想起一位法国人说的话："火苗总是背对着我。"当你在野外观察篝火时，的确觉得火苗是背对着你。它们手拉手跳呼啦圈舞，最得意那束火苗扭着颈子。

篝火不时坍下来，炭红的树枝挂一层薄灰。火堆边缘的泥土融化了，黑黑的如感动的面孔。土地也许认为春天来了，因而苏醒，用潮湿的眼睛看我。

黑湿的土地和雪形成圆的边缘，彼此不进不退。我的篝火仍然不知深浅地高扬，它们也许幻想可以把雪止住吧。

在火周围，雪片仍然肃穆降落，仿佛问题很严重了。虽然惹不起火，但该下还是要下。那些不幸跳入火里的雪片，是惊是喜呢？但雪们谁也没想到这时候大地上竟有一堆火。那时，我穿着白茬羊皮坎肩，腰扎草绳，坎肩里是志愿军式的绗竖线军棉袄。我坐在树桩上，用木棍扒拉着篝火，也许在想家，也许在揣测爱情。总之，我现在已经忘了，那是知青时候的事。

火势弱了，火苗一跳一跳。雪片压下来，落在炭上遂成黑点，伴着微小的声音。我懒得再去弄柴火。雪最后把灰烬覆盖，一切归于平静。

往回走的时候，我发现雪已淹没了大头鞋。抬眼，身后不冻的茫古木郭勒河在夹雪的两岸流成了黑色，它沉缓涌流，间或浮溢白雾，仍有广大的悲凉。

许多年之后，在办公桌前填什么表时，面对"业绩、贡献"一栏，我真想填上："在雪上里点起一堆篝火"。

下雪时，我仍有这样一种梦想。

雪地狂草

今年沈阳的雪一场连着一场，如果这是兆丰年的话，已经兆了好几次。马路上的雪被铲过或化过，黑黑白白的斑驳一片。而我家北窗对着的自行车棚恰像一个雪情的记事簿。这个绿色石棉瓦的斜形车棚，上面覆盖着像辞海那么厚的白雪，有如割过的切口，静静的始终未化。

天黑的时候下班，几家饭馆的门口又添了一景，即酒客的溺迹，在雪地上黑白分明。这种痕迹与饭馆明灭的灯光与酒人的声浪仿佛很相衬。

我想起在村里当知青时，早晨上工在雪地上闷头走，偶尔也见这种溺迹。大摊的是马尿，小片的则是狗溲。狗解溲似乎比人尿得更冲，一种急不可遏的形势，雪地黑窟洞然。狗撒尿时像舞蹈演员那样扬着后腿也很有趣，莫非它怕脏了那条狗腿？

开一个小饭馆，必备吧台、大理石地面与影碟机，但不一定自备厕所。因为租来的房子要视原来的情况而定。然而台面的扎啤机并不管这些琐事，金黄带沫的液体照泻不误。饭馆最不宽容与最宽容的两件事便是结账与找地方撒尿。倘在冬天，吃了一肚子涮羊肉与喝入大量啤酒的食客，踉跄推开玻璃门，见漫地皆白，也有了几分诗意。在雪地上，寻个地场使膀胱畅达，边尿边看地上图案，摇着晃着，脑里想着乱七八糟的事儿，也就行了。

我还目睹一位酒人，在雪地上且走且尿，左右挥洒。我疑心他练过张旭的狂草。

雪不是一天化的

雪不是一天化的。春节过后，雪有步骤地减少。大街的、马路牙子掖着的、树坑里的雪如按计划撤退的士兵，一块块消失，空气湿润。西墙和北墙角的雪比煤还黑，用铁锹掏一下，才见白心。环卫工把雪掏出撒在大街上，像撒盐。我忽然想起，冬天一直有雪，地面被雪覆盖了两个多月，麻雀到哪里觅食呢?

我从不清楚城里的麻雀靠吃什么活着，草和草籽被雪覆盖了，它们吃什么呢?飞行消耗的热量比行走更大，没看到哪只麻雀在天空像慢镜头一样地飞，也没看哪只麻雀饿得一头栽下来。说实话，鸟栽下来，人也注意不到。

麻雀一定掌握好多秘密，如在大型超市的门前，有儿童撒落的面包屑，或者它们熟知沈阳市皇姑区有多少卖粮食的门市。鸟儿们了解鸟儿的秘密。人不妨养成这样一个习惯，在外衣兜儿扎个小眼，临出门抓一把小米放兜里，边走边撒。大街上——即使是雪地——隐隐约约看得到莹黄的小米粒。商店门口，这位白发西装的男人走过，身后有一点儿小米；那个烫发时髦的女人走过，小米落在脚印上。

雪化了，我看天空的麻雀越来越少，属实说连一只麻雀都没看到。我希望立刻有人纠正我，说麻雀数量并没少，它们只是飞到了乡村的田野。天道厚朴，给一虫一鸟留出了生路。

都说人乃万物之灵，灵在哪儿?人会造火箭，会给心脏搭桥，会作曲，这一类机巧的事情是万物之灵的例子，可火箭与曲都不是我们造的，是别人。搭桥也是别人搭的。应当说——极少的人是万物之灵，多数人像泥土一样平凡。

如果人真的那么灵，能不知道大雪遍地，麻雀是怎样活下来的吗？

人不知道的事太多了。据说月亮圆的时候释放了许多能量，人却察觉不到。惊蛰这一天，小虫的身体像被引爆了一样，腾地翻过身，人也没察觉。冬至与夏至这两天，是天地的大事情，人跟没事一样。人觉得股市楼市才是大事。

巴赫的音乐里藏有多少秘密？我们感觉得到却说不出。耳听旋律与织体环环相扣如流水一般流走了，啥也没听出来。我读巴赫的乐谱，想找一些蛛丝马迹，找不出来。听，它们是铜墙铁壁，听不出头绪。巴赫的音乐像DNA的图谱一样严密。我甚至怀疑世上是否有过约翰·塞巴斯蒂安·巴赫这个人。如果没这个人，这些音乐是从哪儿来的呢？他的帕蒂塔（德国组曲）、他的小提琴与人声的奏鸣曲是从哪儿来的？巴赫的后人今天在哪里？能跟他们合影留念吗？这里面的秘密比麻雀如何在雪天觅食还复杂。

早春的雪化了，水淌进树坑，夜里又结冰。树坑里的冰片不透明，像宣纸一样白。结着气泡的圆，一踩就破了。冰比煎饼还薄，在早春。

春天伊始，土地暴露了不知多少秘密，每株草冒芽都泄露了一个秘密。老榆树像炭那么黑，身上结碗大的疙瘩。它们头顶飘着轻软的细枝，像秃子显摆刚长出的头发，这是柳树的秘密。人坐在墙边晒太阳，突然见到一只甲虫往树上爬，真吓人一跳。在花没开、树没绿的早春，它是从哪里来的？冬天里没这只甲虫，春天还没到。会不会有人从海南捉来这只虫，装进口袋，坐飞机飞回东北，偷偷放在这棵树上呢？